古典詩歌研究彙刊

第十輯

龔鵬程 主編

第 **8** 冊

蘇辛詞借鑒杜詩之研究

吳 秀 蘭 著

國家圖書館出版品預行編目資料

蘇辛詞借鑒杜詩之研究／吳秀蘭 著 — 初版 — 新北市：花木
蘭文化出版社，2011〔民100〕
目 2+210 面：17×24 公分
（古典詩歌研究彙刊 第十輯：第8冊）
ISBN　978-986-254-621-5（精裝）
1.（宋）蘇軾　2.（宋）辛棄疾　3. 宋詞　4. 詞論
820.91　　　　　　　　　　　　　　　　100015549

ISBN-978-986-254-621-5

9 789862 546215

古典詩歌研究彙刊
第十輯　第八冊　　　　　ISBN：978-986-254-621-5

蘇辛詞借鑒杜詩之研究

作　　者　吳秀蘭
主　　編　龔鵬程
總 編 輯　杜潔祥
出　　版　花木蘭文化出版社
發 行 所　花木蘭文化出版社
發 行 人　高小娟
聯絡地址　新北市永和區中正路五九五號七樓
　　　　　電話：02-2923-1455／傳真：02-2923-1452
網　　址　http://www.huamulan.tw 信箱 sut81518@gmail.com
印　　刷　普羅文化出版廣告事業
初　　版　2011 年 9 月
定　　價　第十輯 20 冊（精裝）新台幣 28,000 元

蘇辛詞借鑒杜詩之研究

吳秀蘭 著

作者簡介

吳秀蘭，一九七〇年出生於嘉義縣大林鎮。台北商專企業管理科畢業，從事會計工作至今。白天工作，晚上進修，完成東吳大學中文系進修學士班及碩士在職專班學業。

提　要

　　唐詩與宋詞，是中國文學史上相互輝映的文化瑰寶。論及兩宋詞壇，東坡與稼軒，實有恢宏推擴之功。而兩宋人填詞，往往用唐人詩句；蘇辛詞尤喜借鑒唐人詩句，且以杜詩為最繁，可見兩人對杜詩之鍾愛。本文共分為六章，內容大要概述如次：

　　第一章：〈緒論〉，說明本文的研究動機，回顧前人的研究成績，並簡述本文的研究方法。

　　第二章：〈蘇辛詞借鑒杜詩之原因〉，從杜甫、蘇、辛三人的生平遭遇及性格思想兩方面，探討蘇辛詞借鑒杜詩之原因。

　　第三章：〈蘇辛詞借鑒杜詩之技巧〉，將蘇辛借鑒杜詩之技巧，分為相同及相異兩部分加以論述，最後再總合二人之技巧，作一比較。

　　第四章：〈蘇辛詞借鑒杜詩之相同篇章〉，蘇、辛兩人借鑒相同之杜詩篇章計有十五首，分別以蘇詞、辛詞為主，論述借鑒次數較繁之重要篇章。

　　第五章：〈蘇辛詞借鑒杜詩之相異篇章〉，分別論述蘇辛詞借鑒杜詩之相異篇章，借鑒次數較繁者方列入討論範圍。

　　第六章：〈結論〉，總結本文研究成果，及未來研究之展望。

目
次

第一章　緒　論

第一節　研究動機

　　唐詩與宋詞，在中國文學史上，是相互輝映且大放光芒的文化瑰寶。唐詩已成爲唐代文學的代表，而宋詞也是宋代社會的藝術映照，兩者皆爲一代文學之冠冕，實無庸置疑。論及唐詩，首先想到的詩人，恐非杜甫莫屬，而杜詩亦確乎影響後世甚鉅。《新唐書》曾云：「渾涵汪茫，千彙萬狀，兼古今有之。他人不足，甫乃厭餘。殘膏賸馥，沾丐後人多矣。故元稹謂詩人以來，未有如子美者。」〔註1〕而晚唐以後，杜甫更得到詩歌史上至高無上的稱譽。如晚唐孟棨稱其所爲「詩史」〔註2〕；北宋秦觀視之爲「集大成」〔註3〕之作；南宋楊萬里則

〔註1〕宋・歐陽脩、宋祁撰《新唐書・列傳第一百二十六・文藝上》（北京：中華書局，1987年11月第一版），頁5738。

〔註2〕唐・孟棨撰：《本事詩・高逸第三》：「杜逢祿山之難，流離隴蜀，畢陳於詩，推見至隱，殆無遺事，故當時號爲『詩史』。」收錄於丁福保輯：《歷代詩話續編》（北京：中華書局，2001年8月第1版），頁15。

〔註3〕宋・秦觀撰：《淮海集・韓愈論》（臺北：臺灣商務印書館，四部叢刊編縮本，1967年，頁79）：「杜子美之於詩，實積眾家之長，適當其時而已。……孟子曰：『伯夷，聖之清者也；伊尹，聖之任者也；柳下惠，聖之和者也；孔子，聖之時者也。孔子之謂集大成。』嗚呼！杜氏、韓氏，亦集詩文之大成者歟！」

以「聖於詩者」〔註4〕稱之。清・劉鳳誥更總結前人之評論，而云：「自元微之做序銘，盛稱『詩人以來，未有如子美者』；王介甫選四家，以杜居首；秦少游則推爲孔子大成；鄭尚明則推爲周公制作；黃魯直則推爲詩中之史；羅景綸則推爲詩中之經；楊誠齋則推爲詩中之聖；王元美則推爲詩中之神：崇奉至矣。」〔註5〕然論杜詩在詩壇之卓然地位，則由宋人予以建立，甚至成爲顯學，蓋宋代提倡文人政治，科舉轉盛，而儒學益尊。在廣受儒家思潮的引領下，杜甫在宋代，被定位爲儒家的一份子；杜甫眷愛忠藎的言行，被宋人深切注意與喜愛，因此，在宋代，杜甫的詩壇地位乃躍爲至尊。〔註6〕

　　況周頤《蕙風詞話》卷一云：「兩宋人塡詞，往往用唐人詩句。」〔註7〕王師偉勇亦云：「以宋代詞壇爲例，最爲兩宋詞人所借鑒者，厥爲唐詩人；而最爲兩宋詞人所取材者，亦爲唐詩，故後世詞論家每好取唐詩與宋詞相提並論。」〔註8〕例如劉熙載即云：「東坡詞頗似老杜詩，以其無意不可入，無事不可言也。」〔註9〕

　　而論及兩宋詞壇，則東坡與稼軒，實有其恢宏推擴之功。蓋詞至蘇軾，其疆域已擴展到跟傳統詩歌同樣的廣闊，「宋詞」已足與「唐詩」相提並論。兩者之所以並稱且輝映於文學史上，蘇軾實居功厥偉。陳滿銘於〈古語古句在蘇辛詞裡的運用〉一文中提到：

〔註4〕宋・楊萬里撰：《誠齋集・江西宗派詩序》（臺北：臺灣商務印書館，四部叢刊編縮本，1967年，卷79，頁11）：「今夫四家者流，蘇似李，黃似杜。蘇、李之詩，子列子之御風也；杜、黃之詩，靈均之乘桂舟、駕玉車也。無待者，神於詩者歟！有待而未嘗有待者，聖於詩者歟！」

〔註5〕清・劉鳳誥：〈杜工部詩話〉，收錄於張忠綱編注：《杜甫詩話六種校注》（濟南：齊魯書社，2002年9月第一版），頁265。

〔註6〕參見陳文華：《杜甫傳記唐宋資料考辨》（臺北：文史哲出版社，1987年11月初版），頁265～266。

〔註7〕見收於唐圭璋編：《詞話叢編》（臺北：新文豐出版公司，1988年2月臺一版），冊五，頁4419。

〔註8〕王師偉勇：《宋詞與唐詩之對應研究》（臺北：文史哲出版社，2003年6月初版），頁7。

〔註9〕語見清・劉熙載：《藝概》（臺北：華正書局，1988年9月），頁108。

　　自晚唐、五代迄宋初，詞家填詞，大抵說來，都一味的爭
　　鬥穠纖，以嫵媚柔約為歸；……及至東坡，異軍特起，「以
　　詩為詞」（陳師道《後山詩話》），時從李白、杜甫、韓愈、
　　孟郊、劉禹錫、白居易、杜牧及李商隱等名家的詩集裡覓
　　取秀語警句，加以變化使用，並且間或雜以經、史、子語，
　　以拓擴其語彙，這纔衝破了傳統的藩籬，正式為詞體另闢
　　雅正之路、樹清新之幟，而建立起他詩化的詞風。〔註10〕

東坡「以詩為詞」的主要意義在於擴大詞之題材內容，將詩的技巧引
入詞中。其在詞壇之領導地位，歷來為人所重視。王灼《碧雞漫志》
肯定蘇詞「新天下耳目」〔註11〕，劉辰翁則言：「詞至東坡，傾蕩磊
落，如詩如文，如天地奇觀」〔註12〕；胡寅〈酒邊詞序〉云：「及眉
山蘇氏，一洗綺羅香澤之態，擺脫綢繆宛轉之度，使人登高望遠，舉
首高歌，而逸懷浩氣，超然乎塵垢之外，於是花間為皂隸，而柳氏為
輿台矣。」〔註13〕《東坡詞提要》亦云：「詞自晚唐五代以來，以清
切婉麗為宗。至柳永而一變，如詩家之有白居易。至軾而又一變，如
詩家之有韓愈。遂開南宋辛棄疾等一派。」〔註14〕蘇軾突破了詞以婉
約為正宗的常態，開創了新的格局。他不受詞的限制，視詞的文學性，
重於音樂性；又以清新雄俊的詞句，造成詩化的詞風，開拓了詞的內
容題材，不再局限於寫兒女之情、離別之衷。詞本為抒情或應歌之作，
至東坡而漸用以言志，此風經南宋而大暢。

〔註10〕陳滿銘：〈古語古句在蘇辛詞裡的運用〉，收錄於陳滿銘：《詩詞新論
　　　　（增修版）》（臺北：萬卷樓圖書有限公司，1999 年 8 月再版），頁
　　　　166。
〔註11〕王灼：《碧雞漫志》卷二：「東坡先生非心醉於音律者，偶爾作歌，
　　　　指出向上一路，新天下耳目，弄筆者始知自振。」見收於唐圭璋編：
　　　　《詞話叢編》，版本同注7，冊一，頁85。
〔註12〕劉辰翁《須溪集·辛稼軒詞序》卷六（臺北：臺灣商務印書館《景
　　　　印文淵閣四庫全書》本，1987 年 2 月），冊一一八六，頁 524。
〔註13〕向子諲：《酒邊詞》（臺北：臺灣商務印書館《景印文淵閣四庫全書》
　　　　本，1988 年 2 月），冊一四八七，頁 524。
〔註14〕蘇軾：《東坡詞》（臺北：臺灣商務印書館《景印文淵閣四庫全書》
　　　　本，1988 年 2 月），冊一四八七，頁 102。

　　至若稼軒，不僅承繼東坡「以詩爲詞」的精神，並加以突破發展，將詩、散文等不同文類，均放入詞中。清·吳衡照《蓮子居詞話》即云：「辛稼軒別開天地，橫絕古今，《論》、《孟》、《詩》小序、《左氏春秋》、《南華》、《離騷》、《史》、《漢》、《世說》、選學、李杜詩，拉雜運用，彌見其筆力之峭。」〔註15〕此外，稼軒詞的內容題材也十分廣泛，無所不寫。正如《稼軒詞提要》所道：「其詞慷慨縱橫，有不可一世之概，於倚聲家爲變調。而異軍特起，能於翦紅刻翠之外，屹然別立一宗，迄今不廢。」〔註16〕

　　由上所述，可見蘇辛二人於宋代詞壇之重要地位，而其詞作中，即常引用唐人詩句。〔註17〕經筆者檢索歸納，蘇詞三五○闋中〔註18〕，借鑒唐人詩句爲一三五闋〔註19〕，其中又以杜甫爲最繁，計六十六見；其次爲白居易，凡三十見；再其次爲杜牧，二十二見。東坡借鑒杜詩之次數，與借鑒白詩之次數相差一倍，可見東坡於借鑒唐人詩句中，對杜詩情有獨鍾。而辛詞六二九闋中〔註20〕，借鑒唐人詩句爲三五七闋〔註21〕，亦以杜甫爲最繁，計二一五見；其次爲韓愈，凡八十一見；再其次爲白居易，五十九見。稼軒借鑒杜詩之次數，逾韓詩二倍之遙，

〔註15〕收錄於唐圭璋主編：《詞話叢編》，版本同注7，冊三，2408。

〔註16〕辛棄疾：《稼軒詞》（臺北：臺灣商務印書館《景印文淵閣四庫全書》本，1988年2月），冊一四八八，頁111。

〔註17〕陳廷焯《白雨齋詞話》卷七：「辛稼軒詞運用唐人詩句，如淮陰將兵，不以數限，可謂神勇。」見收於唐圭璋編：《詞話叢編》，版本同注7，冊四，頁3950。

〔註18〕此數字乃據鄒同慶、王宗堂：《蘇軾詞編年校註》（北京：中華書局，2002年9月第一版）爲底本統計而來，其編年詞爲292首，未編年詞39首，他集互見詞8首，存疑詞11首，計350首。

〔註19〕此數字主要乃據鄒同慶、王宗堂：《蘇軾詞編年校註》（版本同前注）爲底本統計而來，蘇詞350闋中借鑒唐人詩句者爲135闋，約佔蘇詞39%。

〔註20〕據鄧廣銘箋注：《稼軒詞編年箋注·增訂三版題記》（臺北：華正書局，2003年9月二版，頁12）統計，稼軒詞凡629闋。

〔註21〕此數字主要乃據鄧廣銘箋注：《稼軒詞編年箋注》（版本同前注）爲底本統計而來，辛詞629闋中借鑒唐人詩句者爲357闋，約佔辛詞57%。

更可見稼軒於杜詩之鍾愛。故本文即就蘇辛詞借鑒杜詩之技巧及重要篇章，作一概略性之研究。

第二節　文獻回顧

　　有關蘇辛詞之研究，實不勝枚舉；研究杜詩者，更是浩浩江海。然涉及「借鑒」者，學位論文僅見鄧佳瑜所撰之《稼軒詞借鑒東坡作品及其軼事之研究》〔註22〕，至於劉慶雲《詞話十論》，雖列有專章〈借鑒論〉，然只敘及宋詞學習借鑒的範圍，依時代先後，約可分爲三個層次，即唐詩以前的各種體裁文學作品、唐詩以及前人詞作的借鑒。〔註23〕而論及蘇辛詞借鑒杜詩者，則尙無專書討論。至於探討宋詞與唐詩之密切關係研究資料中，單篇論文有下列諸篇：

一、曹淑娟〈宋詞中詩典運用之類型析論〉〔註24〕，敘及宋代詞人運用詩典，進行對原典的內容意義及語言型式的創造與轉化。就內容意義而言，可分爲三方面：（一）順承原典以延續情境；（二）翻迭原典而形成對話；（三）綜合數典以組織新意。就語言型式而言，可分爲五方面：（一）全篇集句或檃括；（二）增減文字以改變句式；（三）更替字彙以改變字質；（四）變換語法以改變結構；（五）鋪陳勾勒以延展情境。

二、朱自力〈周邦彥融詩入詞之特色〉〔註25〕，文中指出周邦彥融化古人詩句，特別是唐人詩，爲量特多，其融詩入詞的方法爲：（一）改易原詩一、二字；（二）原詩增損其字；（三）詩句的分解與融合；（四）融合詩事；（五）檃括詩意。

〔註22〕鄧佳瑜：《稼軒詞借鑒東坡作品及其軼事之研究》，成功大學中國文學研究所碩士論文，2005年6月。

〔註23〕劉慶雲：《詞話十論》（長沙：岳麓書社，1990年1月第一版），頁156～174。

〔註24〕曹淑娟：〈宋詞中詩典運用之類型析論〉，《國立編譯館館刊》，第23卷，第2期，1994年12月，頁119～144。

〔註25〕朱自力：〈周邦彥融詩入詞之特色〉，《中華學苑》，第45期，1995年3月，頁305～317。

三、陳永宏〈試論宋詞對唐詩的化用及其文化解讀〉〔註26〕，文中敘及宋詞對唐詩的化用，不僅是一種文學現象，而是一種社會的文化現象。宋人對唐詩的化用，有下列三點體現：（一）使點化達到了化境；（二）使點化頻生新意；（三）使點化成為一種創作技巧，化唐人的不自覺為宋人的自覺，以此昭示後人，影響後人。

四、劉慶雲〈杜詩對宋詞影響管窺〉〔註27〕，文中指出杜詩對宋詞之影響為：（一）人格精神對宋代詞人的光照；（二）對詞境創造的啓示；（三）對詞法運用的開啓；（四）對豐富詞語的貢獻。

五、馬丁良〈「採唐詩融化如自己者」——淺析蘇軾詞對唐詩的採融〉〔註28〕，文中論及化用唐詩乃是宋人包括蘇軾習用之手法，並加以論述蘇軾詞採融唐詩的主要手法為：（一）直接引用唐人詩句；（二）稍變唐人詩句中的字詞；（三）借用唐人詩中意象；（四）濃縮唐人詩句；（五）借用唐人作詩技巧；（六）化用唐人詩意。此外，也說明了蘇詞採融唐詩的意義乃是為了使詞更具有文人氣息、豪放之氣、含蓄的韻致、凝練美及具有醇厚典雅的唐詩意境。

六、劉揚忠〈稼軒詞與老杜詩〉〔註29〕，文中認為綜合思想內容、胸懷氣度、藝術境界及風骨體制方面來比較，在宋詞諸名家中差堪與杜甫並肩而立者，唯有辛棄疾。稼軒詞中，檃括杜詩或融化杜句者，超過五分之一，可見杜詩對辛詞之鉅大影響。就藝術風格而言，杜甫自述其主要特徵是「沉鬱頓挫」，而稼軒詞的代表作也是以沉鬱頓挫見長，例如：〈摸魚兒〉（更能消幾番風雨）。

〔註26〕陳永宏：〈試論宋詞對唐詩的化用及其文化解讀〉，《文學遺產》，1996年第4期，頁30～41。

〔註27〕劉慶雲：〈杜詩對宋詞影響管窺〉，《杜甫研究學刊》，1998年第3期，頁1～7。

〔註28〕馬丁良：〈「採唐詩融化如自己者」——淺析蘇軾詞對唐詩的採融〉，《蘇州教育學院學報》，2002年9月，第19卷第3期，頁10～13。

〔註29〕劉揚忠：〈稼軒詞與老杜詩〉，收錄於楊義主編：《文學研究所學術文選》（北京：中國社會科學出版社，2003年8月），頁585～602。

七、徐崚〈蕭條異代不同時——論辛棄疾對杜甫的受容〉〔註30〕，文
　　中認爲能眞正發揚杜甫「詩史」精神者，當爲辛棄疾。在精神上，
　　辛棄疾和杜甫有著一以貫之的愛國主義思想；在藝術上，辛棄疾
　　在繼承、發揚杜甫的詩歌追求基礎上，又形成自己獨特的風格。
　　而具體到稼軒詞中，則表現爲大量地化用、借鑒杜詩，其表現形
　　式爲：化用杜詩形象、化用杜詩思想及化用杜詩意境。

　　然此類文章畢竟不多，亦乏全面性之探討。目前研究「借鑒」
唐詩，並與宋詞對應關係之專書，首推王師偉勇之《詞學專題研究》
〔註31〕與《宋詞與唐詩之對應研究》〔註32〕兩書。《詞學專題研究》
一書，內容分爲校箋、理論、體制及主題四篇，其中校箋篇之內容
——〈試論唐詩對箋校宋詞之重要性〉、〈唐詩校勘北宋詞示例〉、〈宋
詞箋注之缺失與示例〉三篇，得見運用唐詩，對箋校宋詞之空間與
深度，有卓越的貢獻。《宋詞與唐詩之對應研究》一書，分爲上、下
兩篇，上篇由宋詞借鑒唐詩之角度，綜論兩宋詞人借鑒唐詩之技巧，
並對晏殊《珠玉詞》、王安石《臨川先生歌曲》、賀鑄《東山詞》借
鑒唐詩做深入之剖析；下篇則以詞人借鑒之唐詩爲工具，對宋詞進
行繫年、校勘及箋注，內容有晏殊〈浣溪沙〉（三月和風滿上林）詞
探微、蘇軾集句詞探微、汪元量〈憶王孫〉集句詞探微、唐詩較勘
《全宋詞》——以北宋詞爲例、鄧廣銘《稼軒詞編年箋注》正補—
—以引用唐詩爲例。本文即依循此兩書闡明之借鑒技巧，進行蘇辛
詞借鑒杜詩篇章之研究。

第三節　研究方法

　　本文所引杜詩，以清・楊倫編輯《杜詩鏡銓》〔註33〕爲主；所引

〔註30〕徐崚：〈蕭條異代不同時——論辛棄疾對杜甫的受容〉，《西南交通大
　　　　學學報》（社會科學版），2005 年 3 月，第 2 期，頁 66～68。
〔註31〕王師偉勇：《詞學專題研究》，臺北：文史哲出版社，2003 年 4 月初版。
〔註32〕同註8。
〔註33〕清・楊倫：《杜詩鏡銓》，臺北：藝文印書館，1998 年 12 月初版。

東坡詞以鄒同慶、王宗堂著《蘇軾詞編年校註》﹝註34﹞爲主；所引稼軒詞則以鄧廣銘箋注《稼軒詞編年箋注》﹝註35﹞爲主，並於引用該詩、詞末逐行標明頁碼，以供讀者查詢。若有引用其他文本，則加註說明之。

本文之研究方法，首先採「統計法」，分別就東坡詞、稼軒詞，逐一蒐羅，將借鑒杜甫詩作之篇名、詩句予以紀錄，並加以分析所採用之借鑒技巧。再以「歸納法」整理，以借鑒之杜詩篇章爲主，詞作在後，表列「附錄」於論文之末。至論排列方式，係以蘇辛詞借鑒杜詩之次數多寡爲順序，項次順序爲首位之杜詩，即爲蘇辛詞借鑒最繁之詩篇。就蘇辛詞借鑒杜詩篇章內容而言，係採「比較法」，分爲兩大類：一爲蘇辛詞借鑒杜詩之相同篇章，表列「附表一」於第四章內文；一爲蘇辛詞借鑒杜詩之相異篇章，表列「附表二」、「附表三」於第五章內文。並就杜詩篇章爲主，分別論述蘇辛借鑒該詩之所有詞作，並以「詮釋法」，闡述詞作與詩篇之關聯性，加以探究蘇辛借鑒該詩之原因，及兩人借鑒次數多寡之緣由。茲就各章之重點扼要說明如次：

第二章論述蘇辛詞借鑒杜詩之原因，從兩方面加以探討：一由生平遭遇，二由性格思想。生平遭遇方面，又析分爲：崢嶸少年、仕途受挫及田園生活；性格思想方面，析分爲儒者情懷、感時傷舊及耿介率眞。

第三章論述蘇辛詞借鑒杜詩之技巧，將技巧歸納爲六項，賅爲三大類，並以蘇辛詞借鑒技巧之異同，分別敘述之。且就每項技巧分別舉蘇辛詞借鑒杜詩之實例予以說明，每一項技巧以舉五例爲準，未達五例者，則逐舉所有之例。六項技巧中，因「化用」運用最爲頻繁，故蘇辛二人均舉十例以說明之。末節再就蘇辛借鑒杜詩之技巧作一比較。

﹝註34﹞同注18。
﹝註35﹞同注20。

　　第四章係論述蘇辛詞借鑑杜詩之相同篇章，首先就「附表一」顯見，蘇辛詞借鑑杜詩之相同篇章計有十五首，再分別以蘇詞、辛詞爲主，分別闡述借鑑次數超過兩次、三次以上之重要篇章。

　　第五章則從「附表二」、「附表三」顯見蘇詞借鑑杜詩之相異篇章凡三十六首，辛詞借鑑杜詩之相異篇章凡一一三首。由於篇章甚多，故僅就借鑑次數較繁者加以論述。蘇詞借鑑次數超過兩次以上之杜詩，計六首；而辛詞借鑑次數超過三次以上之詩篇，計有十二首。

　　第六章爲結論，將全文做一重點整理。

第二章　蘇辛詞借鑒杜詩之原因

　　蘇辛詞借鑒唐人詩句中，以杜詩爲最繁。蘇詞三五○闋中，計有五十七闋借鑒杜甫詩句，約佔所有詞作的七分之一；而辛詞六二九闋中，則有一七五闋借鑒杜詩，逾所有詞作的四分之一。蘇辛之所以對杜詩特別鍾愛，必定有其緣故，絕非徒然。因此本章就東坡、稼軒、杜甫三人之生平遭遇及性格思想兩方面，加以探討蘇辛詞借鑒杜詩之原因。

第一節　生平遭遇

　　杜甫生於唐睿宗先天元年（七一二年），卒於唐代宗大曆五年（七七○年），享年五十九歲。東坡生於宋仁宗景祐三年（一○三六年），卒於宋徽宗建中靖國元年（一一○一年），享壽六十六歲。稼軒生於宋高宗紹興十年（一一四○年），卒於宋寧宗開禧三年（一二○七年），享壽六十八歲。蘇辛詞借鑒杜詩次數繁多，與彼此之間的生平遭遇頗有淵源，以下謹歸納三點以說明之。

一、崢嶸少年

　　杜甫出生於河南鞏縣，早慧，七歲即能作詩〔註1〕，十四、五歲

〔註1〕杜甫〈壯遊〉：「七齡思即壯，開口詠鳳凰。九齡書大字，有作成一

時，學業有成，即與文壇名流交往。〔註2〕年紀雖輕，展露頭角，所結交者均不尋常，極受器重，頗爲自負才學。十九歲時（開元十八年，七三〇年）首次出門漫遊至郇瑕；二十歲，漫遊吳越數年，至二十四歲時（開元二十三年，七三五年）歸東都，舉進士，不第，次年，又至齊趙一帶漫遊，至開元二十九年（七四一年）始回東都，築室於首陽山下。天寶三年（七四四年），杜甫與李白於東都相遇，約定梁宋之遊。是年秋天，與李白、高適相會於宋州，登高懷古，飲酒論文，快意酣暢。天寶四年，杜甫再遊齊魯，與李白相會於兗州，一同尋仙訪道，談詩論文，友情深厚。這段期間，即杜甫三十五歲之前，由於他的文學成就，頗受文壇重視，國家又處於盛世，沒有生活上的壓力，使杜甫得以四處漫遊，結交了許多文人雅士，可說是杜甫一生中最快意的階段。

東坡出生於四川眉山縣，少年時，「奮厲有當世志……比冠，學通經史，屬文日數千言。」〔註3〕二十歲時，張方平知益州，東坡攜文求見，張方平一見待之以國士。〔註4〕嘉祐二年（一〇五七年）年二十二歲，進士及第，名動京師，深受歐陽修重視。嘉祐六年（一〇六一年），東坡年二十六歲，應制科試，又得三等，是宋朝自有制科以來，第二人能獲此高評者〔註5〕。隨即被授以大理評事、簽書鳳翔府判官，可見當時年少得志，受到文壇與朝廷之所推重。

囊。」〈進雕賦表〉：「臣自七歲所綴詩筆，向四十載矣，約千有餘篇。」

〔註2〕 杜甫〈壯遊〉：「往昔十四五，出遊翰墨場。斯文崔魏徒，以我似班揚。……性豪業嗜酒，嫉惡懷剛腸。脫略小時輩，結交皆老蒼。飲酣視八極，俗物多茫茫。」

〔註3〕 宋・蘇徹：《欒城集・亡兄子瞻端明墓誌銘》後集卷二十二（臺北・臺灣商務印書館，1968年9月臺一版），頁217。

〔註4〕 參〈樂全先生文集序〉：「軾年二十，以諸生見公成都，公一見待以國士。」宋・蘇軾：《蘇軾全集》（上海：上海古籍出版社，2005年5月第一版），中冊，頁851。

〔註5〕 元・脫脫等撰：《宋史・列傳第九十七》卷三三八（北京：中華書局，1985年6月新一版，頁10802）：「復對制策，入三等。自宋初以來，制策入三等，惟吳育與軾而已。」

稼軒出生於金人占領的山東歷城。紹興三十一年（一一六一年），金主完顏亮大舉南侵，時稼軒年二十二歲，聚眾兩千，加入耿京義軍，對抗金兵。時有僧人義端，經稼軒引薦，歸屬耿京。但義端某日竊印潛逃，耿京震怒，欲殺稼軒，稼軒要求限期三天，他必追捕義端歸來。後稼軒果然將義端斬首，因此耿京更加器重稼軒。紹興三十二年（一一六二年）正月稼軒奉耿京之命，奉表南歸，授以右承務郎。閏二月，義軍中叛徒張安國，殺害耿京，投降金人，稼軒獲悉乃率眾赴金營縛張安國，獻俘行在，改差江陰簽判，如此英勇事蹟，盛傳一時，此時稼軒年方二十三歲。南歸之後的二十年，稼軒均輾轉於江淮兩湖一帶任地方官，乾道元年（一一六五年），他審視形勢，分析敵我，寫成〈美芹十論〉，進奏朝廷，希望能得孝宗賞識，堅定抗戰的決心。乾道六年（一一七〇年），稼軒三十一歲，召對延和殿，論奏「阻江爲險，須藉兩淮」，並上疏請練民兵以守淮，同時作〈九議〉上宰相虞允文，期待他能積極籌劃復國大業。

杜甫、東坡及稼軒，三人年少之時，均才氣過人，名動一時。杜甫十幾歲時即結交文壇名流，且頗受推重；東坡二十二歲，名動京師；稼軒二十三歲，闖金營，縛張安國。如此之才華，令他們對自己的未來有極高的期許，皆企盼有朝能致君堯舜，經世濟民。無奈現實的殘酷，終其一生，他們都未能達成年少時的企望。

二、仕途受挫

開元二十三年（七三五年），時杜甫年二十四歲，舉進士不第〔註6〕，往後數年漫遊齊趙。開元二十九年（七四一年）歸東都，天寶四年（七四五年）再遊齊魯，天寶五年（七四六年）歸東都後，隨即至長安。天寶六年（七四七年），時杜甫三十六歲，玄宗詔天下有一藝者到長安應試，但因權相李林甫作梗，所有應詔就試者皆不第。杜甫留

〔註 6〕據陳文華考證，杜甫下第至遲應在開元二十四年，二十三年當然也屬可能，但非必然。參見陳文華：《杜甫傳記唐宋資料考辨》（臺北：文史哲出版社，1987 年 11 月初版），頁 61。

在長安，爲實現政治理想，不得不向公卿權貴投詩干謁，但仍毫無結果。天寶十年（七五一年），上〈三大禮賦〉〔註7〕，雖獲得玄宗的賞識，然亦只待制集賢院，等候分配。天寶十四年（七五五年），杜甫四十四歲，方授河西縣尉，不就，旋改右衛率府兵曹參軍。然同年十一月，安史之亂爆發。隔年將家屬安置於鄜州羌村，聞肅宗於靈武即位，遂奔赴行在，未料中途爲叛軍俘虜，解送長安。至德二年（七五七年）逃離長安，奔赴鳳翔，授左拾遺。然又因上疏救房琯，觸怒肅宗，詔三司推問，幸得宰相張鎬救免。隔年（乾元元年，七五八年），被貶爲華州司功參軍，從此遠離朝廷。乾元二年（七五九年），因關輔饑饉，杜甫棄官西去，至秦州、同谷，最後入蜀，至成都。廣德二年（七六四年），嚴武鎮蜀，六月表薦杜甫爲節度使署中參謀，檢校工部員外郎，賜緋魚袋，此時杜甫已五十三歲。迫於兩人之友誼，不得不就任。然最後，仍於隔年正月，即辭去幕府職務。

東坡於嘉祐二年（一○五七年）二十二歲時，進士及第，然因母喪，返蜀守制。嘉祐六年（一○六一年），應制科試，入三等，授以大理評事、簽書鳳翔府判官。治平二年（一○六五年）還朝，學士院試策，得直史館。隔年（一○六六年），父洵卒，護喪回籍。熙寧二年（一○六九年）還朝，以殿中丞、直史館判官誥院權開封府推官。時王安石推行新法，東坡上神宗皇帝書，論新法之不便、不可行。熙寧四年（一○七一年），乞求外放，通判杭州。熙寧七年（一○七四年）知密州，熙寧十年（一○七七年），知徐州，元豐二年（一○七九年），移知湖州，同年被控訕謗朝政，下御史臺獄，在獄百餘日，後責授檢校水部員外郎、充黃州團練副使、本州安置、不得簽書公事。元豐三年（一○八○年）謫居黃州，至元豐七年（一○八四年）四月始量移汝州。元豐八年（一○八五年）神宗駕崩，太后臨朝，復官朝奉郎、知登州，後召還京師，爲禮部郎中，起居舍人。元祐元年（一

〔註7〕據陳文華考證，杜甫獻〈三大禮賦〉應在天寶九年，然絕大部份之學者，仍依循十載獻賦之説。參見陳文華：《杜甫傳記唐宋資料考辨》，版本同前注，頁70。

〇八六年）遷中書舍人，翰林學士、知制誥。此後數年，均在朝中。元祐四年（一〇八九年），陷於黨爭，請求外放，知杭州。元祐六年（一〇九一年）二月以翰林學士承旨知制誥召還，八月知潁州。元祐七年（一〇九二年）二月移知揚州，九月入朝為兵部尚書兼侍讀任，十一月除端明殿學士、禮部尚書兼翰林侍讀學士。元祐八年（一〇九三年）太皇太后卒，哲宗親政，除知定州。紹聖元年（一〇九四年）貶英州，繼貶惠州安置，不得簽書公事。紹聖四年（一〇九七年），再貶瓊州別駕，移昌化軍（儋州）安置。直到元符三年（一一〇〇年）始離瓊州，量移廉州，後遷舒州團練副使、量移永州。未至，復朝奉郎，提舉成都玉局觀，在外州軍、任便居住。

稼軒二十三歲（紹興三十二年，一一六二年）南歸，授右承務郎，改差江陰簽判。隆興二年（一一六四年）江陰簽判任滿，改廣德軍通判。乾道三年（一一六七年）廣德軍通判任滿，改建康府通判。乾道六年（一一七〇年）遷司農寺主簿。乾道八年（一一七二年）出知滁州。淳熙元年（一一七四年），辟江東安撫司參議官，遷倉部郎官。淳熙二年（一一七五年）六月，出為江西提點刑獄，閏九月平茶商軍，加秘閣修撰。淳熙三年（一一七六年）秋冬之際，調京西轉運判官。淳熙四年（一一七七年）差知江陵府，兼湖北安撫。冬徙知隆興府兼江西安撫。淳熙五年（一一七八年）召為大理少卿，出為湖北轉運副使。淳熙六年（一一七九年）三月改湖南轉運副使，七月改知潭州，兼湖南安撫使。淳熙七年（一一八〇年），創制湖南飛虎軍，加右文殿修撰，差知隆興府兼江西安撫。淳熙八年（一一八一年）七月，轉奉議郎，十一月改除兩浙西路提點刑獄公事，旋以臺臣王藺論列，落職罷新任。淳熙九年（一一八二年）起，落職閒居上饒帶湖，至紹熙三年（一一九二年）春，赴福建任提點刑獄，十二月召赴行在。紹熙四年（一一九三年）遷太府卿，秋，加集英殿修撰，知福州，兼福建安撫使。紹熙五年（一一九四年）七月，諫官黃艾論列，罷帥任，主管建寧府武夷山沖佑觀；九月，御史中丞謝深甫論列，降充秘閣修撰。慶元元年（一一九五年）十月，御史中丞何

澶奏劾，落職，閒居鉛山瓢泉。直至嘉泰三年（一二○三年）夏，起知紹興府兼浙東安撫使，歲杪召赴行在。嘉泰四年（一二○四年）加寶謨閣待制，提舉佑神觀，奉朝請，差知鎮江府。開禧元年（一二○五年）三月，坐繆舉，降兩官，六月改知隆興府，旋以言者論列，與宮觀。開禧二年（一二○六年）差知紹興府、兩浙東路安撫使，辭免。進寶文閣待制，龍圖閣待制，知江陵府，召赴行在奏事。開禧三年（一二○七年）試兵部侍郎，兩次上章辭免，方遂所請。與在京宮觀，三月，敍復朝請大夫，又敍復朝議大夫。九月進樞密都承旨，令疾赴行在，未受命，上章陳乞致仕。

　　杜甫的第一個官職，只是個掌管兵甲器仗及門禁鎖鑰的小官，後來雖擔任左拾遺，但也僅有一年的時間，即因房琯事被貶為華州司功參軍，掌管地方的祭祀、學校等文教工作，但過了一年，杜甫即棄官離去。棄官之因雖說是關輔饑饉，難以度日，但或許亦有政治原因存在。此去之後，杜甫僅在嚴武幕府任職半年，此後，就與官場完全絕緣。東坡雖於二十二歲時即進士及第，然因遭逢母喪、父喪，致使官運中斷。後因與王安石理念不合，自請外放，三十六歲任杭州通判，三十九歲知密州，四十二歲知徐州，四十四歲知湖州，仕途升遷，相當順利。然於湖州任上，因烏臺詩案，幾乎送命，後貶居黃州四年多。神宗駕崩後，太皇太后攝政，東坡受到重用，然又因新舊黨爭，不安於朝，自請外放。哲宗親政後，政局又發生極大的變化，東坡再度被貶英州、惠州、瓊州，年過六旬的東坡在蠻荒的儋州，度過近三年的艱辛生活。稼軒自南歸以來，官職屢遷，最長的有三年，但最短的只有三個月，甚至有尚未赴任即被彈劾去官。調動貶黜凡二十餘次，足跡遍佈江蘇、浙江、安徽、江西、湖北、湖南、福建，所任官職，或為漕司，或掌獄訟，或掌財務，或帥一路之軍，但皆與北伐中原、收復故土之志不符。〔註8〕請纓無門，又遭落職閒居十餘年，仕途受挫，

〔註 8〕段致平：《稼軒詞用典研究》，國立臺灣師範大學國文研究所碩士論文，1999 年 6 月，頁 77。

抱負難以實現，與杜甫、東坡毫無二致。

三、田園生活

乾元二年（七五九年），杜甫年四十八歲，棄官西去，入蜀抵成都，隔年卜居西郊草堂，向友人覓得桃栽、綿竹、榿木、果栽，飼養雞鴨，種植青荽、藥草，墾殖為農，這段時間，生活得到暫時的安定，因此對於浣花溪及草堂四周之幽美景物及自然風光，多所描繪敘寫，透露出難得的平和清淡、閒適自得。但在這些題材、內容中，仍隱含著杜甫感時傷世之情，他在成都草堂的生活，並未完全遠離時事，仍始終對國家社會抱持著深切的關注。在成都數年，杜甫的生活相當艱苦，雖有朋友接濟，仍然十分困窘。

元豐三年（一○八○年），東坡年四十五歲，貶謫黃州。因生活拮据，乃請領廢棄營地，闢荒墾殖，種稻植樹，躬耕東坡。詞作中多描繪自然風光及追慕淵明的歸隱生活，也有對生命的無奈及對時間的敏感。東坡因為這種歸園田居的生活，使心境上有了極大的轉變，他將所有的悲哀放在一旁，產生了曠達超脫的胸懷。

稼軒於淳熙九年（一一八二年）首次落職閒居上饒帶湖，為時十年之久。慶元元年十月（一一九五年）又遭彈劾落職，閒居鉛山瓢泉七年餘。這段時間，有些詞作內容為農村生活及自然景物，表現了稼軒對農村生活的喜愛，其中亦有明引或暗用淵明詩文，足見稼軒於罷職閒居時，對淵明的濃厚興趣。然而稼軒兩度閒居，都是因遭人彈劾被迫如此，故而稼軒田園生活的詞作，恬淡自適的背後，總隱藏著些許抑鬱與憤懣。

杜甫、東坡及稼軒三人，皆曾有數年的田園生活，杜甫因躲避戰亂、饑荒，同時也因仕途之不遇，方赴成都。而東坡與稼軒則皆因貶謫，不得不過著田園生活。然而在政治失意的這段期間，卻也是二人的文學豐收期。東坡在詩、詞、賦、散文等方面的許多名篇，皆作於謫居黃州之時；而稼軒六百餘闋詞作，四百餘闋均作於落職閒居帶湖、瓢泉時期。

第二節　性格思想

　　杜甫被尊稱爲「詩聖」，不僅指稱其詩乃詩壇翹楚，同時亦指其人爲儒家聖者。蘇辛詞借鑒杜詩頗繁，除了杜詩在文學上的偉大成就外，也和杜甫的性格思想息息相關。本節從杜甫、蘇、辛三人的性格思想方面，探討蘇辛詞借鑒杜詩之緣由。

一、儒者情懷

　　杜甫一向以儒者自居，深受儒家文化的薰陶，奉儒家經典爲圭臬，立身處世莫不以儒家思想爲規範，他忠君愛國，憂在黎元，時時刻刻懷抱著兼濟天下的情懷，其最高的政治理想即爲「致君堯舜上，再使風俗淳。」杜甫一生始終抱持著積極入世之精神，縱然仕途受挫，生活困頓，但輔君治國、經世濟民的意志卻從未曾搖過。即使步入晚年，猶言「死爲星辰終不滅，致君堯舜焉肯朽」〔註9〕，可見杜甫即使不在其位，難以實現抱負，但致君濟世之心從未磨滅。

　　東坡思想亦以儒家爲本，認爲「丈夫重出處，不退要當前」〔註10〕，他應制科考試時，進策二十五篇，論析當時形勢及安邦定國之策略。且無論任職州郡或在京爲官，無不關心民瘼，如知密州時，正值天旱，蝗災嚴重，東坡率領民眾滅蝗，並奏請朝廷減免百姓賦稅。〔註11〕東坡尊主憂國，重民澤民，體現了儒家入世進取、達兼窮獨之精神。但隨著閱歷加深及宦海浮沉，使東坡的思想逐漸形成儒、釋、道三者兼容並蓄。

　　稼軒承受了傳統的儒家教育，始終抱持儒家積極入世的精神，畢

〔註9〕清·楊倫：《杜詩鏡銓》（臺北：藝文印書館，1998年12月初版），頁1217。詩題爲〈可歎〉，作於大歷二年（七六七年）杜甫年五十六歲。

〔註10〕語見蘇詩〈和子由苦寒見寄〉，錄自清·王文誥輯注，孔凡禮點校：《蘇軾詩集》（北京：中華書局，1982年2月第一版），第一冊，頁215。

〔註11〕劉乃昌：《蘇軾文學論集》（濟南：齊魯書社，2004年5月第一版），頁195。

生爲收復失地、北伐中原而奮戰。由於南宋朝廷偏安江南，稼軒又爲歸正北人，受到牽制，始終無法在仕途上一展雄才，甚至遭彈劾而落職閒居，但稼軒始終不改其志，無不亟待有朝一日能致君堯舜，抗金復國。他明知其不可爲而爲之，面對調任頻繁，彈劾罷職，仍然保有一貫的熱情，即使到了暮年，朝廷再度起用，他仍欣然受命，因其一生所追求的就是做一名建立功業的「眞儒」。

杜甫、東坡與稼軒自幼皆受儒家的正統教育，中國文人向來有學而優則仕的觀念，窮則獨善其身，達者兼濟天下。三人皆具不凡才華，以儒者自居，故均有積極入世，經世濟民之政治理想。

二、感時傷舊

杜甫除了早年漫遊生活，較爲愜意外，往後的人生，因爲政治的長期失意，使生活更顯艱難。在這樣的境遇下，杜甫作品中，常透露出感時傷舊之情。如被貶華州時所作〈九日藍田崔氏莊〉，人在異鄉，又逢重陽，得與好友相聚，然不免有他年難再之慨。又如〈絕句漫興九首〉及〈江畔獨步尋花七絕句〉，敘寫暮春繁花盛開，然卻引發詩人寄居他鄉之客愁，感嘆春光易逝，傷春悲老之情油然而生。杜甫自赴成都後，漂泊西南十餘年，再也沒有回到故鄉，因此頗多懷鄉憂國之作。

東坡因烏臺詩案，謫居黃州，「縹緲孤鴻影」，「有恨無人省」。因此在每逢佳節倍思親的重陽佳節，東坡對於生命流轉，人生無常，特別有所感觸。且東坡面臨暮春景色，亦有「漸老逢春能幾回」之感慨，這樣的情緒，和他的政治遭遇有極密切的關係。東坡自熙寧元年（一〇六八年），三十三歲，離開故鄉四川後，便不曾再回故鄉，故詞作中時有思鄉之情。

稼軒原籍北方，二十三歲南歸，他懷念故土，其實不只思鄉，而是企望能驅除金人，恢復河山。稼軒一生以氣節自負，以功業自許，執意抗戰復國。因此，即使面對重陽佳節，或是暮春景致，他縱有感時傷老之意，但均寄託詞人仕不得志，報國無門之悲嘆。

三、耿介率眞

　　杜甫的耿介率眞，表現在他仗義執言的諫官生涯，當他任職左拾遺時，肅宗罷房琯相，杜甫卻行諫臣之職，逆鱗犯顏，觸怒肅宗，遭三司推問，幾罹殺身之禍，此事也導致了隔年貶官華州司功參軍。杜甫的率眞性格，也使他的詩歌充滿了眞摯的情感。憂國憂民的杜甫，個人之喜樂，總與國事緊密相連。如聽到官軍收復河南河北時的驚喜，眞情流露。〔註12〕

　　東坡反對王安石的新法政策，上書直言，不容於權傾一時的改革派，故自請外放。元豐八年（一○八五年）司馬光爲相，對於反對新法的東坡而言，當是前程似錦。然因東坡出任地方官時，對於新法有了實際的施行經驗，認爲並非所有的新法全然不當，因此又與欲盡廢新法的司馬光有了芥蒂，陷於黨爭，不安於朝。這種擇善固執、不隨波逐流的耿直個性，使東坡飽經憂患與磨難。

　　稼軒自南歸以來，始終懷抱恢復中原，整頓乾坤之志。然當時南宋朝廷，早已放棄北伐政策，只求偏安江南，故當權者對於稼軒多所排擠，也使稼軒終其一生，難以施展雄才大略，更遭彈劾，兩度罷職落任。但稼軒始終不曾動搖意志，也不曾向當權者靠攏，仍然一心一意戮力於光復河山大業。

〔註12〕王嗣奭云：「此詩句句有喜躍意，一氣流注，而曲折盡情，絕無妝點，愈樸愈眞，他人決不能道。」語見唐・杜甫著，清・仇兆鰲注：《杜詩詳注》（北京：中華書局，1979年10月第一版），冊二，頁968。

第三章　蘇辛詞借鑒杜詩之技巧

　　本章採用王師偉勇《宋詞與唐詩之對應研究》〔註1〕一書中之分類，歸納其技巧凡六，並分三類以賅之：一曰字面之借鑒，包含（一）截取杜詩字面；（二）鎔鑄杜詩字面。二曰句意之借鑒，包含（一）增損杜詩字句；（二）化用杜詩句意；（三）襲用杜詩成句。三曰詩篇之借鑒，係專指檃括杜詩篇章而言。〔註2〕由統計得知，蘇詞借鑒杜詩六十餘次〔註3〕，運用技巧計有四項：截取杜詩字面凡六次、增損杜詩字句十次、化用杜詩句意四十七次、襲用杜詩成句三次。而辛詞借鑒杜詩二百餘次〔註4〕，運用技巧達六項之多：截取杜詩字面凡四十六次、鎔鑄杜詩字面三次、增損杜詩字句二十四次、化用杜詩句意一三三次、襲用杜詩成句八次、檃括杜詩篇章一次。以下就此三類技巧，酌採數例分別說明蘇辛詞借鑒杜詩之異同。

〔註1〕王師偉勇：《宋詞與唐詩之對應研究》（臺北：文史哲出版社，2003年6月初版），頁21。

〔註2〕王師偉勇於《宋詞與唐詩之對應研究》一書中，分為四大類，九種技巧。然本文蘇辛詞借鑒杜詩未曾運用之技巧，筆者逕行刪去；此外，第四類之技巧（引唐詩人故實及綜合運用各技巧）均可納入他項說明，故將此類刪去，成為三大類，六項技巧。

〔註3〕詳附錄一，頁189。本表所列東坡詞頁碼係以鄒同慶、王宗堂：《蘇軾詞編年校註》（北京：中華書局，2002年9月第一版）為據。

〔註4〕詳附錄二，頁195。本表所列稼軒詞頁碼係以鄧廣銘箋注：《稼軒詞編年箋注》（臺北：華正書局，2003年9月二版）為據。

第一節 蘇辛詞借鑒杜詩之相同技巧

一、字面之借鑒

截取杜詩字面（自一詩句中截取一字面）

所謂「截取杜詩字面」，即取材杜詩，止於辭彙之引用者稱之。其下又可分「自一詩句中截取兩字面」、「自兩詩句中截取兩字面」、「自一詩句中截取一字面」三子目。〔註5〕然蘇詞「截取杜詩字面」技巧，運用六次，均係「自一詩句中截取一字面」，其餘二者未見之；至於辛詞「截取杜詩字面」技巧，運用四十六次之多，其中「自一詩句中截取一字面」運用最繁，計有二十五次，次為「自一詩句中截取兩字面」，計有十五次，至於「自兩詩句中截取兩字面」，則僅有六次，可見稼軒運用「截取杜詩字面」之技巧較多面性。本節謹就兩人借鑒技巧之相同處，即「自一詩句中截取一字面」，列舉數例說明如下：

蘇軾

1. 〈臨江仙〉（四大從來都遍滿）：「幽花香澗谷，寒藻舞淪漪。」（頁40）

   按：蘇詞「幽花」一詞乃自杜甫〈過南鄰朱山人水亭〉：「幽花欹滿樹，細水曲通池。」（頁768）截取而來。

2. 〈減字木蘭花〉（惟熊佳夢）：「壯氣橫秋。未滿三朝已食牛。」（頁104）

   按：蘇詞「食牛」一詞乃自杜甫〈徐卿二子歌〉：「小兒五歲氣食牛，滿堂賓客皆回頭。」（頁584）截取而來。

3. 〈訴衷情〉（小蓮初上琵琶弦）：「素娥今夜，故故隨人，似鬥嬋娟。」（頁125）

   按：蘇詞「故故」一詞乃自杜甫〈月〉三首之三：「時時開暗室，故故滿青天。」（頁1046～1047）截取而來。

〔註5〕同注1，頁23。

4. 〈哨徧〉（睡起畫堂）：「見乳燕捎蝶過繁枝。忽一線鑪香逐遊
　　絲。」（頁 591）

按：蘇詞「捎蝶」一詞乃自杜甫〈重遊何氏〉五首之一：「花妥
　　鶯捎蝶，溪喧獺趁魚。」（頁 213）截取而來。

5. 〈南歌子〉（苒苒中秋過）：「早知身世兩聱牙。好伴騎鯨公子、
　　賦雄誇。」（頁 624）

按：蘇詞「騎鯨公子」一詞乃自杜甫〈送孔巢父謝病歸遊江東兼
　　呈李白〉：「若逢李白騎鯨魚，道甫問訊今何如。」（頁 170）
　　截取而來。

辛棄疾

1. 〈水調歌頭〉（千里渥洼種）：千里渥洼種，名動帝王家。」（頁
　　6）

按：辛詞「渥洼種」一詞乃自杜甫〈遣興二首〉之二：「君看渥
　　洼種，態與駑駘異。」（頁 423）截取而來。

2. 〈水調歌頭〉（文字覷天巧）：「平生丘壑，歲晚也作稻粱謀。」
　　（頁 133）

按：辛詞「稻粱謀」一詞乃自杜甫〈同諸公登慈恩寺塔〉：「君看
　　隨陽雁，各有稻粱謀。」（頁 175）截取而來。

3. 〈生查子〉（誰傾滄海珠）：「誰傾滄海珠，簸弄千明月？」（頁
　　204）

按：辛詞「滄海珠」一詞乃自杜甫〈岳麓山道林二寺行〉：「地靈
　　步步雪山草，僧寶人人滄海珠。」（頁 1325）截取而來。

4. 〈鷓鴣天〉（濃紫深黃一畫圖）：「香澈豔，錦糢糊。主人長得
　　醉工夫。」（頁 508）

按：辛詞「錦糢糊」一詞乃自杜甫〈送蔡希魯都尉還隴右因寄高
　　三十五書記〉：「馬頭金匼帀，馲背錦糢糊。」（頁 250）截取
　　而來。

5. 〈賀新郎〉（綠樹聽鵜鴂）：「馬上琵琶關塞黑，更長門翠輦辭

金闕。看燕燕，送歸妾。」（頁 527）

按：辛詞「關塞黑」一詞乃自杜甫〈夢李白二首〉之一：「魂來楓林青，魂返關塞黑。」（頁 416）截取而來。

二、句意之借鑒

（一）增損杜詩字句

所謂「增損杜詩字句」，即取材唐詩整句，不易其文意、語序，僅增減或更動一、二字者稱之；其下又可分「就杜甫詩句增字」、「就杜甫詩句減字」、「改易杜詩字句」三子目。〔註6〕然蘇詞「增損杜詩字句」技巧，僅運用十次，「就杜甫詩句增字」二次、「就杜甫詩句減字」三次、「改易杜詩字句」五次；至於辛詞「增損杜詩字句」技巧，運用二十四次之多，其中「就杜甫詩句增字」九次、「就杜甫詩句減字」十二次、「改易杜詩字句」僅三次，可見蘇辛運用「增損杜詩字句」之技巧較全面。茲舉數例說明如下：

1. 就杜甫詩句增字

蘇軾

（1）〈定風波〉（雨洗娟娟嫩葉光）：「雨洗娟娟嫩葉光。風吹細細綠筠香。秀色亂侵書帙晚。簾捲。清陰微過酒尊涼。」（頁396）

按：杜甫〈嚴鄭公宅同詠竹得香字〉：「綠竹半含籜，新梢纔出牆。色侵書帙晚，陰過酒樽涼。雨洗娟娟淨，風吹細細香。但令無翦伐，會見拂雲長。」（頁 799）蘇詞「雨洗娟娟嫩葉光」顯就杜詩「雨洗娟娟淨」減去「淨」字，增「嫩葉光」三字而成；「風吹細細綠筠香」顯就杜詩「風吹細細香」增加「綠筠」二字而成；「秀色亂侵書帙晚」顯就杜詩「色侵書帙晚」增加「秀」、「亂」二字而成；「清陰微過酒尊涼」顯就杜詩

〔註 6〕同前注。

「陰過酒樽涼」增加「清、「微」二字而成。

（2）〈浣溪沙〉（風捲珠簾自上鉤）：「風捲珠簾自上鉤。蕭蕭亂葉報新秋。獨攜纖手上高樓。」（頁 847）

按：杜甫〈月〉：「塵匣元開鏡，風簾自上鉤。」（頁 1187）蘇詞「風捲珠簾自上鉤」顯就杜詩「風簾自上鉤」而增「捲珠」二字也。

辛棄疾

（1）〈滿江紅〉（過眼溪山）：「吳楚地，東南坼。英雄事，曹劉敵。」（頁 60）

按：杜甫〈登岳陽樓〉：「吳楚東南坼，乾坤日月浮。」（頁 1307）辛詞「吳楚地，東南坼」兩句顯就杜詩「吳楚東南坼」增一「地」字，且破為兩句也。

（2）〈昭君怨〉（夜雨剪殘春韭）：「夜雨剪殘春韭，明日重斟別酒。」（頁 206）

按：杜甫〈贈衛八處士〉：「夜雨翦春韭，新炊間黃粱。」（頁 387）辛詞「夜雨剪殘春韭」顯就杜詩「夜雨翦春韭」增一「殘」字也。

（3）〈御街行〉（山城甲子冥冥雨）：「山城甲子冥冥雨，門外青泥路。」（頁 250）

按：杜甫〈雨〉：「冥冥甲子雨，已度立春時。」（頁 843）辛詞「山城甲子冥冥雨」顯就杜詩「冥冥甲子雨」增「山城」二字，另易「冥冥甲子雨」為「甲子冥冥雨」也。

（4）〈水龍吟〉（舉頭西北浮雲）：「峽束蒼江對起，過危樓欲飛還斂。」（頁 337）

按：杜甫〈秋日夔府詠懷奉寄鄭監李賓客一百韻〉：「峽束蒼江起，巖排古樹圓。」（頁 1116～1117）辛詞「峽束蒼江對起」顯就杜詩「峽束蒼江起」增一「對」字而成也。

（5）〈鷓鴣天〉（莫避春陰上馬遲）：「莫避春陰上馬遲，春來未

有不陰時。」（頁364）

按：杜甫〈人日〉二首之一：「元日至人日，未有不陰時。」（頁1240）辛詞「春來未有不陰時」顯就杜詩「未有不陰時」增「春來」二字，以成七字句也。

2. 就杜甫詩句減字

蘇軾

（1）〈滿江紅〉（江漢西來）：「猶自帶、岷峨雪浪，錦江春色。」（頁335）

按：杜甫〈登樓〉：「錦江春色來天地，玉壘浮雲變古今。」（頁769）蘇詞「錦江春色」顯就杜詩「錦江春色來天地」減去「來天地」三字而成也。

（2）〈十拍子〉（白酒新開九醞）：「強染霜髭扶翠袖，莫道狂夫不解狂。狂夫老更狂。」（頁476）

按：杜甫〈狂夫〉：「欲塡溝壑惟疏放，自笑狂夫老更狂。」（頁525）蘇詞「狂夫老更狂」顯就杜詩「自笑狂夫老更狂」減去「自笑」二字而成也。

（3）〈阮郎歸〉（綠槐高柳咽新蟬）：「玉盆纖手弄清泉。瓊珠碎卻圓。」（頁510）

按：杜甫〈宇文晁崔彧重泛鄭監前湖〉：「樽當霞綺輕初散，棹拂荷珠碎卻圓。」（頁1260）蘇詞「瓊珠碎卻圓」顯就杜詩「棹拂荷珠碎卻圓」減去「棹拂」二字，且易「荷」字爲「瓊」字而成也。

辛棄疾

（1）〈千秋歲〉（塞垣秋草）：「從容帷幄去，整頓乾坤了。」（頁13）

按：杜甫〈洗兵馬〉：「二三豪傑爲時出，整頓乾坤濟時了。」（頁397）辛詞「整頓乾坤了」顯就杜詩「整頓乾坤濟時了」減去「濟時」二字而成也。

（2）〈謁金門〉（山吐月）：「山吐月，畫燭從教風滅。」（頁 261）

按：杜甫〈月〉：「四更山吐月，殘夜水明樓。」（頁 1187）辛詞
　　「山吐月」顯就杜詩「四更山吐月」減去「四更」二字而成
　　也。

（3）〈沁園春〉（有美人兮）：「萬事長嗟，百年雙鬢，吾非斯人
　　誰與歸。」（頁 290）

按：杜甫〈戲題寄上漢中王三首〉之一：「百年雙白鬢，一別五
　　秋螢。」（頁 644）辛詞「百年雙鬢」顯就杜詩「百年雙白鬢」
　　減一「白」字而成也。

（4）〈踏莎行〉（吾道悠悠）：「吾道悠悠，憂心悄悄，最無聊處
　　秋光到。」（頁 409）

按：杜甫〈發秦州〉：「大哉乾坤內，吾道長悠悠。」（頁 486）
　　辛詞「吾道悠悠」顯就杜詩「吾道長悠悠」減一「長」字而
　　成也。

（5）〈清平樂〉（溪回沙淺）：「誰似先生高舉，一行白鷺青天。」
　　（頁 443）

按：杜甫〈絕句四首〉之三：「兩箇黃鸝鳴翠柳，一行白鷺上青
　　天。」（頁 817）辛詞「一行白鷺青天」顯就杜詩「一行白鷺
　　上青天」減一「上」字而成也。

3. 改易杜詩字句

蘇軾

（1）〈南歌子〉（帶酒衝山雨）：「老去才都盡，歸來計未成。」
　　（頁 368）

按：杜甫〈寄彭州高三十五使君適虢州岑二十七長史參三十韻〉：
　　「老去才難盡，愁來興甚長。」（頁 466）〔註7〕蘇詞「老去

〔註7〕「老去才難盡」一作「老去才雖盡」，見於唐・杜甫著、宋・趙次公
　　　注、林繼中輯校：《杜詩趙次公先後解輯校》（上海：上海古籍出版
　　　社，1994 年 12 月第一版），頁 336。

才都盡」，顯就杜詩「老去才難盡」句，易「難」字爲「都」
字也。

(2)〈洞仙歌〉(冰肌玉骨)：「試問夜如何？夜已三更，金波淡、
玉繩低轉。」(頁 414)

按：杜甫〈春宿左省〉：「明朝有封事，數問夜如何？」(頁 349)
蘇詞「試問夜如何」，顯就杜詩「數問夜如何」句，易「數」
字爲「試」字也。

(3)〈南鄉子〉(何處倚闌干)：「蝴蝶夢中家萬里，依然。老去
愁來強自寬。」(頁 836)

按：杜甫〈九日藍田崔氏莊〉：「老去悲秋強自寬，興來今日盡君
歡。」(頁 380)蘇詞「老去愁來強自寬」，顯就杜詩「老去
悲秋強自寬」句，易「悲秋」爲「愁來」也。〔註8〕

(4)〈菩薩蠻〉(塗香莫惜蓮承步)：「只見舞迴風。都無行處蹤。」
(頁 842)

按：杜甫〈對雪〉：「亂雲低薄暮，急雪舞迴風。」(頁 284)蘇
詞「只見舞迴風」，顯就杜詩「急雪舞迴風」句，易「急雪」
爲「只見」也。

(5)〈阮郎歸〉(暗香浮動月黃昏)：「折花欲寄隴頭人。江南日
暮雲。」(頁 867)

按：杜甫〈春日憶李白〉：「渭北春天樹，江東日暮雲。」(頁 169)
蘇詞「江南日暮雲」，顯就杜詩「江東日暮雲」句，易「東」
字爲「南」字也。

辛棄疾

(1)〈鷓鴣天〉(唱徹陽關淚未乾)：「江頭未是風波惡，別有人
間行路難。」(頁 55)

〔註 8〕東坡此句諸多版本均作「愁來」，惟《傅幹注坡詞》(成都：巴蜀書
社，1993 年 7 月第一版，頁 124)作「悲秋」，符合杜詩原句，故在
此仍將其借鑒技巧歸入「增損」一類，而未歸入「襲用」。

　　按：杜甫〈將赴成都草堂、途中有作、先寄嚴鄭公〉五首之四：
　　　　「三年奔走空皮骨，信有人間行路難。」（頁 759）辛詞「別
　　　　有人間行路難」，顯就杜詩「信有人間行路難」句，易「信」
　　　　字爲「別」字也。

（2）〈菩薩蠻〉（稼軒日向兒童說）：「頭白早歸來，種花花已開。」
　　　（頁 95）

　　按：杜甫〈不見〉：「匡山讀書處，頭白好歸來。」（頁 592）辛
　　　　詞「頭白早歸來」，顯就杜詩「頭白好歸來」句，易「好」
　　　　字爲「早」字也。

（3）〈南鄉子〉（何處望神州）：「千古興亡多少事，悠悠，不盡
　　　長江滾滾流。」（頁 548）

　　按：杜甫〈登高〉：「無邊落木蕭蕭下，不盡長江滾滾來。」（頁
　　　　1169）辛詞「不盡長江滾滾流」，顯就杜詩「不盡長江滾滾
　　　　來」句，易「來」字爲「流」字，以協韻也。

（二）化用杜詩句意

　　所謂「化用杜詩句意」，即指取材杜詩片段，不易其文意，而另
造新句；或引申文意，反用文意，而另造新句者稱之。〔註9〕「化用
杜詩句意」，爲蘇辛詞借鑒杜詩最常運用之技巧，蘇詞計四十七次，
辛詞計一三三次，運用次數之頻繁，均較他類技巧高出數倍之多，故
各舉十例以說明之：

蘇軾

1. 〈菩薩蠻〉（繡簾高捲傾城出）：「遺響下清虛。纍纍一串珠。」
　　（頁 35）

　　按：杜甫〈聽楊氏歌〉：「滿堂慘不樂，響下清虛裏。」（頁 935）
　　　　蘇詞上句，顯襲杜詩下句而易其語也。

2. 〈浣溪沙〉（白雪清詞出坐間）：「可恨相逢能幾日，不知重會

〔註 9〕同注 1，頁 24。

是何年。茱萸仔細更重看。」（頁 93）

按：杜甫〈九日藍田崔氏莊〉：「明年此會知誰健，醉把茱萸仔細
看。」（頁 380）蘇詞後兩句，顯襲杜詩兩句而易其語也。

3. 〈醉落魄〉（蒼顏華髮）：「蒼顏華髮。故山歸計何時決。舊交
新貴音書絕。」（頁 114）

按：杜甫〈狂夫〉：「厚祿故人書斷絕，恆饑稚子色淒涼。」（頁
525）蘇詞末句，顯襲杜甫「厚祿故人書斷絕」詩意而易其
語也。

4. 〈訴衷情〉（小蓮初上琵琶弦）：「小蓮初上琵琶弦。彈破碧雲
天。分明繡閣幽恨，都向曲中傳。」（頁 125）

按：杜甫〈詠懷古跡五首〉之三：「千載琵琶作胡語，分明怨恨
曲中論。」（頁 933）原係寫明妃去國，思念故土之怨恨憂思，
蘇詞則引申轉寫閨中兒女之幽恨。

5. 〈沁園春〉（孤館燈青）：「有筆頭千字，胸中萬卷，致君堯舜，
此事何難。」（頁 134）

按：杜甫〈奉贈韋左丞丈二十二韻〉：「讀書破萬卷，下筆如有
神。……致君堯舜上，再使風俗淳。」（頁 160～161）蘇詞
顯襲杜詩詩意而易其語也。

6. 〈浣溪沙〉（一別姑蘇已四年）：「霜鬢不須催我老，杏花依舊
駐君顏。夜闌相對夢魂間。」（頁 215）

按：杜甫〈羌村三首〉之一：「夜闌更秉燭，相對如夢寐。」（頁
325）原係寫戰亂之中家人團聚之欣喜，蘇詞則引申爲好友
珍惜重逢之情誼。

7. 〈西江月〉（點點樓頭細雨）：「酒闌不必看茱萸。俯仰人間今
古。」（頁 432）

按：杜甫〈九日藍田崔氏莊〉：「明年此會知誰健，醉把茱萸仔細
看。」（頁 380）蘇詞兩句顯係反用杜詩句意。

8. 〈減字木蘭花〉（鄭莊好客）：「落筆生風。籍籍聲名不負公。」

（頁 522）

按：杜甫〈寄李十二白二十韻〉：「筆落驚風雨，詩成泣鬼神。」
　　（頁 479）蘇詞兩句顯襲杜甫詩意而易其語也。

9.〈西江月〉（莫歎平齊落落）：「白髮千莖相送，深杯百罰休辭。」
　　（頁 597）

按：杜甫〈樂遊園歌〉：「數莖白髮那拋得，百罰深杯亦不辭。」
　　（頁 184）蘇詞兩句顯襲杜甫詩意而易其語也。

10.〈浣溪沙〉（珠檜絲杉冷欲霜）：「共挽朱轓留半日，強揉青
　　蕊作重陽。不知明日為誰黃。」（頁 605）

按：杜甫〈歎庭前甘菊花〉：「庭前甘菊移時晚，青蕊重陽不堪摘。
　　明日蕭條醉盡醒，殘花爛漫開何益。」（頁 203）蘇詞顯襲其
　　意而易其語也。

辛棄疾

1.〈太常引〉（一輪秋影轉金波）：「斫去桂婆娑，人道是清光更
　　多。」（頁 33）

按：杜甫〈一百五日夜對月〉：「斫卻月中桂，清光應更多。」（頁
　　290）辛詞顯襲杜甫詩意而易其語也。

2.〈霜天曉角〉（暮山層碧）：「萬里衡陽歸恨，先倩雁，寄消息。」
　　（頁 76）

按：杜甫〈歸雁二首〉之一：「萬里衡陽雁，今年又北歸。」（頁
　　1392）辛詞顯係化用杜甫詩意而成也。

3.〈水調歌頭〉（帶湖吾甚愛）：「東岸綠陰少，楊柳更須栽。」
　　（頁 115）

按：杜甫〈舍弟占歸草堂檢校聊示此詩〉：「東林竹影薄，臘月更
　　須栽。」（頁 723）辛詞顯係化用杜甫詩意而成也。

4.〈臨江仙〉（春色饒君白髮了）：「睡起鴛鴦飛燕子，門前沙暖
　　泥融。」（頁 164）

按：杜甫〈絕句〉二首之一：「泥融飛燕子，沙暖睡鴛鴦。」（頁

771）辛詞顯係襲杜甫詩意而易其語也。

5. 〈鷓鴣天〉（不向長安路上行）：「一松一竹眞朋友，山鳥山花好弟兄。」（頁 172）

按：杜甫〈岳麓山道林二寺行〉：「一重一掩吾肺腑，山鳥山花吾友于。」（頁 1327）辛詞「山鳥山花好弟兄」，顯襲杜甫末句詩意而易其語也。

6. 〈水龍吟〉（被公驚倒瓢泉）：「被公驚倒瓢泉，倒流三峽詞源瀉。」（頁 219）

按：杜甫〈醉歌行〉：「詞源倒流三峽水，筆陣獨掃千人軍。」（頁 206）辛詞「倒流三峽詞源瀉」，顯襲杜甫「詞源倒流三峽水」詩意而易其語也。

7. 〈菩薩蠻〉（黃金不換囊中術）：「軟語到更闌，綈袍范叔寒。」（頁 270）

按：杜甫〈贈蜀僧閭邱詩兄〉：「夜闌接軟語，落月如金盆。」（頁 540）辛詞「軟語到更闌」，顯襲杜甫「夜闌接軟語」詩意而易其語也。

8. 〈永遇樂〉（投老空山）：「又何事催詩雨急，片雲斗暗。」（頁 411）

按：杜甫〈陪諸貴公子丈八溝攜妓納涼晚際遇雨二首〉之一：「片雲頭上黑，應是雨催詩。」（頁 215～216）辛詞顯係化用杜甫詩意而成也。

9. 〈鷓鴣天〉（髮底青青無限春）：「書萬卷，筆如神。眼看同輩上青雲。」（頁 417）

按：杜甫〈奉贈韋左丞丈二十二韻〉：「甫昔少年日，早充觀國賓。讀書破萬卷，下筆如有神。」（頁 160）辛詞顯係化用杜甫詩意而成也。

10. 〈婆羅門引〉（落星萬點）：「東風搖蕩，似楊柳十五女兒腰。人共柳那箇無聊？」（頁 489）

按：杜甫〈絕句漫興九首〉之九：「隔戶楊柳弱嫋嫋，恰似十五女兒腰。」（頁 572）辛詞「似楊柳十五女兒腰」，顯襲杜甫詩意而易其語也。

（三）襲用杜詩成句

凡取材杜詩，而襲用一首詩之成句，又不致全首引用者稱之「襲用杜詩成句」。〔註 10〕此項技巧，蘇詞僅運用三次，辛詞亦僅有八次，故將其全數臚列如下說明之。

蘇軾

1. 〈臨江仙〉（四大從來都遍滿）：「層巔餘落日，草露已沾衣。」（頁 40）

　按：詞中「層巔餘落日」一句，係襲用杜甫〈西枝村尋置草堂地夜宿贊公土室二首〉之一：「層巔餘落日，草蔓已多露。」（頁 440）之詩句。

2. 〈浣溪沙〉（炙手無人傍屋頭）：「顧我已無當世望，似君須向古人求。歲寒松柏肯驚秋。」（頁 481）

　按：詞中「似君須向古人求」一句，係襲用杜甫〈相從行贈嚴二別駕〉之末句。（頁 648）

3. 〈南鄉子〉（悵望送春杯）：「悵望送春杯。漸老逢春能幾回。」（頁 835）

　按：詞中「漸老逢春能幾回」一句，係襲用杜甫〈絕句漫興九首〉之四：「二月已破三月來，漸老逢春能幾回。」（頁 570）之詩句。

辛棄疾

1. 〈阮郎歸〉（山前燈火欲黃昏）：「如今憔悴賦招魂。儒冠多誤身。」（頁 75）

　按：詞中「儒冠多誤身」一句，係襲用杜甫〈奉贈韋左丞丈二十

―――――――――――――――――――――
〔註 10〕同前注。

二韻〉：「紈袴不餓死，儒冠多誤身。」（頁 160）之詩句。

2. 〈賀新郎〉（雲臥衣裳冷）：「雲臥衣裳冷。看蕭然風前月下，水邊幽影。」（頁 135）

按：詞中「雲臥衣裳冷」一句，係襲用杜甫〈遊龍門奉先寺〉：「天闚象緯逼，雲臥衣裳冷。」（頁 131）之詩句。

3. 〈菩薩蠻〉（香浮乳酪玻璃盌）：「萬顆寫清勻，低頭愧野人。」（頁 224）

按：詞中「低頭愧野人」一句，係襲用杜甫〈獨酌成詩〉：「苦被微官縛，低頭愧野人。」（頁 321）之詩句。

4. 〈水調歌頭〉（高馬勿捶面）：「高馬勿捶面，千里事難量。長魚變化雲雨，無使寸鱗傷。」（頁 372）

按：詞中「高馬勿捶面」一句，係襲用杜甫〈三韻三首〉之一：「高馬勿唾（一作捶）面，長魚無損鱗。辱馬馬毛焦，困魚魚有神。君看磊落士，不肯易其身。」（頁 821）〔註11〕之詩句。

5. 〈臨江仙〉（一自酒情詩興嬾）：「杜陵眞好事，留得一錢看。」（頁 390）

按：詞中「留得一錢看」一句，係襲用杜甫〈空囊〉：「囊空恐羞澀，留得一錢看。」（頁 456）之詩句。

6. 〈水調歌頭〉（四座且勿語）：「鴻雁初飛江上，蟋蟀還來牀下，時序百年心。」（頁 441）

按：詞中「時序百年心」一句，係襲用杜甫〈春日江村五首〉之一：「乾坤萬里眼，時序百年心。」（頁 812）之詩句。

7. 〈上西平〉（恨如新）：「江南好景，落花時節又逢君。」（頁 464）

〔註11〕 按：趙次公曰：「勿捶面一作勿唾面，當以捶爲正，然後有義。」見於唐・杜甫著、宋・趙次公注、林繼中輯校：《杜詩趙次公先後解輯校》，版本同注 7，頁 762。

按：詞中「落花時節又逢君」一句，係襲用杜甫〈江南逢李龜年〉：
　　「正是江南好風景，落花時節又逢君。」（頁1393）之詩句。

8.〈菩薩蠻〉（君家玉雪花如屋）：「山房連石徑，雲臥衣裳冷。」
　　（頁510）

按：詞中「雲臥衣裳冷」一句，係襲用杜甫〈遊龍門奉先寺〉：「天
　　闕象緯逼，雲臥衣裳冷。」（頁131）之詩句。

第二節　蘇辛詞借鑒杜詩之相異技巧

　　蘇辛詞借鑒杜詩之技巧，可分為三類，第一類為字面之借鑒，其
下又包含截取杜詩字面及鎔鑄杜詩字面。於截取杜詩字面時，辛詞有
「自一詩句中截取兩字面」及「自兩詩句中截取兩字面」，而蘇詞則
無，至於鎔鑄杜詩字面亦僅有辛詞有之。第二類為句意之借鑒，蘇辛
詞均多次運用。第三類為詩篇之借鑒，係專指檃括杜詩篇章而言，此
類技巧亦僅辛詞有之。本節乃就蘇辛借鑒杜詩之相異技巧加以討論，
「自一詩句中截取兩字面」、「自兩詩句中截取兩字面」、「鎔鑄杜詩字
面」及「檃括杜詩篇章」，均僅辛詞運用，蘇詞則無，以下謹舉數例
說明之。

一、字面之借鑒

（一）截取杜詩字面

1. 自一詩句中截取兩字面

（1）〈水調歌頭〉（寄我五雲字）：「多病關心藥裏，小摘親鉏菜
　　　甲，老子政須哀。」（頁116）

按：杜甫〈酬郭十五判官〉：「藥裏關心詩總廢，花枝照眼句還成。」
　　（頁1338）辛詞「關心」、「藥裏」二詞，顯係截取杜甫詩句
　　也。

（2）〈卜算子〉（脩竹翠羅寒）：「脩竹翠羅寒，遲日江山暮。」

（頁 252）

按：杜甫〈絕句〉二首之一：「遲日江山麗，春風花草香。」（頁
771）辛詞「遲日」、「江山」二詞，顯係截取杜甫詩句也。

（3）〈醉太平〉（態濃意遠）：「態濃意遠，眉顰笑淺，薄羅衣窄
絮風軟。鬢雲欺翠捲。」（頁 283）

按：杜甫〈麗人行〉：「態濃意遠淑且真，肌理細膩骨肉勻。」（頁
201）辛詞「態濃」、「意遠」二詞，顯係截取杜甫詩句也。

（4）〈浣溪沙〉（寸步人間百尺樓）：「突兀趁人山石狠，朦朧避
路野花羞。」（頁 300）

按：杜甫〈青陽峽〉：「突兀猶趁人，及茲歎冥寞。」（頁 491）
辛詞「突兀」、「趁人」二詞，顯係截取杜甫詩句也。

（5）〈新荷葉〉（曲水流觴）：「明眸皓齒，看江頭有女如雲。」
（頁 434）

按：杜甫〈哀江頭〉：「明眸皓齒今何在，血污遊魂歸不得。」（頁
281）辛詞「明眸」、「皓齒」二詞，顯係截取杜甫詩句也。

2. 自兩詩句中截取兩字面

（1）〈滿江紅〉（湖海平生）：「看野梅官柳，東風消息。」（頁
195）

按：杜甫〈西郊〉：「市橋官柳細，江路野梅香。」（頁 552）辛
詞「野梅」、「官柳」兩詞，顯係截取杜甫兩詩句而來。

（2）〈念奴嬌〉（少年橫槊）：「布衣百萬，看君一笑沉醉。」（頁
216）

按：杜甫〈今夕行〉：「君莫笑劉毅從來布衣願，家無儋石輸百萬。」
（頁 153）辛詞「布衣」、「百萬」兩詞，顯係截取杜甫兩詩
句而來。

（3）〈沁園春〉（老子平生）：「抖擻衣冠，憐渠無恙，合挂當年
神武門。」（頁 233）

按：杜甫〈得家書〉：「熊兒幸無恙，驥子最憐渠。」（頁 303）

辛詞「憐渠」、「無恙」兩詞，顯係截取杜甫兩詩句而來。

（4）〈賀新郎〉（把酒長亭說）：「剩水殘山無態度，被疏梅料理
　　成風月。」（頁 236）

按：杜甫〈陪鄭廣文遊何將軍山林〉十首之五：「膩水滄江破，
　　殘山碣石開。」（頁 210）辛詞「剩水」、「殘山」兩詞，顯係
　　截取杜甫兩詩句而來。

（5）〈行香子〉（好雨當春）：「好雨當春，要趁歸耕。況而今已
　　是清明。」（頁 328）

按：杜甫〈春夜喜雨〉：「好雨知時節，當春乃發生。」（頁 555）
　　辛詞「好雨」、「當春」兩詞，顯係截取杜甫兩詩句而來。

（二）鎔鑄杜詩字面

所謂「鎔鑄杜詩字面」，即指擷取或濃縮杜詩詩句成一字面者稱
之。〔註12〕此項技巧，蘇詞未曾運用，辛詞亦僅有四次，茲說明如下：

1. 〈水調歌頭〉（官事未易了）：「五車書，千石飲，百篇才。」
　　（頁 81）

按：杜甫〈飲中八仙歌〉：「李白一斗詩百篇，長安市上酒家眠。」
　　（頁 151）辛詞「百篇才」一詞即由杜甫詩句化出也。

2. 〈水調歌頭〉（今日復何日）：「翳鳳驂鸞公去，落佩倒冠吾事，
　　抱病且登臺。」（頁 128）

按：杜甫〈寄韓諫議注〉：「玉京群帝集北斗，或騎麒麟翳鳳凰。」
　　（頁 1114）辛詞「翳鳳驂鸞」一詞即由杜甫詩句化出也。

3. 〈鷓鴣天〉（自古高人最可嗟）：「雲子飯，水精瓜，林間攜客
　　更烹茶。」（頁 415）

按：杜甫〈與鄠縣源大少府宴渼陂〉：「應為西陂好，金錢罄一餐。
　　飯抄雲子白，瓜嚼水精寒。」（頁 222）辛詞「雲子飯」、「水
　　精瓜」二詞乃擷取杜甫詩句而成之新詞也。

〔註12〕同注 1，頁 24。

二、詩篇之借鑒

此處所謂「詩篇之借鑒」，係專指櫽括杜詩之篇章。亦即凡取材杜詩，而化用或剪裁全首句意；或襲用全首句意，中夾其他詞句者稱之。〔註13〕蘇辛詞借鑒杜詩所運用之技巧凡六，且均有數例可證，然「詩篇之借鑒」，蘇詞不曾運用，稼軒亦僅運用一次。其例如下：

〈八聲甘州〉（故將軍飲罷夜歸來）：「誰向桑麻杜曲，要短衣匹馬，移住南山。看風流慷慨，譚笑過殘年。」（頁205）

按：辛詞此五句實櫽括自杜甫〈曲江三章章五句〉之三：「自斷此生休問天，杜曲幸有桑麻田。故將移住南山邊，短衣匹馬隨李廣，看射猛虎終殘年。」（頁185）之詩句。按：此詞「桑麻杜曲」、「短衣匹馬」、「移住南山」、「殘年」等詞，均採「截取杜詩字面」之技巧，而「看風流慷慨，譚笑過殘年」兩句則有「化用杜詩句意」加以引申之情形。故此闋辛詞借鑒杜詩之技巧實包含櫽括、截取、化用三項。〔註14〕

第三節　蘇辛詞借鑒杜詩之技巧比較

一、蘇辛詞以「化用」技巧最常見

蘇詞借鑒杜詩五十一首，運用各類技巧達六十六次，其中，以「化用」技巧為最繁，計有四十七次，逾總數二分之一；辛詞借鑒杜詩一二九首，運用各類技巧達二一七次，其中，「化用」高達一三三次，亦逾總數二分之一，亦即蘇辛每借鑒杜詩兩次，即有一次屬化用技巧，頻率之高可見一斑。

〔註13〕同注1，頁24。
〔註14〕按王師偉勇於《宋詞與唐詩之對應研究》（版本同注1，頁64）一書中，係將此類歸入「綜合運用各技巧」，然本文刪去此類，以其側重者，分別歸入其他技巧項下。

二、東坡擅用「增損」技巧

東坡詞借鑒杜詩運用「增損」技巧，雖僅十次，約佔總數百分之十二，然「就杜甫詩句增字」運用二次；「就杜甫詩句減字」三次；「改易杜詩字句」五次，三者次數相近，未偏重於一方，可謂擅用者。反觀稼軒運用「增損」技巧，計有二十四次，亦約佔總數百分之十一，然「就杜甫詩句增字」運用達九次；「就杜甫詩句減字」十二次；而「改易杜詩字句」則僅僅三次，三者次數相差數倍，可見其個人之喜好。

三、稼軒擅用「截取」技巧

稼軒詞借鑒杜詩運用「截取」技巧，達四十七次，約佔總數百分之二十一，其下又可分「自一詩句中截取兩字面」、「自兩詩句中截取兩字面」、「自一詩句中截取一字面」三子目，其中「自一詩句中截取兩字面」稼軒運用十五次、「自兩詩句中截取兩字面」六次、「自一詩句中截取一字面」二十六次，其「截取」技巧之運用頗具全面性。反觀東坡運用「截取」技巧凡六次，皆為「自一詩句中截取一字面」，兩者相較亦可見東坡之好尚。

四、蘇辛詞獨有之借鑒技巧

由前文所述，蘇詞借鑒杜詩所運用之技巧凡四：截取、增損、化用、襲用；而辛詞借鑒杜詩所運用之技巧則有六項：截取、鎔鑄、增損、化用、襲用、檃括，可見蘇詞所運用之技巧，辛詞全然有之；反之，辛詞所運用之「鎔鑄」、「檃括」在蘇詞中則未曾一見。故蘇辛詞借鑒杜詩中，僅「鎔鑄」、「檃括」兩技巧，為辛詞獨用。

第四章　蘇辛詞借鑒杜詩
之相同篇章

　　蘇辛詞借鑒相同之杜詩篇章者，計有十五首。〔註1〕據筆者統計得知，蘇詞共借鑒杜詩凡六十六次，五十一首詩〔註2〕；辛詞借鑒杜詩凡二一五次，一二八首詩。〔註3〕其共同借鑒之杜詩僅十五首，所佔比例不到三分之一、八分之一。可見蘇辛兩人塡詞，極喜借鑒杜詩，然所借鑒之杜詩篇章，以相異者居多。其共同借鑒之杜詩，若僅借鑒一次，難以呈現其重要性。因此本章僅就借鑒次數較爲頻繁之重要詩篇，方列入探討範圍。並分別以東坡、稼軒爲主，就其共同借鑒杜詩之相同篇章加以論述。

蘇辛詞借鑒相同杜詩篇章，凡十五首，如下附表一：

項次	杜甫詩題及詩句	東坡詞			稼軒詞		
		詞調	詞句	頁碼	詞調	詞句	頁碼
1	九日藍田崔氏莊：老去悲秋強自寬，	點絳脣	不用悲秋，今年身健還高宴。	625	西江月	兩峰旁聳高寒	502

〔註1〕詳附表一，頁41～45。本表所列東坡詞頁碼係以鄒同慶、王宗堂：《蘇軾詞編年校註》（北京：中華書局，2002年9月第一版）爲據，所列稼軒詞頁碼係以鄧廣銘箋注：《稼軒詞編年箋注》（臺北：華正書局，2003年9月二版）爲據。蘇辛詞之排列順序，係以所借鑒之杜甫詩句先後而定。
〔註2〕詳附錄一，頁189。
〔註3〕詳附錄二，頁195。

	興來今日盡君歡。羞將短髮還吹帽，笑倩旁人爲正冠。藍水遠從千澗落，玉山高並兩峰寒。明年此會知誰健，醉把茱萸仔細看。	南鄉子	老去愁來強自寬	836	水調歌頭	此會明年誰健	130
		浣溪沙	茱萸仔細更重看	93			
		千秋歲	明年人縱健，此會應難復。	245			
		醉蓬萊	仍把紫菊紅萸，細看重嗅。	428			
		西江月	酒闌不必看茱萸	432			
2	奉贈韋左丞丈二十二韻：紈袴不餓死，儒冠多誤身。丈人試靜聽，賤子請具陳。甫昔少年日，早充觀國賓。讀書破萬卷，下筆如有神。賦料揚雄敵，詩看子建親。……自謂頗挺出，立登要路津。致君堯舜上，再使風俗淳。	沁園春	胸中萬卷，致君堯舜	134	阮郎歸	儒冠多誤身	75
					水龍吟	儒冠曾誤	296
					水調歌頭	賤子親再拜	277
					水調歌頭	詩書萬卷，致身須到古伊周	27
					水調歌頭	萬卷詩書事業，嘗試與君謀。	58
					滿江紅	歎詩書萬卷致君人	78
					鷓鴣天	書萬卷，筆如神	417
					念奴嬌	下筆如神彊押韻	460
					漢宮春	胸中萬卷藏書	545
					賀新郎	兒曹不料揚雄賦	380
					鷓鴣天	忠言句句唐虞際，便是人間要路津	53
3	曲江二首之一：江上小堂巢翡翠，苑邊高塚臥麒麟。				水調歌頭	苑外麒麟高塚	47
	曲江二首之二：酒債尋常行處有，人生七十古來稀。……傳語風光共流轉，暫時相賞莫相違。	浣溪沙	暫時流轉爲風光	607	感皇恩	七十古來稀	21
					減字木蘭花	剛道人生七十稀	100
					最高樓	七十古來稀	201
					最高樓	金閨老，眉壽正如川。七十且華筵。樂天詩句香山裏，杜陵酒債曲江邊	303

				行香子	七十者稀	365
				感皇恩	七十古來稀	478
4	絕句漫興九首之一：即遣花開深造次，便教鶯語太丁寧。			行香子	鶯燕丁寧	328
	絕句漫興九首之二：手種桃李非無主，野老牆低還是家。恰似春風相欺得，夜來吹折數枝花。			鷓鴣天	桃李漫山過眼空，也曾惱損杜陵翁	327
	絕句漫興九首之三：熟知茅齋絕低小，江上燕子故來頻。銜泥點污琴書內，更接飛蟲打着人。			清平樂	茅簷低小	193
				生查子	去年燕子來，繡戶深深處。花徑得泥歸，都把琴書污。	298
	絕句漫興九首之四：二月已破三月來，漸老逢春能幾回。莫思身外無窮事，且盡生前有限杯。	南鄉子	漸老逢春能幾回	滿庭芳	無窮身外事，百年能幾，一醉都休。	405
			835			
	絕句漫興九首之九：隔戶楊柳弱嫋嫋，恰似十五女兒腰。			婆羅門引	似楊柳十五女兒腰	489
5	春日憶李白：白也詩無敵，飄然思不群。清新庾開府，俊逸鮑參軍。渭北春天樹，江東日暮雲。何時一樽酒，重與細論文。	臨江仙	尊酒何人懷李白，草堂遙指江東	婆羅門引	江東日暮	457
			689			
		阮郎歸	江南日暮雲	上西平	江天日暮，何時重與細論文。	464
			867			
				行香子	都休彌酒，也莫論文	483
6	送孔巢父謝病歸遊江東兼呈李白：詩卷長留天地間，釣竿欲拂珊瑚樹。……南尋禹穴見李白（一作：若逢李白騎鯨魚），道甫問訊今何如？	水龍吟	騎鯨路穩	雨中花慢	錦囊詩卷長留	480
			557			
		南歌子	好伴騎鯨公子、賦雄誇	水調歌頭	探禹穴	133
			624			
				漢宮春	向松江道我，問訊何如	545
7	月：四更山吐月，殘夜水明樓。塵匣	浣溪沙	風捲珠簾自上鉤	虞美人	四更山月寒侵席	157
			847			

	元開鏡，風簾自上鉤。兔應疑鶴髮，蟾亦戀貂裘。斟酌姮娥寡，天寒奈九秋。				生查子	山吐三更月	203
					謁金門	山吐月	261
8	麗人行：態濃意遠淑且真，肌理細膩骨肉勻。……紫駝之峰出翠釜，水精之盤行素鱗。……楊花雪落覆白蘋，青鳥飛去銜紅巾。	浣溪沙	水晶盤瑩玉鱗禎	643	醉太平	態濃意遠	283
					新荷葉	楊花飛鳥銜巾	435
9	詠懷古跡五首之三：畫圖省識春風面，環佩空歸月夜魂。千載琵琶作胡語，分明怨恨曲中論。	訴衷情	都向曲中傳	125	生查子	先識春風面	298
					賀新郎	絃解語，恨難說	137
10	暮秋枉裴道州手札率爾遣興寄遞近呈蘇渙侍御：憶子初尉永嘉去，紅顏白面花映肉。……附書與裴因示蘇，此生已媿須人扶。	千秋歲	花映花奴肉	245	添字浣溪沙	遶屋人扶行不得	316
11	登樓：花近高樓傷客心，萬方多難此登臨。錦江春色來天地，玉壘浮雲變古今。	滿江紅	錦江春色	335	賀新郎	老我傷懷登臨際	472
12	樂遊園歌：數莖白髮那拋得，百罰深杯亦不辭。……此身飲罷無歸處，獨立蒼茫自咏詩。	西江月	白髮千莖相送，深杯百罰休辭。	597	一剪梅	獨立蒼茫醉不歸	28
13	寄李十二白二十韻：昔年有狂客，號爾謫仙人。筆落驚風雨，詩成泣鬼神。	減字木蘭花	落筆生風	522	賀新郎	粲珠璣淵擲驚風雨	136
14	今夕行：今夕何夕歲云徂，更長燭明不可孤。咸陽客舍一事無，相與博塞爲歡娛。……君莫笑劉毅從來布衣	念奴嬌	今夕不知何夕	426	念奴嬌	布衣百萬	216

15	願，家無儋石輸百萬					
	解悶十二首之七：陶冶性靈存底物，新詩改罷自成吟。孰知二謝將能事，頗學陰何苦用心。				西江月	詩在陰何側畔	385
	解悶十二首之八：不見高人王右丞，藍田邱壑蔓寒藤。	青玉案	常記高人右丞句	716		

第一節　以蘇詞為主之重要篇章

　　蘇辛詞借鑒相同之杜詩篇章，計有十五首，然蘇詞借鑒次數達三次以上者，僅有〈九日藍田崔氏莊〉一首，借鑒兩次者，亦僅有〈春日憶李白〉及〈送孔巢父謝病歸遊江東兼呈李白〉，餘十二首杜詩，蘇詞均僅借鑒一次，難以顯見其重要性，故本節僅就蘇詞借鑒次數達兩次以上者加以論述。然蘇詞三五〇闋中，僅有五十七闋借鑒杜詩，而辛詞六二九闋中，則有一七五闋借鑒杜詩，不論由其比例或數量來看，辛詞均較蘇詞略勝一籌。本節論述之三首詩中，除〈九日藍田崔氏莊〉一詩，蘇詞借鑒達六次之多，而辛詞僅有兩次之外，〈春日憶李白〉及〈送孔巢父謝病歸遊江東兼呈李白〉，辛詞借鑒次數均較蘇詞為繁，然本節係以蘇詞為主，將借鑒杜詩次數達二次以上者列入討論範圍，故此二首杜詩仍列入本節論述，而不列於次節「以辛詞為主之重要篇章」。

茲表列論述如次：

項　次	杜甫詩題	東坡詞	稼軒詞
		借鑒次數	借鑒次數
1	九日藍田崔氏莊	6	2
2	春日憶李白	2	3
3	送孔巢父謝病歸遊江東兼呈李白	2	3

一、〈九日藍田崔氏莊〉

> 老去悲秋強自寬，興來今日盡君歡。羞將短髮還吹帽，笑倩旁人爲正冠。藍水遠從千澗落，玉山高並兩峰寒。明年此會知誰健，醉把茱萸仔細看。（頁380）

此詩作於肅宗乾元元年（西元七五八年）〔註4〕，時杜甫年四十七，爲華州司功參軍，嘗至藍田縣訪崔興宗、王維，於崔家度重陽，因作此詩，深有生命流轉之感。杜甫自貶華州以來，只重九藍田之遊心情稍覺舒暢，所吟詩歌雖然飄逸，但仍不免有苦澀味。可以說他這一時期的心情始終是壓抑、憤慨的。〔註5〕杜甫爲詩，喜用多層次之描寫：人已老去，對秋景更加生悲，只有勉強寬慰自己（老去→悲秋→強自寬）；今日重九，興致來了，定要與諸君盡歡而散（興來→今日→盡君歡）。楊萬里《誠齋詩話》云：「唐律七言八句，一篇之中，句句皆奇，一句之中，字字皆奇，古今作者皆難之。……如老杜〈九日〉詩云：『老去悲秋強自寬，興來今日盡君歡』不徒入句便字字對屬，又第一句頃刻變化，纔說悲秋，忽又自寬，以『自』對『君』甚切。君者君也，自者我也。『羞將短髮還吹帽，笑倩旁人爲正冠』將一事翻騰作一聯。又孟嘉以落帽爲風流，少陵以不落爲風流，翻盡古人公案，最爲妙法。『藍水遠從千澗落，玉山高並兩峰寒』，詩人至此，筆力多衰。今方且雄傑挺拔，喚起一篇精神，自非筆力拔山，不至於此。『明年此會知誰健，醉把茱萸仔細看』，則意味深長，悠然無窮矣」。〔註6〕清·浦起龍《讀杜心解》評此詩曰：「字字亮，筆筆高。」〔註7〕

〔註4〕所引詩作之編年，係採劉孟沆：《杜甫年譜》（臺北：學海出版社，1981年9月再版）爲據。以下之編年均準此，不再另行附注。

〔註5〕陳貽焮：《杜甫評傳》（北京：北京大學出版社，2003年7月第一版），上卷，頁414。

〔註6〕語見宋·楊萬里《誠齋詩話》，收錄於丁福保輯：《歷代詩話續編》（北京：中華書局，1983年8月第一版），上冊，頁139～140。

〔註7〕清·浦起龍：《讀杜心解》（臺北：鼎文書局，1979年3月初版），頁613。

〈九日藍田崔氏莊〉一詩東坡詞借鑒凡六次，表列析論如次：

項次	詞調	起句	詞句	頁碼	杜甫詩句
1	點絳脣	不用悲秋	不用悲秋，今年身健還高宴。	625	老去悲秋強自寬，興來今日盡君歡。……明年此會知誰健，醉把茱萸仔細看。
2	南鄉子	何處倚闌干	老去愁來強自寬	836	老去悲秋強自寬，興來今日盡君歡。
3	浣溪沙	白雪清詞出坐間	茱萸仔細更重看	93	明年此會知誰健，醉把茱萸仔細看。
4	千秋歲	淺霜侵綠	明年人縱健，此會應難復。	245	明年此會知誰健，醉把茱萸仔細看。
5	醉蓬萊	笑勞生一夢	仍把紫菊紅萸，細看重嗅。	428	明年此會知誰健，醉把茱萸仔細看。
6	西江月	點點樓頭細雨	酒闌不必看茱萸	432	明年此會知誰健，醉把茱萸仔細看。

1. 杜甫詩句：「老去悲秋強自寬，興來今日盡君歡。……明年此會知誰健，醉把茱萸仔細看。」

（1）〈點絳脣〉　庚午重九再用前韻

　　<u>不用悲秋，今年身健還高宴</u>。江村海甸。總作空花觀。　　尚想橫汾，蘭菊紛相半。樓船遠。白雲飛亂。空有年年雁。（頁625）

此詞作於元祐五年（一○九○年）重陽〔註8〕，時東坡年五十五歲，任杭州知州，此為東坡第二次任職於杭州，和蘇堅（伯固）酬唱之作。「不用悲秋，今年身健還高宴」反用杜詩句意，謂今逢佳節，且又身健，當一如往年，朋友歡會飲宴，無須悲秋也。〔註9〕下闋旨在說明富貴難常駐，一切皆是虛幻。

〔註8〕所引詞作之編年，係採鄒同慶、王宗堂：《蘇軾詞編年校註》（版本同注1）為據。以下之編年均準此，不再另行附注。

〔註9〕參見鄒同慶、王宗堂：《蘇軾詞編年校註》，版本同注1，頁626。又清・張宗橚編、楊寶霖補正：《詞林紀事、詞林紀事補正合編》卷五（上海：上海古籍出版社，1998年11月第一版，頁274）引樓敬思語：「蘇公〈點絳脣〉重九詞，『不用悲秋』二句，翻老杜詩『老去悲秋強自寬』，『明年此會知誰健』句也。」

（2）〈南鄉子〉　集句〔註10〕

　　何處倚闌干。絃管高樓月正圓。蝴蝶夢中家萬里，依然。
　　<u>老去愁來強自寬。</u>　　明鏡借紅顏。須著人間比夢間。蠟
　　燭半籠金翡翠，更闌。繡被焚香獨自眠。（頁836）

此詞作於元豐八年（一○八五）九月，時東坡年五十歲，因獲「復朝
奉郎，起知登州軍州事」之命，故七月自常州起程，擬赴登州；而於
九月抵楚州。起首兩句：「何處倚闌干。絃管高樓月正圓」，正道出值
此秋月團圓之際，原宜在常州與家人團聚，孰料此度依然風塵僕僕，
隻身獨赴登州，故云：「蝴蝶夢中家萬里，依然。老去愁來強自寬。」
又云：「須著人間比夢間。蠟燭半籠金翡翠，更闌。繡被焚香獨自眠」，
頗有身不由己之嘆。〔註11〕

　　按：此二詞均借鑒杜詩〈九日藍田崔氏莊〉之首句──「老去悲
秋強自寬」，其中第一闋詞除借鑒首句外，尚有「明年此會知誰健」
一句。〈南鄉子〉一詞作於元豐八年九月，東坡自元豐七年四月離開
黃州以來，一直往來於江淮之間，生活極不安定，他耗費了許多精神，
終於在元豐八年二月獲准常州居住，然就在六月告下，復朝奉郎，起
知登州軍州事，又開始過著舟車勞頓的生活。首句「老去愁來強自
寬」，傅幹《注坡詞》作「老去悲秋強自寬」〔註12〕，乃杜詩原句，
同樣展現文人悲秋嘆老之意。「悲秋」自宋玉《九辨》「悲哉秋之為氣
也」開始，歷代文人祖此，多抒發懷才不遇之情思。〔註13〕至於〈點

〔註10〕「集句詞者，以整引、截取、增損、化用、檃括等方式，雜集古句；
　　　　間或雜入一、二今人或個人作品以成詞也。」見王師偉勇：《詞學專
　　　　題研究》（臺北：文史哲出版社，2003年4月初版），頁330。

〔註11〕按：此詞作於何時，諸多文本均未編年，本文編年係採王師偉勇考
　　　　證，《宋詞與唐詩之對應研究》（臺北：文史哲出版社，2003年6月
　　　　初版），頁363～370。

〔註12〕宋‧傅幹注，劉尚榮校證：《傅幹注坡詞》（成都：巴蜀書社，1993
　　　　年7月第一版），頁124。

〔註13〕唐代關於「悲秋」之詩作，如杜甫〈悲秋〉（涼風動萬里）、〈登高〉
　　　　（風急天高猿嘯哀）、李賀〈秋來〉（桐風驚心壯志苦）、李商隱〈滯
　　　　雨〉（滯雨長安夜），參見曹春茹：〈無限愁思賦秋歌──中國古代詩

絳脣〉一詞雖與杜詩同作於重陽時節，然心境上卻有不同。杜甫當時係因上疏救房琯而遭貶爲華州司功參軍，且之前歷經戰亂，顚沛流離，故此詩首句即呈現悲秋嘆老之意；而蘇詞則作於東坡二度到杭任職，在歷經烏臺詩案及謫居黃州的生活之後，再度來到杭州，雖有人生如夢之感，但絕不是消極失望的，而是曠達超遠，因此才有反用杜詩句意「不用悲秋，今年身健還高宴」之語。

2. 杜甫詩句：「明年此會知誰健，醉把茱萸仔細看。」

（1）〈浣溪沙〉　重九

白雪清詞出坐間。愛君才器兩俱全。異鄉風景卻依然。

可恨相逢能幾日，不知重會是何年。茱萸仔細更重看。

（頁 93）

此詞作於熙寧七年（一〇七四年）重九，時東坡年三十九歲，任杭州通判，此乃將去杭赴密，贈別太守楊繪（元素）而作。當東坡任杭州通判時（熙寧四年至熙寧七年），楊繪任杭州太守（熙寧七年到任）〔註14〕，兩人或因同爲四川同鄉、性格類似、政治立場相同、仕途多舛等多重因素，因而建立了深厚之情誼。〔註15〕東坡除此詞外，尚有多闋詞作均係與元素相關。〔註16〕此詞上闋讚美元素之才器，下闋則

歌中的「悲秋」情懷〉，《湖南科技學院學報》，第 27 卷第 2 期，2006年 2 月，頁 45〜46。至於宋詞中的悲秋之作，如柳永〈雪梅香〉（景蕭索）、蘇軾〈陽關曲〉（暮雲收盡溢清寒）、辛棄疾〈水龍吟〉（楚天千里清秋）、王沂孫〈水龍吟〉（曉霜初著青林），南宋時期的「悲秋」，反應出「悲身世之秋」、「悲時代之秋」，透露出憂國的情懷。參見張玉璞：〈「我正悲秋，汝又傷春矣！」——宋詞主題研究之一〉，《齊魯學刊》，2002 年第 5 期，頁 63〜68。

〔註14〕孔凡禮：《蘇軾年譜》（北京：中華書局，1998 年 2 月第一版），頁280。

〔註15〕參見程美珍：〈蘇軾與楊繪交遊考〉，載於《有鳳初鳴年刊》第 2 期，2005 年 7 月，頁 325〜340。

〔註16〕據鄒同慶、王宗堂：《蘇軾詞編年校註》爲底本統計，尚有十一闋均與元素相關：

一、〈訴衷情〉送述古迓元素（錢塘風景古來奇）。

二、〈菩薩蠻〉杭妓往蘇迓新守楊元素，寄蘇守王規父（玉童西迓浮丘伯）。

感時傷舊，離緒滿懷，不知好友就此一別，何時再能相逢。

（2）〈千秋歲〉　徐州重陽作

> 淺霜侵綠。髮少仍新沐。冠直縫，巾橫幅。美人憐我老，
> 玉手簪黃菊。秋露重，真珠落袖沾餘馥。　　坐上人如玉。
> 花映花奴肉。蜂蝶亂，飛相逐。<u>明年人縱健，此會應難復。</u>
> 須細看，晚來月上和銀燭。（頁245）

此詞作於元豐元年（一○七八年）重陽，時東坡年四十三歲，任徐州知州，是日黃樓落成，王鞏（定國）與會，蘇軾為鞏賦〈千秋歲〉。〔註17〕王鞏為蘇軾之好友，兩人酬唱應答之作頗多。此詞描述重陽時節，淺霜染地，秋露沾菊，好友與會，何等之歡樂，然明年此會可再否？

（3）〈醉蓬萊〉　　余謫居黃州，三見重九，每歲與太守徐君猷會於棲
　　　　　　　　　霞樓。今年公將去，乞郡湖南，念此惘然，故作是
　　　　　　　　　詞

> 笑勞生一夢，羈旅三年，又還重九。華髮蕭蕭，對荒園搔
> 首。賴有多情，好飲無事，似古人賢守。歲歲登高，年年
> 落帽，物華依舊。　　此會應須爛醉，<u>仍把紫菊茱萸，細
> 看重嗅。</u>搖落霜風，有手栽雙柳。來歲今朝，為我西顧，

三、〈勸金船〉和元素韻。自撰腔命名（無情流水多情客）。
四、〈南鄉子〉和楊元素。時移守密州（東武望餘杭）。
五、〈浣溪沙〉菊節別元素（縹緲危樓紫翠間）。
六、〈南鄉子〉沈強輔雯上出文犀、麗玉作胡琴，送元素還朝，同子
　　野各賦一首（裙帶石榴紅）。
七、〈南鄉子〉贈行（旌旆滿江湖）。
八、〈定風波〉送元素（千古風流阮步兵）。
九、〈菩薩蠻〉潤州和元素（玉笙不受朱脣暖）。
十、〈醉落魄〉席上呈元素（分攜如昨）。
十一、〈南鄉子〉梅花詞和楊元素（寒雀滿疏籬）。
〔註17〕參見孔凡禮：《蘇軾年譜》，版本同註14，頁403～404。又，元·脫
　　　脫等撰：《宋史·列傳第七十九》（北京：中華書局，1985年6月新
　　　一版，冊三十，頁10405）云：「鞏有雋才，長於詩，從蘇軾游。軾
　　　守徐州，鞏往訪之，與客游泗水，登魋山，吹笛飲酒，乘月而歸。
　　　軾待之於黃樓上。」

　　醉羽觴江口。會與州人，飲公遺愛，一江醇酎。（頁 428～
429）

此詞作於元豐五年（一○八二年）重陽，時東坡年四十七歲，貶居黃
州已度過三個重九，每年都與徐大受（君猷）會於棲霞樓。此詞除描
述重陽時節之情景、心境，並且讚揚徐君猷為賢守，遺愛黃州。如今，
君猷即將離去，思之惘然。

（4）〈西江月〉　重陽棲霞樓作

　　點點樓頭細雨。重重江外平湖。當年戲馬會東徐。今日淒
涼南浦。　　莫恨黃花未吐。且教紅粉相扶。<u>酒闌不必看
茱萸</u>。俯仰人間今古。（頁 432）

此詞作於元豐五年（一○八二年）重陽，時東坡年四十七歲。此詞當
與〈醉蓬萊〉（笑勞生一夢）作於同時，均係重九於棲霞樓話別徐大
受（君猷）之作。上闋敘所見之景，遙想當年風雅之事，思及今日離
別之情。下闋則盪開一筆，意度曠達，超越千古。〔註18〕

　　按：此四闋詞均借鑒杜詩〈九日藍田崔氏莊〉之末聯——「明年
此會知誰健，醉把茱萸仔細看」，且都作於與友人相聚之重陽時節。
杜詩末聯因想到山水無恙而人生多變，所以就細看茱萸，感嘆明年此
會不知誰還健在。〔註19〕而蘇詞四闋中，前三闋之借鑒意義均與杜詩
相同：「可恨相逢能幾日，不知重會是何年。茱萸仔細更重看」、「明
年人縱健，此會應難復」、「此會應須爛醉，仍把紫菊茱萸，細看重嗅」。
以上詞句，慨歎生命之流轉，與杜詩末聯呈現相同之蘊涵。至於第四
闋「酒闌不必看茱萸」一句，則反用杜詩句意，不再感時傷舊，轉而
曠達超逸，蓋此闋創作之時間為元豐五年，當時的東坡在創作上，內
容多用曠達、超脫的胸懷，跳脫悲哀、灑落一切。

〔註18〕明‧張綖《草堂詩餘後集別錄》：「〈西江月〉尾句『酒闌不必看茱萸，
　　　俯仰人間今古』，翻案老杜詩句，則意度曠達，超越千古矣。」轉引
　　　自林玫儀：〈罕見詞話——張綖《草堂詩餘別錄》〉，《中國文哲研究
　　　通訊》第 14 卷第 4 期，2004 年 12 月，頁 191～230。
〔註19〕陳貽焮：《杜甫評傳》，版本同注 5，上卷，頁 412。

至於稼軒詞借鑒〈九日藍田崔氏莊〉詩凡二次，表列析論如次：

項 次	詞 調	起 句	詞 句	頁 碼	杜甫詩句
1	西江月	一柱中擎遠碧	兩峰旁聳高寒	502	藍水遠從千澗落，玉山高並兩峰寒。
2	水調歌頭	千古老蟾口	此會明年誰健	130	明年此會知誰健，醉把茱萸仔細看。

1. 杜甫詩句：「藍水遠從千澗落，玉山高並兩峰寒。」

〈西江月〉 和晉臣登悠然閣

　　　　一柱中擎遠碧，兩峰旁聳高寒。橫陳削就短長山，莫把一
　　　　分增減。　　我望雲煙目斷，人言風景天慳。被公詩筆盡
　　　　追還，更上層樓一覽。（頁 502）

此詞作於罷官閒居鉛山瓢泉時期〔註20〕，不知確切作年，時稼軒年爲
五十五歲至六十三歲之間。此闋寫登悠然閣之勝景，上闋實寫，描繪
山峰高寒遠碧，長短適中，高低相宜；下闋則虛寫山色之美，要再上
層樓，一覽悠然閣之勝景。〔註21〕

　　按：「兩峰旁聳高寒」化用自杜詩「玉山高並兩峰寒」，寫兩峰之
高。此處純爲寫景之借鑒，杜詩頸聯係寫登高所見壯麗之景；辛詞則
爲登閣所覽山色之高遠。

2. 杜甫詩句：「明年此會知誰健，醉把茱萸仔細看。」

〈水調歌頭〉 再用韻，呈南澗

　　　　千古老蟾口，雲洞差天開。漲痕當日，何事洶湧到崔嵬。
　　　　攪土摶沙兒戲，翠谷蒼崖幾變，風雨化人來。萬里須臾耳，
　　　　野馬驟空埃。　　笑年來，蕉鹿夢，畫蛇杯。黃花憔悴風

───────────────

〔註20〕按鄧廣銘《稼軒詞編年箋注》，（版本同注1）將稼軒詞共分爲六卷：
　　　　卷一係稼軒爲官江、淮、兩湖之篇什，凡八十八闋；卷二係稼軒首
　　　　度落職，閒居江西信州府上饒縣之帶湖所作之篇什，凡二二八闋；
　　　　卷三係稼軒起任閩憲及安撫使期間所作之篇什，凡三十六闋；卷四
　　　　係稼軒二度落職，閒居江西信州府鉛山縣之瓢泉所作之篇什，凡二
　　　　二五闋；卷五係稼軒於寧宗時期，起任兩浙、復返鉛山之篇什，凡
　　　　二十四闋；卷六係補遺作品，凡二十八闋。

〔註21〕參見朱德才、薛祥生、鄧紅梅編著：《辛棄疾詞新釋輯評》（北京：
　　　　中國書店，2006年1月第一版），下冊，頁1322。

露，野碧漲荒萊。此會明年誰健，後日猶今視昔，歌舞只
空臺。愛酒陶元亮，無酒正徘徊。（頁 129～130）

此詞作於淳熙九年（一一八二年）重九〔註22〕，時稼軒年四十三歲，
閒居帶湖，遊歷雲洞，贈予韓元吉（字無咎，號南澗）尚書之作。上
闋以神幻雄奇之筆描繪造物者之神奇；下闋則顯出人的渺小無奈，人
生如夢。

　　按：稼軒於有為之年，滿腔抱負，而遭落職罷任，失意愴然之慨
油然而生。「此會明年誰健，後日猶今視昔，歌舞只空臺」三句，係
感歎歲月如流，人事無常。而杜甫〈九日藍田崔氏莊〉一詩作於被貶
華州之時，感時傷舊，慨然生命之流轉，而有「明年此會知誰健」之
喟歎。可見稼軒此處創作背景、借鑒意涵均與杜詩雷同，盡陳時光荏
苒、人生虛幻無常之慨。

　　綜上言之，東坡十三闋重陽詞中〔註23〕，計有五闋借鑒杜甫〈九
日藍田崔氏莊〉詩，且東坡詞中借鑒杜詩次數最繁者即為此詩，尤
以末聯最受東坡鍾愛；而稼軒十七闋重陽詞中〔註24〕，則僅有一闋

〔註22〕所引詞作之編年，係採鄧廣銘《稼軒詞編年箋注》（版本同注 1）為
　　　據。以下之編年均準此，不再另行附注。

〔註23〕蘇軾十三闋重陽詞，除本文所提及五闋外，尚有〈定風波〉（與客攜
　　　壺上翠微）、〈十拍子〉（白酒新開九醞）、〈河滿子〉（見說岷峨悽愴）、
　　　〈點絳脣〉（我輩情鍾）、〈浣溪沙〉（縹緲危樓紫翠間）、〈浣溪沙〉（珠
　　　檜絲杉冷欲霜）、〈浣溪沙〉（霜鬢真堪插拒霜）、〈南鄉子〉（霜降水
　　　痕收）等八闋，參見劉學燕：《兩宋七夕與重陽詞研究》，東吳大學
　　　中文研究所碩士論文，1996 年，頁 397。

〔註24〕辛棄疾十七闋重陽詞，除本文所列一闋外，尚有〈水龍吟〉（只愁風
　　　雨重陽）、〈浣溪沙〉（細聽春山杜宇啼）、〈朝中措〉（年年團扇怨秋
　　　風）、〈賀新郎〉（路入門前柳）、〈念奴嬌〉（龍山何處）、〈歸朝歡〉（萬
　　　里康成西走蜀）、〈西江月〉（貪數明朝重九）、〈踏莎行〉（夜月樓臺）、
　　　〈玉樓春〉（瘦筇倦作登高去）、〈生查子〉（一天霜月明）、〈金菊對
　　　芙蓉〉（遠水生光）、〈水調歌頭〉（今日復何日）、〈水調歌頭〉（官事
　　　未易了）、〈鷓鴣天〉（有甚閒愁可皺眉）、〈鷓鴣天〉（掩鼻人間臭腐
　　　場）、〈鷓鴣天〉（戲馬臺前秋雁飛）等十六闋。參見劉學燕：《兩宋
　　　七夕與重陽詞研究》，（東吳大學中文研究所碩士論文，1996 年，頁
　　　397），文中但言辛棄疾重陽詞為十六闋，然筆者參考鄧廣銘：《稼軒

借鑒該詩。而重陽自古以來，即有登高飲酒，佩帶茱萸之習。〔註
25〕唐代有名之重九詩作，除了杜甫此首〈九日藍田崔氏莊〉外，
尚有王維的〈九月九日憶山東兄弟〉〔註26〕，然何以東坡重陽詞皆
借鑒杜詩而王詩卻一次皆無？按王維創作此詩時年方十七，獨自離
鄉，思念親人而作。他此時的思想、感情，是屬於少年時期的，此
時他的人生才剛開始，尚未遭受過任何大的挫敗與苦難。而東坡此
五闋重陽詞之創作年齡，分別為三十九歲、四十三歲、四十七歲（兩
闋）、五十五歲，這時的思想感情自然與杜甫創作該詩時的四十七
歲較接近。再者，這段期間裡，東坡不是因與主政者不合而自請外
放，就是謫居黃州，雖有政治抱負與理想，然礙於現實，無法一展
長才。而杜甫創作〈九日藍田崔氏莊〉時，同樣是失意於官場，被
貶華州。此外，杜甫此作乃是於藍田好友崔興宗家度重陽時所作，
人在異鄉而能與好友佳節相聚，更是份外喜悅，然年歲已長，世事
紛擾，不免有他年難再之感慨。而東坡五闋重陽詞中，亦均在異鄉
與好友（楊繪、王鞏、徐大受、蘇堅）相聚所作，故亦與杜甫相同，
而有感時傷舊，生命流轉之歎。蓋東坡或因與杜甫同樣處於政治理
想受挫，身在異鄉，與好友相聚於重陽佳節等因素之下，故而特別
喜愛杜甫〈九日藍田崔氏莊〉一詩，尤其鍾愛「明年此會知誰健，
醉把茱萸仔細看」。至於稼軒詞僅借鑒杜甫〈九日藍田崔氏莊〉一

詞編年箋注》（版本同注1，頁128～132）所載，認為〈水調歌頭〉
（千古老蟾口）一詞亦應作於重九日。

〔註25〕 南朝（梁）‧吳均《續齊諧記》（臺北：新文豐出版公司，叢書集成
新編，冊八二，1985年1月出版，頁44）載：「汝南桓景隨費長房
遊學累年。長房謂曰：『九月九日汝家中當有災，宜急去，令家人各
作絳囊，盛茱萸以繫臂，登高飲菊花酒，此禍可除。』景如言，齊
家登山，夕還，見雞犬牛羊一時暴死。長房聞之，曰：『此可代也。』
今世人九日登高飲酒，婦人帶茱萸囊，蓋始於此。」

〔註26〕 王維〈九月九日憶山東兄弟〉：「獨在異鄉為異客，每逢佳節倍思親。
遙知兄弟登高處，遍插茱萸少一人。」見唐‧王維著，清‧趙松谷
注：《王摩詰全集箋注》（北京：北京圖書館出版社，1999年4月第
一版），頁203。

詩二次，且其中〈西江月〉一闋，係借鑒描述山景之句，然此二詞均作於落職閒居之時。雖然稼軒與杜甫、東坡同樣失意於官場，然其落職閒居之生活，比起杜甫、東坡而言，較爲舒適，且均與家人團聚生活，故僅在淳熙九年（一一八二年）重九作〈水調歌頭〉時借鑒一次。

二、〈春日憶李白〉

> 白也詩無敵，飄然思不羣。清新庾開府，俊逸鮑參軍。渭
> 北春天樹，江東日暮雲。何時一樽酒，重與細論文。（頁 169）

此詩作於天寶六年（七四七年），時杜甫年三十六歲，居長安懷念李白而作。天寶三年（七四四年），杜甫與李白初識於洛陽。兩人一見如故，是年秋，相約同遊梁宋，酣飲論文，頗爲愜意。天寶四年，兩人相別於山東兗州。李白至江東漫遊，杜甫赴長安求仕。〔註27〕杜甫對李白坦蕩率眞的喜愛與讚揚，同爲文人，實屬難能可貴。在杜詩中，除了此篇之外，尙有多篇述及李白。如〈贈李白〉（二年客東都）、〈送孔巢父謝病歸遊江東兼呈李白〉（巢父掉頭不肯住）、〈飲中八仙歌〉（知章騎馬似乘船）、〈蘇端薛復筵簡薛華醉歌〉（文章有神交有道）、〈夢李白二首〉（死別已吞聲）、〈贈李白〉（秋來相顧尙飄蓬）、〈與李十二白同尋范十隱居〉（李侯有佳句）、〈冬日有懷李白〉（寂寞書齋裏）、〈天末懷李白〉（涼風起天末）、〈不見〉（不見李生久）、〈寄李十二白二十韻〉（昔年有狂客）。此詩前四句藉庾信、鮑照之清新俊逸，盛讚李白詩才；後四句則抒懷念之思，以景寓情，含蘊無窮。全詩始終貫穿一個「憶」字，把對李白的深切懷念與對李白詩篇的傾慕讚揚，交融在一起。〔註28〕清·楊倫評此詩曰：「首句自是閱盡甘苦上下古今，甘心讓一頭地語。竊謂古今詩人，舉不能出杜之範圍；惟太白天才超逸絕塵，杜所不能壓倒，故尤心服，

〔註27〕參見張忠綱：《杜詩縱橫探》（濟南：山東大學出版社，1990 年 12 月第一版），頁 154。
〔註28〕同前注，頁 154～156。

往往形之篇什也。」〔註29〕第五、六句語言樸素，然含蘊深刻，爲今人所常襲用。清・沈德潛云：「少陵在渭北，太白在江東，寫景而離情自見。」〔註30〕清・浦起龍《讀杜心解》：「此篇純於詩學結契上立意。」〔註31〕確實道出此詩之結構特點。此詩以讚美李白詩起首，末以「論文」作結，由詩到人，又由人回到詩，前後呼應。通篇以「憶」字貫穿，期待重逢之情，綿邈悠遠。

〈春日憶李白〉一詩東坡詞借鑒凡二次，表列析論如次：

項 次	詞 調	起 句	詞 句	頁 碼	杜甫詩句
1	臨江仙	尊酒何人懷李白	尊酒何人懷李白，草堂遙指江東	689	渭北春天樹，江東日暮雲。何時一樽酒，重與細論文。
2	阮郎歸	暗香浮動月黃昏	江南日暮雲	867	渭北春天樹，江東日暮雲。

杜甫詩句：「渭北春天樹，江東日暮雲。何時一樽酒，重與細論文。」

（1）〈臨江仙〉 夜到揚州席上作

　　尊酒何人懷李白，草堂遙指江東。珠簾十里捲香風。花開又花謝，離恨幾千重。　　輕舸渡江連夜到，一時驚笑衰容。語音猶自帶吳儂。夜闌對酒處，依舊夢魂中。（頁689）

此詞作於元祐六年（一〇九一年）四月，時東坡年五十六歲，自杭州知州任還朝，途經揚州所作。上闋寫對友人（王存，字正仲）懷念之深切，下闋寫與故友重逢之驚喜。王存乃東坡志同道合、政見相契之好友〔註32〕，故在揚州席上偶然相逢，夜闌對酒，共憶往事，如在夢中。

（2）〈阮郎歸〉 梅詞

　　暗香浮動月黃昏。堂前一樹春。東風何事入西鄰。兒家長

<hr>

〔註29〕清・楊倫：《杜詩鏡銓》（臺北：藝文印書館，1998年12月初版），頁169。

〔註30〕清・沈德潛評選：《唐詩別裁集》卷十（臺北：廣文書局，1970年1月出版），頁298。

〔註31〕同注7，頁344。

〔註32〕元・脫脫等撰：《宋史・列傳第一〇〇》（版本同注17，頁10871）：「存故與王安石厚，安石執政，數引與論事，不合，即謝不往。」

閉門。　　雪肌冷，玉容眞。香顋粉未均。折花欲寄隴頭
人。江南日暮雲。（頁867）

此詞作年未能確考。詞之上闋寫梅花綻放，滿室生春，首句引用宋代
詩人林逋之〈山園小梅二首〉之一詩句：「疏影橫斜水清淺，暗香浮
動月黃昏」〔註33〕；下闋以擬人手法，詠梅之雪肌、玉容、香顋，末
兩句借梅抒發對遠方友人的思念。

　　按：杜甫〈春日憶李白〉一詩，乃是杜甫懷念李白而作，其中充
滿著深切的思念之情。而東坡〈臨江仙〉及〈阮郎歸〉二詞，除了借
鑑杜甫詩句外，表達之內涵亦均爲思念友人之情誼。〈臨江仙〉運用
杜甫懷念李白的典故，抒寫詞人對友人的思念，「尊酒何人懷李白，
草堂遙指江東」，「何人」當指杜甫。杜甫、草堂在此，係指稱作者東
坡而言；李白、江東，則指稱揚州席上之主人王存（正仲）。東坡當
時年五十六歲，歷經宦海沉浮，能與友人意外相逢，更可見其欣喜之
情。至於〈阮郎歸〉一詞，雖爲詠梅之作，然末兩句則表現出折梅贈
友，懷人之情。

至於稼軒詞借鑑〈春日憶李白〉一詩凡三次，表列析論如次：

項　次	詞　調	起　句	詞　句	頁　碼	杜甫詩句
1	婆羅門引	不堪鶗鴂	江東日暮	457	渭北春天樹，江東日暮雲。
2	上西平	恨如新	江天日暮，何時重與細論文	464	渭北春天樹，江東日暮雲。何時一樽酒，重與細論文。
3	行香子	少日嘗聞	都休殢酒，也莫論文	483	何時一樽酒，重與細論文。

杜甫詩句：「渭北春天樹，江東日暮雲。何時一樽酒，重與細論文。」

（1）〈婆羅門引〉　　用韻答趙晉臣敷文

不堪鶗鴂，早教百草放春歸。江頭愁殺吾儕。卻覺君侯雅
句，千載共心期。便留春甚樂，樂了須悲。　　瓊而素而。
被花惱，只鶯知。正要千鍾角酒，五字裁詩。江東日暮，
道繡斧人去未多時，還又要玉殿論思。（頁457～458）

〔註33〕宋・林逋《林和靖詩集》（杭州：浙江古籍出版社，1992年8月第一版），頁89。

此詞作於慶元六年（一二○○年），時稼軒年六十一歲，家居鉛山瓢泉。上闋寫傷春、懷人；下闋主要寫送別，委婉且含蓄地表達作者對趙不迂（晉臣）的惜別之情。

（2）〈上西平〉　送杜叔高

> 恨如新，新恨了，又重新。看天上多少浮雲？江南好景，落花時節又逢君。夜來風雨，春歸似欲留人。　　尊如海，人如玉，詩如錦，筆如神。更能幾字盡殷勤。<u>江天日暮，何時重與細論文？</u>綠楊陰裏，聽陽關門掩黃昏。（頁464）

此詞作於慶元六年（一二○○年），時稼軒年六十一歲，家居鉛山瓢泉。上闋寫情真意切的惜別之情，下闋描繪友人杜斿（叔高）之酒量、品德與才氣，更聯想到別後思念之情，再歸結到此時此刻送別之景。

（3）〈行香子〉　博山戲呈趙昌甫、韓仲止

> 少日嘗聞：「富不如貧。貴不如賤者長存。」由來至樂，總屬閒人。且飲瓢泉，弄秋水，看停雲。　　歲晚情親，老語彌真。記前時勸我慇懃：「<u>都休殢酒，也莫論文</u>。把相牛經，種魚法，教兒孫。」（頁483）

此詞作年未可確考，鄧廣銘將其編入閒居瓢泉時期之作品。上闋寫年少時所聽聞的教訓──貧賤常存，閒人最樂；下闋寫老友對自己的勸告──休殢酒、莫論文，且教兒孫相牛經、種魚法。詞中表現詞人對於人生的領悟，然於平淡閒靜中，暗藏憤懣。

按：稼軒上述三詞均借鑒杜甫〈春日憶李白〉詩，其中〈婆羅門引〉乃送別趙不迂（晉臣）而作，而「江東日暮」句，即借鑒杜詩「渭北春天樹，江東日暮雲」，除點明送別之時令外，亦將二人之友情表露無遺。〈上西平〉敘述落花時節，送別友人杜斿（叔高）之離愁別緒。「江天日暮，何時重與細論文」，乃別後之思。尚未離別，就已想到別後之懷念，更見惜別之情。至於〈行香子〉一詞，主要在於表現詞人對於人生的參悟，在平靜閒淡之中，暗藏著「卻將萬字平戎策，換得東家種樹書」之憤懣〔註34〕，然「都休殢酒，也莫論文」，則反用杜甫

〔註34〕朱德才、薛祥生、鄧紅梅編著：《辛棄疾詞新釋輯評》，版本同注21，

詩意，雖出自於老友的殷勤相勸，但與歌頌友誼之珍貴較無關聯。

　　綜上言之，杜詩：「渭北春天樹，江東日暮雲」句，渭北指杜甫所在之長安而言；而江東乃指李白漫遊的江浙一帶，春天樹與日暮雲雖只是平實的敘景之語，但兩句互文見義，寓景於情，流露出兩人彼此深切的懷念。「何時一樽酒，重與細論文」，則寫杜甫熱切盼望有朝能再像過去一般，與李白把酒論詩，此語將對友人的懷念表現得更為強烈。東坡詞借鑑此詩共兩闋，〈阮郎歸〉一詞作年未可確考，〈臨江仙〉則作於五十六歲。稼軒詞借鑑此詩共三闋，均作於落職閒居瓢泉時期，年約六十歲左右。人至暮年，看盡人事滄桑，面對知音好友的離別，自是萬分不捨。而杜甫〈春日憶李白〉詩，表現出杜甫對李白的傾慕懷念，情真意切。故東坡與稼軒於送別友人之際，為表達出惜別之情，往往借鑑杜詩「渭北春天樹，江東日暮雲」句，以見離情之深，思念之切。上述詞作中，東坡〈臨江仙〉，稼軒〈婆羅門引〉、〈上西平〉三詞，均闡述與友人之濃厚情誼及惜別、懷念之情，與杜甫〈春日憶李白〉詩意相符，故不僅是語意上之借鑑而已。

三、〈送孔巢父謝病歸遊江東兼呈李白〉

　　巢父掉頭不肯住，東將入海隨烟霧。詩卷長留天地間，釣竿欲拂珊瑚樹。深山大澤龍蛇遠，春寒野陰風景暮。蓬萊織女回雲車，指點虛無引歸路。自是君身有仙骨，世人那得知其故。惜君只欲苦死留，富貴何如草頭露。蔡侯靜者意有餘，清夜置酒臨前除。罷琴惆悵月照席，幾歲寄我空中書。南尋禹穴見李白，道甫問訊今何如。（頁170～171）（一本云：巢父掉頭不肯住，東將入海隨煙霧。書卷長攜天地間，釣竿欲拂珊瑚樹。我擬把袂苦留君，富貴何如草頭露。深山大澤龍蛇遠，花繁草青風景暮。仙人玉女回雲車，指點虛無引歸路。若逢李白騎鯨魚，道甫問信今何如。）〔註35〕

下冊，頁1263。

〔註35〕經筆者檢索所見杜詩文本如下，〈送孔巢父謝病歸遊江東兼呈李白〉一詩，均有兩種版本：

此詩作於天寶六年（七四七年），時杜甫年三十六歲，居長安。孔巢父，字弱翁，早勤文史，少時與韓準、裴政、李白、張叔明、陶沔隱於徂來山，時號「竹溪六逸」。〔註36〕此詩描寫孔巢父即將歸隱江東，杜甫對他遁世隱居、無心功名之志，深表讚嘆。時李白居於浙東，故詩末念及，若巢父南行遇見李白，請代為致意，流露出詩友之間的濃厚情誼。

〈送孔巢父謝病歸遊江東兼呈李白〉一詩東坡詞借鑒凡二次，表列析論如次：

項 次	詞 調	起 句	詞 句	頁 碼	杜甫詩句
1	水龍吟	古來雲海茫茫	騎鯨路穩	557	若逢李白騎鯨魚，道甫問信今何如。
2	南歌子	苒苒中秋過	好伴騎鯨公子、賦雄誇	624	若逢李白騎鯨魚，道甫問信今何如。

杜甫詩句：「若逢李白騎鯨魚，道甫問信今何如。」

（1）〈水龍吟〉

一、唐・杜甫著，清・仇兆鰲注：《杜詩詳注》，（北京：中華書局，1979 年 10 月第一版），冊一，頁 57。

二、錢謙益箋注：《錢牧齋箋注杜詩》（臺北：臺灣中華書局，1967 年 5 月臺一版），頁 12。

三、唐・杜甫著、宋・趙次公注、林繼中輯校：《杜詩趙次公先後解輯校》（上海：上海古籍出版社，1994 年 12 月第一版），頁 34～35。

四、清・朱鶴齡撰：《杜工部詩集》，景康熙九年刊本（京都：中文出版社，1977 年 2 月出版），頁 162。

五、宋・郭知達集註：《九家集註杜詩》，清・文瀾閣欽定四庫全書本（臺北：大通書局，1974 年 10 月初版），頁 105。

六、宋・徐居仁編，黃鶴補註：《集千家註分類杜工部詩》，元・皇慶元年建安余氏勤有堂刊，元・末葉氏廣勤堂印本（臺北：大通書局，1974 年 10 月初版），頁 1352。

七、唐・杜甫著，宋・魯訔編次，宋・蔡夢弼會箋：《草堂詩箋》（臺北：廣文書局，1971 年 9 月初版），卷 37，頁 36～37。

〔註36〕後晉・劉昫等撰：《舊唐書・列傳第一百四》（北京：中華書局，1975 年 5 月第一版），頁 4095。

　　昔謝自然欲過海求師蓬萊，至海中，或謂自然：「蓬萊隔弱水三
十萬里，不可到。天台有司馬子微，身居赤城，名在絳闕，可往從之。」
自然乃還，受道於子微，白日仙去。子微著〈坐忘論〉七篇、〈樞〉
一篇。年百餘，將終，謂弟子曰：「吾居玉霄峰，東望蓬萊，嘗有眞
靈降焉，今爲東海青童君所召。」乃蟬脫而去。其後李太白作〈大鵬
賦〉云：嘗見子微於江陵，「謂余有仙風道骨，可與神遊八極之表。」
元豐七年冬，余過臨淮，而湛然先生梁公在焉，童顏清徹，如二三十
許人。然人亦有自少見之者。善吹鐵笛，嘹然有穿雲裂石之聲。乃作
〈水龍吟〉一首，記子微太白之事，倚其聲而歌之

　　　　古來雲海茫茫，道山絳闕知何處？人間自有，赤城居士，
　　　　龍蟠鳳舉。清淨無爲，坐忘遺照，八篇奇語。向玉霄東望，
　　　　蓬萊晻靄，有雲駕、驂風馭。　　　行盡九州四海，笑紛紛、
　　　　落花飛絮。臨江一見，謫仙風采，無言心許。八表神遊，
　　　　浩然相對，酒酣箕踞。待垂天賦就，<u>騎鯨路穩</u>，約相將去。
　　（頁 557）

此詞作於元豐七年（一〇八四年），時東坡年四十九歲，滯留泗州。
此詞以神話傳說爲題材，記敘謝自然求師於司馬子微，白日仙去，以
及李白曾與司馬子微相見，並獲稱「仙風道骨，可與神遊八極之表」
之事。上闋寫人間仙境及司馬子微之思想與人格修爲；下闋寫對「八
表神遊」的嚮往及超然世外的追求。

（2）〈南歌子〉　再用前韻

　　　　苒苒中秋過，蕭蕭兩鬢華。寓身此世一塵沙。笑看潮來潮
　　　　去、了生涯。　　　方士三山路，漁人一葉家。早知身世兩
　　　　聾牙。<u>好伴騎鯨公子、賦雄誇</u>。（頁 624）

此詞作於元祐五年（一〇九〇年）八月，時東坡年五十五歲，知杭州。
此詞與〈南歌子〉（海上乘槎侶），同爲與蘇堅（伯固）觀潮之作。此
詞以觀潮爲契機，感歎逝去之年華及令人失望之世局，只得「笑看」
潮起潮落般的生涯。玩世之言辭，充滿了幽默詼諧。然現實無情，惟
有追尋「方士三山路」、「漁人一葉家」之隱遁生活及「騎鯨、賦雄誇」

的遊仙人生。〔註37〕

　　按：俗傳太白醉騎鯨魚，溺死潯陽。上述東坡二詞，均截取自杜詩〈送孔巢父謝病歸遊江東兼呈李白〉：「若逢李白騎鯨魚，道甫問信今何如」句，〈水龍吟〉以神話傳說為題材，小序中即言明此詞之寫作目的乃是「記子微太白之事，倚其聲而歌之」。本詞之眼即在最末三句：等到李白壯志凌雲地寫完〈大鵬賦〉，醉騎鯨魚而去之時，也就是我們相約前往蓬萊、天台成仙之日，充滿了對超然世外生活的追求與嚮往。〈南歌子〉一詞，乃與蘇堅（伯固）觀潮而作，「好伴騎鯨公子、賦雄誇」句，即東坡企望尋求李白騎鯨、賦雄誇之遊仙生活。二詞除截取杜詩字面之外，詞中所敘內容亦與李白事蹟相關。

至於稼軒詞借鑒〈送孔巢父謝病歸遊江東兼呈李白〉一詩凡三次，表列析論如次：

項　次	詞　調	起　句	詞　句	頁　碼	杜甫詩句
1	雨中花慢	馬上三年	錦囊詩卷長留	480	詩卷長留天地間，釣竿欲拂珊瑚樹。
2	水調歌頭	文字覷天巧	探禹穴	133	南尋禹穴見李白，道甫問訊今何如。
3	漢宮春	達則青雲	向松江道我，問訊何如	545	南尋禹穴見李白，道甫問訊今何如。

1. 杜甫詩句：「詩卷長留天地間，釣竿欲拂珊瑚樹。」

〈雨中花慢〉　吳子似見和，再用韻為別

　　　馬上三年，醉帽吟鞭，錦囊詩卷長留。恨溪山舊管，風月新收。明便關河杳杳，去應日月悠悠。笑千篇索價，未抵蒲桃，五斗涼州。　　停雲老子，有酒盈尊，琴書端可銷憂。渾未解傾身一飽，淅米矛頭。心似傷弓塞雁，身如喘月吳牛。曉天涼夜，月明誰伴，吹笛南樓？（頁480）

此詞作於慶元六年（一二〇〇年），時稼軒年六十一歲，落職閒居鉛

〔註37〕參見朱靖華、饒學剛、王文龍、饒曉明編著：《蘇軾詞新釋輯評》（北京：中國書店，2007年1月第一版），頁977～978。

山瓢泉。詞乃送別鉛山縣尉吳紹古（子似）而作，上闋寫吳紹古懷才不遇，及兩人之深厚情誼；下闋寫詞人之孤單與憂懼，及與吳紹古依依惜別之情。

按：辛詞「馬上三年，醉帽吟鞭，錦囊詩卷長留」，敘寫吳紹古（子似）任職鉛山縣尉的三年，騎馬巡視縣境，飲酒賦詩，訪詩即收於錦囊，猶如李賀，詩卷將長留世間。「錦囊詩卷長留」即截取自杜詩「詩卷長留天地間」，然僅為字面之借鑒。

2. 杜甫詩句：「南尋禹穴見李白，道甫問訊今何如。」

（1）〈水調歌頭〉

提幹李君索余賦〈秀野〉、〈綠遶〉二詩，余詩尋醫久矣，姑合二榜之意，賦〈水調歌頭〉以遺之。然君才氣不減流輩，豈求田問舍而獨樂其身耶

> 文字覷天巧，亭榭定風流。平生丘壑，歲晚也作稻粱謀。五畝園中秀野，一水田將綠遶，穤稏不勝秋。飯飽對花竹，可是便忘憂？　吾老矣，探禹穴，欠東遊。君家風月幾許，白鳥去悠悠。插架牙籤萬軸，射虎南山一騎，容我攬鬚不？更欲勸君酒，百尺臥高樓。（頁133）

此詞作於淳熙九年（一一八二年），時稼軒年四十三歲，閒居帶湖。上闋乃賦李泳（子永）秀野、綠繞二亭樹，兼寫其人；下闋則寫對李泳之期望，願他能懷有濟世之志。

（2）〈漢宮春〉　答吳子似總幹和章

> 達則青雲，便玉堂金馬；窮則茅廬。逍遙小大自適，鵬鷃何殊。君如星斗，燦中天密密疏疏。荒草外自憐螢火，清光暫有還無。　千古季鷹猶在，向松江道我，問訊何如。白頭愛山下去，翁定嗔予：「人生謾爾，豈食魚必鱠之鱸。」還自笑君詩頓覺，胸中萬卷藏書。（頁545）

此詞作於嘉泰三年（一二○三年），時稼軒年六十四歲，起知紹興府兼浙東安撫使任上。上闋論窮達：窮則獨善其身，達則兼善天下；論小大各有所適，並無差異。並將吳紹古（子似）與自己做了比較：吳

若星斗燦然；己則如荒草螢光。下闋引張翰（季鷹）典故，表明自己辭官歸里之願望。

按：稼軒〈水調歌頭〉：「吾老矣，探禹穴，欠東遊」，是說自己已老，無法東遊會稽、探訪禹穴。禹穴，位於浙江紹興會稽山，相傳爲夏禹葬地或藏書之處。然稼軒作〈水調歌頭〉時，年四十三歲，並不算老。之所以會有此言，乃因淳熙八年（一一八一年）十一月，即將出任兩浙西路提點刑獄公事，然因臺臣王藺論列，而遭落職罷新任。故「吾老矣，探禹穴，欠東遊」句，實暗指此事，表明自己無法前往浙江就任。〈漢宮春〉：「千古季鷹猶在，向松江道我，問訊何如」，則借自己對張季鷹的問訊，表達己身追求人生適意、辭官歸里之心願。「向松江道我，問訊何如」，乃截取杜詩：「南尋禹穴見李白，道甫問訊今何如。」

綜上言之，蘇辛二人借鑒杜甫〈送孔巢父謝病歸遊江東兼呈李白〉一詩之版本，顯有不同。東坡詞所借鑒者均爲「若逢李白騎鯨魚，道甫問信今何如」句，而稼軒詞借鑒此句亦有兩次，然其所本均爲「南尋禹穴見李白，道甫問訊今何如。」杜詩原意在於讚揚孔巢父遁世隱居，仙風道骨，故詩中多言神仙之事；而東坡〈水龍吟〉、〈南歌子〉兩詞，借鑒杜詩之技巧，雖均爲截取杜詩字面，然詞中亦多神仙語，言其追求超然世外之遊仙生活，可謂與杜詩之意涵有所關聯。至於稼軒詞借鑒〈送孔巢父謝病歸遊江東兼呈李白〉一詩之技巧，亦均爲截取杜詩字面，與杜詩之意涵較無關聯，僅有〈漢宮春〉一闋，表明詞人欲辭官歸里之願望，與杜詩中之孔巢父謝病歸遊江東、隱居避世，稍有連繫。然東坡借鑒此詩之詞作，均作於黃州時期之後；而稼軒借鑒此詩之詞作，亦均作於遭受落職閒居之後。蓋東坡被貶後，詞作內容漸趨超然曠達，對超然世外之生活嚮往，故對此詩更有所觸發。至於稼軒，因其畢生以恢復中原爲職志，故其雖亦借鑒此詩三次，然其中兩次，僅截取杜詩字面，與杜詩意涵無涉。

第二節　以辛詞爲主之重要篇章

　　蘇辛詞借鑒相同之杜詩篇章中，辛詞達三次以上者，計有〈奉贈
韋左承丈二十二韻〉、〈曲江二首〉、〈絕句漫興九首〉、〈春日憶李白〉、
〈送孔巢父謝病歸遊江東兼呈李白〉、〈月〉等六首，餘者均爲借鑒二
次或一次。其中，〈春日憶李白〉、〈送孔巢父謝病歸遊江東兼呈李白〉
已於前節論述，本節不再贅言。故本節謹就稼軒借鑒三次以上之〈奉
贈韋左承丈二十二韻〉、〈曲江二首〉、〈絕句漫興九首〉、〈月〉加以論
述。

茲表列論述如次：

項　次	杜甫詩題	稼軒詞	東坡詞
		借鑒次數	借鑒次數
1	奉贈韋左承丈二十二韻	11	1
2	曲江二首	7	1
3	絕句漫興九首	6	1
4	月	3	1

一、〈奉贈韋左丞丈二十二韻〉

　　　　紈袴不餓死，儒冠多誤身。丈人試靜聽，賤子請具陳。甫
　　　　昔少年日，早充觀國賓。讀書破萬卷，下筆如有神。賦料
　　　　揚雄敵，詩看子建親。李邕求識面，王翰願卜鄰。自謂頗
　　　　挺出，立登要路津。致君堯舜上，再使風俗淳。此意竟蕭
　　　　條，行歌非隱淪。騎驢三十載，旅食京華春。朝扣富兒門，
　　　　暮隨肥馬塵。殘杯與冷炙，到處潛悲辛。主上頃見徵，欻
　　　　然欲求伸。青冥卻垂翅，蹭蹬無縱鱗。甚愧丈人厚，甚知
　　　　丈人眞。每於百僚上，猥誦佳句新。竊效貢公喜，難甘原
　　　　憲貧。焉能心怏怏，祇是走踆踆。今欲東入海，即將西去
　　　　秦。尚憐終南山，回首清渭濱。常擬報一飯，況懷辭大臣。
　　　　白鷗沒浩蕩，萬里誰能馴。（頁160～162）

此詩作於天寶七年（西元七四八年），年三十七，時杜甫處於困居長
安時期。杜甫應試不第，素志難伸。乃投贈詩篇予欣賞他的韋濟，冀
能獲得提拔。首兩句「紈袴不餓死，儒冠多誤身」，發詩人不平之鳴，

對比凸顯自己「儒冠誤身」的生涯。《杜臆》:「『儒冠誤身』,是一篇之綱。」〔註38〕自「甫昔少年日……再使風俗淳」敘寫自己早年才華洋溢,展露頭角,意氣風發,胸懷大志之氣概。接著話鋒一轉,「此意竟蕭條,行歌非隱淪」,體現了杜甫頓挫之風格。自「此意竟蕭條……蹭蹬無縱鱗」敘寫現實的殘酷無情。有了前段的志得意滿,更襯托出後來的悲涼與不堪。最後詩人雖然已經決定離去,然仍眷戀徘徊不忍卒去。篇中「竊效貢公喜,難甘原憲貧」句,近於央求,足見詩人多麼希望能得到韋濟之垂青。然末聯一出,一掃之前數句之無奈哀怨,氣勢為之一振。浦起龍《讀杜心解》謂之「一結高絕」。〔註39〕全詩慷慨陳辭,直抒胸臆,而又縱橫轉折,措辭委婉。〔註40〕《杜臆》:「此篇非排律,亦非古風,直抒胸臆,如寫尺牘;而縱橫轉折,感憤悲壯,繾綣躊躇,曲盡其妙。」〔註41〕

〈奉贈韋左丞丈二十二韻〉一詩稼軒詞借鑒凡十一次,表列論述如次:

項 次	詞 調	起 句	詞 句	頁 碼	杜甫詩句
1	阮郎歸	山前燈火欲黃昏	儒冠多誤身	75	紈袴不餓死,儒冠多誤身。
2	水龍吟	倚欄看碧成朱	儒冠曾誤	296	紈袴不餓死,儒冠多誤身。
3	水調歌頭	相公倦台鼎	賤子親再拜	277	丈人試靜聽,賤子請具陳。
4	水調歌頭	落日古城角	詩書萬卷,致身須到古伊周。	27	讀書破萬卷,下筆如有神。……致君堯舜上,再使風俗淳。
5	水調歌頭	落日塞塵起	萬卷詩書事業,嘗試與君謀。	58	讀書破萬卷,下筆如有神。
6	滿江紅	倦客新豐	歎詩書萬卷致君人	78	讀書破萬卷,下筆如有神。……致君堯舜上,再使風俗淳。

〔註38〕明・王嗣奭:《杜臆》(臺北:臺灣中華書局,1970年10月臺一版),頁11。

〔註39〕清・浦起龍:《讀杜心解》,版本同注7,頁5。

〔註40〕張志烈主編:《杜詩全集》(成都:天地出版社,1999年12月第一版),頁63。

〔註41〕明・王嗣奭:《杜臆》,版本同注38,頁11。

7	鷓鴣天	髮底青青無限春	書萬卷，筆如神	417	讀書破萬卷，下筆如有神。
8	念奴嬌	君詩好處	下筆如神彊押韻	460	讀書破萬卷，下筆如有神。
9	漢宮春	達則青雲	胸中萬卷藏書	545	讀書破萬卷，下筆如有神。
10	賀新郎	逸氣軒眉宇	兒曹不料揚雄賦	380	賦料揚雄敵，詩看子建親。
11	鷓鴣天	別恨粧成白髮新	忠言句句唐虞際，便是人間要路津	53	自謂頗挺出，立登要路津。致君堯舜上，再使風俗淳。

1. 杜甫詩句：「紈袴不餓死，儒冠多誤身。」

（1）〈阮郎歸〉　耒陽道中為張處父推官賦

　　　　山前燈火欲黃昏。山頭來去雲。鷓鴣聲裏數家村。瀟湘逢

　　　　故人。　　揮羽扇，整綸巾。少年鞍馬塵。如今憔悴賦招

　　　　魂。儒冠多誤身。（頁 75）

此詞作於淳熙六年或七年（一一七九或一一八〇年），時稼軒年四十

或四十一歲，居官江淮、兩湖時期，此詞當是於湖南任上巡視州郡，

適逢故人張處父而作。上闋寫景，描繪與故人重逢時之景致，並藉鷓

鴣聲，透露出對前途的憂慮；下闋抒情，全用典故，回首往事，馳騁

沙場，雄姿英發，如今有志難伸，慨歎不遇。

（2）〈水龍吟〉　寄題京口范南伯家文官花。花先白，次綠，次緋，

　　　　　　　　次紫。唐會要載學士院有之

　　　　倚欄看碧成朱，等閒褪了香袍粉。上林高選，匆匆又換，

　　　　紫雲衣潤。幾許春風，朝薰暮染，為花忙損。笑舊家桃李，

　　　　東塗西抹，有多少，淒涼恨。　　擬倩流鶯說與：記容華

　　　　易消難整。人間得意，千紅百紫，轉頭春盡。白髮憐君，

　　　　儒冠曾誤，平生官冷。算風流未減，年年醉裏，把花枝問。

　　　　（頁 296）

此詞無明確編年，然因范如山（南伯）卒於慶元二年（一一九六年），

故鄧廣銘認為此詞當作於淳熙或紹熙年間，將它歸入帶湖時期作品。

〔註42〕上闋寫文官花的顏色多變及其原因；下闋寫對文官花的告誡及

〔註42〕鄧廣銘箋注：《稼軒詞編年箋注》，版本同注 1，頁 298。

對范南伯的同情。萬紫千紅雖得意，然轉眼春盡，也就消失無蹤了。
這既是對文官花的忠告，也引發了對范南伯「儒冠曾誤，平生官冷」
的惋惜之意。〔註43〕

　　按：稼軒二十三歲時，奉耿京命，奉表南歸，尋耿京爲張安國等
所殺，稼軒縛安國獻俘行在，名動一時；南歸後，奏進〈美芹十論〉，
作〈九議〉，足可見其在軍事上之長才。無奈十幾年來，調任頻繁，
輾轉於江淮兩湖一帶任地方官，從未被派往前線抗金，無法實現恢復
中原之大計，後更遭諫官彈劾而落職閒居。上述兩詞均借鑒杜詩〈奉
贈韋左丞丈二十二韻〉中「儒冠多誤身」一句，蓋稼軒與杜甫皆然，
認爲己身有經世濟民之才，當能一展抱負，豈料現實殘酷，杜甫作此
詩時，已困守長安多年，壯志猶難酬；而稼軒作〈阮郎歸〉時，雖任
官職，但卻與抗金事業無關，〈水龍吟〉一詞則作於落職閒居之時，
政治抱負更無從實現，故而稼軒借鑒杜甫詩句，同發「儒冠誤身」之
慨歎。

2. 杜甫詩句：「丈人試靜聽，賤子請具陳。」

〈水調歌頭〉　　送施樞密聖與帥江西。信之讖云：「水打烏龜石，方
　　　　　　　　人也大奇。」「方人也」實「施」字

　　　　相公倦台鼎，要伴赤松游。高牙千里東下，笳鼓萬貔貅。
　　　　試問東山風月，更著中年絲竹，留得謝公不？孺子宅邊水，
　　　　雲影自悠悠。　　占古語，方人也，正黑頭。穹龜突兀，
　　　　千丈石打玉溪流。金印沙堤時節，畫棟珠簾雲雨，一醉早
　　　　歸休。<u>賤子親再拜</u>，西北有神州。（頁277）

此詞作於紹熙二年（一一九一年）時稼軒五十二歲，罷官閒居帶湖。
上闋寫施師點（聖與）將出任江西安撫使之職〔註44〕，下闋寫對施聖

〔註43〕參見劉宰：《漫塘集·故公安范大夫及夫人張氏行述》卷三十四（臺
　　　　北：臺灣商務印書館《景印文淵閣四庫全書》本，1987年2月，冊
　　　　一一七〇，頁769）敘述，范南伯一生僅任瀘溪及公安兩地縣令，官
　　　　終忠訓郎，故稼軒言其「平生官冷」。
〔註44〕元·脫脫等撰：《宋史》卷三百八十五（版本同注17，頁11836～
　　　　11838）：「施師點，字聖與，上饒人。……十四年，除知樞密院事。……

與的期望，即莫忘神州已淪陷，要致力北伐，收復失地。

　　按：杜甫祖父杜審言與韋承慶（韋濟伯父）、韋嗣立（韋濟父親）同朝爲官，有通家之好，故杜甫應制落第困居長安時，韋濟對杜甫相當關心，多次到杜甫故廬（河南偃師）拜訪，並十分讚賞其出眾之才華，杜甫對韋濟也很敬重，稱他爲「丈人」，一再奉上詩作〔註45〕，希望能得到他的賞識與引薦。〈奉贈韋左丞丈二十二韻〉一詩，全屬陳情，直抒胸臆，杜甫將心中之憤慨向韋濟傾吐，並對當時之現實政治加以抨擊。「丈人試靜聽，賤子請具陳」，即請韋濟傾聽，杜甫將詳細陳述己身不幸的遭遇。稼軒作〈水調歌頭〉時，已落職閒居帶湖，空有滿腔抱負，卻無政治舞台可施展，其末句：「賤子親再拜，西北有神州」，乃詞人期望施師點（聖與）莫忘北方神州淪陷，冀能戮力收復失土。「賤子親再拜」一句乃化用自杜甫「賤子請具陳」，蓋「賤子」皆作者自謙之詞，「賤子請具陳」乃因詩人不遇，冀能得到對方引薦，一展長才；而「賤子親再拜」乃詞人已遭落職，而對方曾知樞密院事〔註46〕，故稼軒將自我之期許投射於對方身上。蓋杜甫與稼軒均自負才學，胸懷遠大抱負，然時不我予，壯志難酬，而詩作、詞作

十五年春，以資政殿大學士知泉州，除提舉臨安府洞霄宮。……紹熙二年，除知隆興府、江西安撫使。」

〔註45〕韋濟任河南尹時，杜甫作〈奉寄河南韋尹丈人〉，後韋濟遷尚書左丞，杜甫又作〈贈韋左丞丈濟〉、〈奉贈韋左丞丈二十二韻〉。

〔註46〕按：宋代以樞密院掌管軍務，稱爲西府；中書門下掌管政務，稱爲東府，合稱「二府」。宋代樞密院爲最高軍事機關，掌軍國機務、兵防、邊備、軍馬等政令，出納機密命令。其長官常以文臣充任，統轄三衙，以文制武。宋初，樞密院的長官爲樞密使或爲知樞密院事；副長官爲樞密副使或爲同知樞密院事，如官資淺則稱樞密直學士、簽書院事、同簽書院事。熙寧元年，並置使、副使與知院事、同知院事。元豐五年，罷使及副使，置知院事與同知院事二人。南宋初，以宰相兼知樞密院。紹興七年復置使，仍以宰相兼任，其後或兼或不兼。開禧年間起，宰相兼樞密使成爲定制，有時樞密使、副使與知院事、同知院事並置。參見俞鹿年編著：《中國官制大辭典》（哈爾濱：黑龍江人民出版社，1992年10月第一版），頁214～215。

之對象（韋濟、施聖與），均官職在身，故而流露有所期待的心志。

3. 杜甫詩句：「讀書破萬卷，下筆如有神。……致君堯舜上，再使風俗淳。」

（1）〈水調歌頭〉

> 落日古城角，把酒勸君留。長安路遠，何事風雪敝貂裘？散盡黃金身世，不管秦樓人怨，歸計狎沙鷗。明夜扁舟去，和月載離愁。　功名事，身未老，幾時休？<u>詩書萬卷，致身須到古伊周</u>。莫學班超投筆，縱得封侯萬里，憔悴老邊州。何處依劉客，寂寞賦登樓。（頁27）

此詞作於淳熙元年（一一七四年），時稼軒年三十五歲，任江東安撫司參議官。上闋勸離人前程未卜，何不淹留或歸隱；下闋寫飽讀詩書，應追求如古代賢相般之功業，切莫學班超投筆從戎，即使封侯，卻久留邊州。此詞以留人起，以傷己結。借勸友人而自抒憤慨，因勸留之語皆是本身的境遇。

（2）〈水調歌頭〉　舟次揚州，和楊濟翁、周顯先韻

> 落日塞塵起，胡騎獵清秋。漢家組練十萬，列艦聳層樓。誰道投鞭飛渡，憶昔鳴髇血污，風雨佛狸愁。季子正年少，匹馬黑貂裘。　今老矣，搔白首，過揚州。倦游欲去江上，手種橘千頭。二客東南名勝，<u>萬卷詩書事業，嘗試與君謀</u>。莫射南山虎，直覓富民侯。（頁58）

此詞作於淳熙五年（一一七八年），時稼軒年三十九歲，由大理少卿調任湖北轉運副使，途經揚州。上闋追憶十七年前（紹興三十一年，一一六一年）金兵南侵揚州的史事；下闋則抒發志士報國無路、請纓無門之慨，倦於宦遊不如歸隱田園。至於兩位友人胸中萬卷，自該致君堯舜，但寧當太平侯相，切莫作戰時李廣，此乃憤激反語，嘲諷朝廷之苟安政策。

（3）〈滿江紅〉

> 倦客新豐，貂裘敝征塵滿目。彈短鋏青蛇三尺，浩歌誰續？不念英雄江左老，用之可以尊中國。<u>嘆詩書萬卷致君人，</u>

翻沈陸。　　休感慨，澆醽醁。人易老，歡難足。有玉人
憐我，為簪黃菊。且置請纓封萬戶，竟須賣劍酧黃犢。甚
當年寂寞賈長沙，傷時哭。（頁 78）

此詞應作於淳熙六、七年間（一一七九、一一八○年），時稼軒年四
十、四十一歲，任職湖南。〔註47〕上闋運用典故，描寫自己有志難伸，
壯志未酬的激烈感慨；下闋則故作曠達，勉力寬慰，尋求解脫。然最
末二句依然透露出其憂國傷時卻又對時局失望的嘲諷。

（4）〈鷓鴣天〉

髮底青青無限春，落紅飛雪謾紛紛。黃花也伴秋光老，何
事尊前見在身。　　書萬卷，筆如神。眼看同輩上青雲。
箇中不許兒童會，只恐功名更逼人。（頁 417）

此詞當作於慶元年間，時稼軒年約六十歲，家居鉛山。上闋寫青春易
逝，當珍惜眼前之一切；下闋寫滿腔抱負，一心想建功立業，如今落
職閒居，眼看同輩青雲直上，字裡行間表現出對仕途失望之慨歎。

（5）〈念奴嬌〉　用韻答傅先之

君詩好處，似鄒魯儒家，還有奇節。下筆如神彊押韻，遺
恨都無毫髮。炙手炎來，掉頭冷去，無限長安客。丁寧黃
菊，未消勾引蜂蝶。　　天上絳闕清都，聽君歸去，我自
癯山澤。人道君才剛百煉，美玉都成泥切。我愛風流，醉
中傾倒，丘壑胸中物。一杯相屬，莫孤風月今夕。（頁 460）

此詞當作於慶元、嘉泰年間，時稼軒年約六十歲左右，罷官閒居鉛山
瓢泉。詞之上闋給予傅兆（先之）的詩作極高的評價：合乎孔孟的儒
家詩教，且其才思敏捷，下筆如有神，但切莫因權貴的好惡，而影響
了自我高潔的品格；下闋說傅先之是否出仕，稼軒不表意見，任憑他
自己決定，然稼軒自己是寧可選擇隱居山林、縱情風月之生活。

〔註47〕據鄧廣銘著：《辛棄疾傳　辛稼軒年譜》（北京：生活・讀書・新知
三聯書店，2007 年 3 月第一版，頁 178～180）所示：淳熙六年，在
湖北轉運副使任。春三月，改湖南轉運副使。又改知潭州，兼湖南
安撫使。

(6)〈漢宮春〉　答吳子似總幹和章

> 達則青雲，便玉堂金馬；窮則茅廬。逍遙小大自適，鵬鷃
> 何殊。君如星斗，燦中天密密疎疎。荒草外自憐螢火，清
> 光暫有還無。　　千古季鷹猶在，向松江道我，問訊何如。
> 白頭愛山下去，翁定嗔子：「人生謾爾，豈食魚必鱠之鱸。」
> 還自笑君詩頓覺，<u>胸中萬卷藏書</u>。（頁 545）

此詞作於嘉泰三年（一二○三年），時稼軒年六十四歲，起知紹興府
兼浙東安撫使任上。上闋論窮達：窮則獨善其身，達則兼善天下；論
小大各有所適，並無差異。並將吳紹古（子似）與自己做了比較：吳
若星斗燦然；己則如荒草螢光。下闋引張翰（季鷹）典故，表明自己
辭官歸里之願望。

　　按：上述六詞，均借鑒杜詩〈奉贈韋左丞丈二十二韻〉「讀書破
萬卷，下筆如有神。……致君堯舜上，再使風俗淳」句。六詞之作年，
分別自稼軒三十五歲至六十四歲之間。其間，稼軒為官調職頻繁，所
任官職均與抗金事業無涉，蓋其身為「歸正北人」，受到更多的猜忌。
他在壯年時期，遭落職閒居達十七年之久，愛國志士報國無門，壯志
難酬。稼軒才氣縱橫，文武雙全。文學方面，詞的成就最高〔註48〕，
此外詩文、奏議〔註49〕，均膾炙人口。武略方面，南歸前之追捕義端、
縛獲張安國；南歸後平茶商軍，創制湖南飛虎軍等，均可見其才幹機
略。然以稼軒之文才武略，終究無法致君堯舜，完成北伐中原之大業。
前述六詞中，第一闋〈水調歌頭〉之「詩書萬卷，致身須到古伊周」，
第二闋〈水調歌頭〉之「萬卷詩書事業，嘗試與君謀」，第三闋〈滿

〔註48〕清・吳衡照《蓮子居詞話》卷一云：「辛稼軒別開天地，橫絕古今，
　　　　《論》、《孟》、《詩》小序、《左氏春秋》、《南華》、《離騷》、《史》、《漢》、
　　　　《世說》、選學、李杜詩，拉雜運用，彌見其筆力之峭。」收錄於唐
　　　　圭璋主編：《詞話叢編》（臺北：新文豐出版公司，1988 年 2 月臺一
　　　　版），冊三，頁 2408。
〔註49〕劉克莊云：「辛公文墨議論尤英偉磊落。乾道、紹熙奏篇及所進〈美
　　　　芹十論〉、上虞雍公〈九議〉，筆勢浩蕩，智略輻湊，有〈權書〉、〈衡
　　　　論〉之風。」參見劉克莊：《後村先生大全集》卷九八（臺北：臺灣
　　　　商務印書館，四部叢刊初編集部，1967 年），冊四，頁 846。

江紅〉之「歎詩書萬卷致君人」，第四闋〈鷓鴣天〉之「書萬卷，筆如神。眼看同輩上青雲」，所傳達出來之訊息皆是詞人滿腹經綸，胸懷壯志，欲報社稷之宏願。此意與杜甫〈奉贈韋左丞丈二十二韻〉之「讀書破萬卷，下筆如有神。……致君堯舜上，再使風俗淳」是完全一致的。令人惋惜的是杜甫與稼軒雖皆有不凡之才，卻終究不爲朝廷所用，其「致君堯舜」之願始終落空。至於第五闋〈念奴嬌〉之「下筆如神彊押韻」，與第六闋〈漢宮春〉之「胸中萬卷藏書」，亦化自杜詩「讀書破萬卷，下筆如有神」，卻又來形容博覽群書，下筆縱橫自如，有如神助之才學。

4. 杜甫詩句：「賦料揚雄敵，詩看子建親。」

〈賀新郎〉　和徐斯遠下第謝諸公載酒相訪韻

> 逸氣軒眉宇。似王良輕車熟路，驊騮欲舞。我覺君非池中物，咫尺蛟龍雲雨。時與命猶須天付。蘭佩芳菲無人問，歎靈均欲向重華訴。空壹鬱，共誰語？　<u>兒曹不料揚雄賦</u>。怪當年甘泉誤說，青蔥玉樹。風引船回滄溟闊，目斷三山伊阻。但笑指吾廬何許。門外蒼官千百輦，盡堂堂八尺鬚髯古。誰載酒，帶湖去？（頁380）

此詞作於慶元二年（一一九六年），時稼軒年五十七歲，已落職，然尚未徙居鉛山。詞之主旨在於慰藉應試落第之友人徐文卿（斯遠）：上闋寫友人才氣縱橫，此番落第乃因時命不濟，並借屈原之不遇，以寬慰友人。下闋寫考官無學埋沒人才，不如一笑忘憂、載酒帶湖。〔註50〕

　　按：「兒曹不料揚雄賦」一句乃化自杜詩「賦料揚雄敵，詩看子建親」。杜詩原意在於表現自己的文學創作，可與揚雄匹敵，同曹植比肩，可說是相當自負。而辛詞〈賀新郎〉之「兒曹不料揚雄賦」乃是稱讚友人之文采與揚雄相近，只是考官鄙陋不識妙文。此處與杜詩相同，均以「料揚雄賦」，譬喻文才之高，且兩人雖有揚雄之文才，

〔註50〕參見朱德才、薛祥生、鄧紅梅編著：《辛棄疾詞新釋輯評》，版本同注21，下冊，頁950～951。

卻都應試不第〔註51〕，此相似之處或許是稼軒借鑒杜詩之原因。

5. 杜甫詩句：「自謂頗挺出，立登要路津。致君堯舜上，再使風俗淳。」

〈鷓鴣天〉　和張子志提舉

> 別恨粧成白髮新，空教兒女笑陳人。醉尋夜雨旗亭酒，夢
> 斷東風輦路塵。　　騎騄駬，簿青雲。看公冠佩玉階春。
> 忠言句句唐虞際，便是人間要路津。（頁53）

此詞作於淳熙五年（一一七八年），時稼軒年三十九歲，居官江淮、兩湖時期。上闋寫自己失意的生活：入京為官之夢已斷，只能以酒解愁；下闋描繪張提舉之平步青雲，身居要職，當進忠言，致君堯舜。

　　按：杜詩「自謂頗挺出，立登要路津。致君堯舜上，再使風俗淳」，認為以自己傑出之才學，定能獲得賞識，居要職，進忠言，輔佐君王成為明君，使風俗歸於淳厚。「致君堯舜」是杜甫最終之政治理想，也是他一生追求的目標。〔註52〕而稼軒此詞末兩句「忠言句句唐虞際，便是人間要路津」同樣表達出其政治追求：若居要職，必進忠言，致君堯舜。杜甫作〈奉贈韋左丞丈二十二韻〉時，年三十七歲，困守長安，應詔就試又不第，生計漸窘，「致君堯舜」之宏願日趨遙遠；而稼軒〈鷓鴣天〉一詞，作於三十九歲，雖任官職，但非朝中大員，且自南歸以來，幾乎年年調動，十幾年過去，使得稼軒不得不認清事實。兩人年少時均懷有壯志豪情，雖經殘酷的現實打擊，但同為儒者的志願依舊未變——致君堯舜。

〔註51〕杜甫二十幾歲時舉進士不第，三十六歲時應詔就試不第。而徐文卿（字斯遠）於慶元二年禮部應試落第，故稼軒為〈賀新郎〉詞以寬慰之，然徐文卿後於嘉定四年進士及第。參見厲鶚輯：《宋詩紀事》卷六一（臺北：臺灣中華書局，1971年4月臺一版），頁1426。

〔註52〕「致君堯舜」乃杜甫之人生抱負，除〈奉贈韋左丞丈二十二韻〉一詩運用外，尚有〈可歎〉：「死為星辰終不滅，致君堯舜為肯朽。」、〈同元使君春陵行〉：「致君唐虞際，淳樸憶大庭。」、〈暮秋枉裴道州手札率爾遣興寄遞近呈蘇渙侍御〉：「致君堯舜付公等，早據要路思捐軀。」

至於東坡詞借鑒〈奉贈韋左丞丈二十二韻〉詩僅有一次，表列論述如
次：

項 次	詞 調	起 句	詞 句	頁 碼	杜甫詩句
1	沁園春	孤館燈青	胸中萬卷，致君堯舜	134	讀書破萬卷，下筆如有神。……致君堯舜上，再使風俗淳。

杜甫詩句：「讀書破萬卷，下筆如有神。……致君堯舜上，再使風
俗淳。」

〈沁園春〉　　赴密州早行馬上寄子由

　　孤館燈青，野店鷄號，旅枕夢殘。漸月華收練，晨霜耿耿，
　　雲山摛錦，朝露漙漙。世路無窮，勞生有限，似此區區長
　　鮮歡。微吟罷，憑征鞍無語，往事千端。　　當時共客長
　　安。似二陸、初來俱少年。有筆頭千字，<u>胸中萬卷，致君</u>
　　<u>堯舜</u>，此事何難。用舍由時，行藏在我，袖手何妨閒處看。
　　身長健，但優游卒歲，且鬭尊前。（頁 134～135）

此詞作於熙寧七年（一〇七四年）十月，由海州赴密州途中，時東坡
年三十九歲，由杭州通判調知密州，其弟子由時在齊州。此詞之突出
特點在於以議論入詞，直抒胸臆，表現政治懷抱。〔註53〕上闋描繪旅
途早行之景與其心境，下闋則轉爲議論，抒發自己的政治理念。

　　按：東坡嘉祐二年（一〇五七年）與弟蘇轍同時進士及第（時東
坡二十二歲，蘇轍十九歲），名動京師，且嘉祐六年（一〇六一年）應
制科試，又得三等，是宋朝自有制科以來，第二人能獲此高評者〔註54〕，
仁宗初讀軾、轍制策，退而喜曰：「朕今日爲子孫得兩宰相矣。」〔註55〕
可見二人當時年少得志，受到文壇與朝廷所推重。本以爲以其「筆頭
千字，胸中萬卷」，必可實現其「致君堯舜」之政治理想，然因反對

〔註53〕唐圭璋等撰寫：《唐宋詞鑑賞集成》（上冊）（臺北：五南圖書出版公
　　　司，2001 年 12 月初版三刷），頁 729。此書原出版者爲上海：上海
　　　辭書出版社。
〔註54〕元・脫脫等撰：《宋史・列傳第九十七》卷三三八（版本同注 17，頁
　　　10802）：「復對制策，入三等。自宋初以來，制策入三等，惟吳育與
　　　軾而已。」
〔註55〕同前注，頁 10819。

王安石變法，受到當權者排擠，只好遵行儒家「用之則行，捨之則藏」的處世哲學，遠離京師，優游度日。而杜甫早慧，七歲即能作詩〔註56〕，十四歲時遊於翰墨之場，與岐王範、崔尚、魏啓心、李龜年等同遊，年雖少而結交者已不尋常，文章被人以班固揚雄相比，出眾之才學，使其自認必可實現「致君堯舜上，再使風俗淳」之政治理想。然杜甫自開元二十三年（時二十四歲）〔註57〕舉進士不第以來，至寫〈奉贈韋左丞丈二十二韻〉時已過了十三年，年少時期的豪情壯志，在殘酷的現實摧殘下，已漸消失殆盡，最後只能如白鷗一般遠逝江海。由上可知，東坡與杜甫皆屬才氣橫溢，「胸中萬卷」之飽學之士，年少時即名動京師，意氣風發，正欲實現「致君堯舜」的政治理想。故東坡此詞「有筆頭千字，胸中萬卷，致君堯舜，此事何難」與杜詩「讀書破萬卷，下筆如有神。……致君堯舜上，再使風俗淳」的意涵完全相同，兩人就連遭遇現實挫敗後的處世哲學也是一致的。

綜上言之，稼軒詞借鑒杜甫〈奉贈韋左丞丈二十二韻〉詩，高達十一次之多，乃稼軒詞借鑒杜詩之最頻繁者；尤以「讀書破萬卷，下筆如有神。……致君堯舜上，再使風俗淳」等句，最受青睞。十一闋詞，分別作於淳熙元年至嘉泰三年間，即稼軒三十五歲至六十四歲之間。然而從淳熙元年至淳熙八年底首次落職罷任為止，僅僅八年的時間，稼軒之職務調動竟高達十一次之多〔註58〕，如此頻繁的更動使稼

〔註56〕杜甫〈壯遊〉：「七齡思即壯，開口詠鳳凰。」〈進雕賦表〉：「臣自七歲所綴詩筆，向四十載矣，約千有餘篇。」

〔註57〕據陳文華考證，杜甫下第至遲應在開元二十四年，二十三年當然也屬可能，但非必然。參見陳文華：《杜甫傳記唐宋資料考辨》（臺北：文史哲出版社，1987 年 11 月初版），頁 61。

〔註58〕稼軒淳熙元年至淳熙八年之仕歷，據鄧廣銘《辛棄疾傳 辛稼軒年譜》列示如下，以利參見其職務調動之頻：

淳熙元年（一一七四年）　春，辟江東安撫司參議官。後遷倉部郎官。

淳熙二年（一一七五年）　倉部郎官任。六月出為江西提點刑獄。九月平茶商軍，加秘閣修撰。

淳熙三年（一一七六年）　江西提點刑獄任。秋冬之交調京西轉運判官。

軒無法長治久任，難以有所建樹，此乃肇因於稼軒爲「歸正北人」，且當時朝廷當權者主張議和，故對於稼軒這種主戰人士，乃採頻繁調任之手段，使其較難有所作爲。自古以來，中國文人一向有學而優則仕的觀念，杜甫如此，東坡如此，稼軒亦復如此。杜甫出身於「奉儒守官」的家庭〔註59〕，接受儒家的正統教育，清人劉熙載說他一生只在儒家界內〔註60〕，其憂國憂民、兼濟天下之情懷，反應出其最高政治理想——「致君堯舜上，再使風俗淳。」至於東坡，其思想以儒家爲本，後來受佛老影響頗深。早年十分傾慕屈原、諸葛亮、陸贄等經世濟時的人物〔註61〕，認爲「丈夫重出處，不退要當前」〔註62〕，「歷觀前輩，由此爲致君之資；敢以微軀，自今爲許國之始」〔註63〕，可見其輔君治國、經世濟民之抱負。而稼軒承受了傳統的儒家教育，崇敬所謂的「眞儒」，儒家積極入世的熱情從未在他身上消退，他一生都在追求功名，冀能經世濟民，定國安邦。其所追求的功名，即是抗

淳熙四年（一一七七年）　差知江陵府，兼湖北安撫使。冬遷知隆興府兼江西安撫使。

淳熙五年（一一七八年）　江西安撫使任。召爲大理少卿。夏秋之交出爲湖北轉運副使。

淳熙六年（一一七九年）　湖北轉運副使任。春三月，改湖南轉運副使。秋冬之交，改知潭州，兼湖南安撫使。

淳熙七年（一一八〇年）　湖南安撫使任。歲杪加右文殿修撰，差知隆興府兼江西安撫使。

淳熙八年（一一八一年）　江西安撫使任。秋七月，以荒政修舉，轉奉議郎。冬十一月，改除兩浙西路提點刑獄公事，旋以臺臣王藺論列，落職罷新任。

〔註59〕杜甫於〈進雕賦表〉中云：「自先君、恕預以降，奉儒守官，未墜素業。」清・楊倫：《杜詩鏡銓》，版本同注29，頁1447。

〔註60〕語見清・劉熙載：《藝概》（臺北：華正書局，1988年9月），頁59。

〔註61〕陶文鵬、鄭園編選：《蘇軾集・前言》（南京：鳳凰出版社，2006年11月第一版），頁2。

〔註62〕語見蘇詩〈和子由苦寒見寄〉，錄自清・王文誥輯注，孔凡禮點校：《蘇軾詩集》（北京：中華書局，1982年2月第一版），第一冊，頁215。

〔註63〕語見蘇軾〈謝制科啓二首〉之一，錄自宋・蘇軾：《蘇軾全集》（上海：上海古籍出版社，2005年5月第一版），下冊，頁1587。

金復國，恢復河山。〔註64〕可見杜甫、東坡、稼軒皆受儒家思想影響
頗深，而杜甫〈奉贈韋左丞丈二十二韻〉一詩，東坡詞只借鑒一次，
稼軒詞卻有十一次之多，同爲儒者，何以有如此不同？蓋東坡雖然奉
行儒道，然其學養思想主要乃是儒、釋、道三者兼容並蓄而成。儒家
以入世進取爲基本精神，又以「達兼窮獨」、「用行捨藏」作爲必要之
補充；佛家出世、道家遁世的基本精神，又與儒家的「窮獨」相通。
東坡對此三者，染濡均深，又能融會貫通，兼採並用。〔註65〕況作〈沁
園春〉時，年三十九，尙未遭受太大的政治挫敗，而北宋仍是大一統
局面，致君堯舜，成爲股肱大臣，確是東坡當時的目標。但隨著眼界
的擴大、閱歷的加深，和對宦海升沉、世情冷暖的體察，他的思想才
逐漸趨向開放和駁雜，奉儒而外，對談禪、學道也產生濃厚的興趣。
〔註66〕也就因爲縱兼儒釋道三家之長，在超脫中不忘民生，在挫折裡
泰然自在〔註67〕，雖身處逆境，卻能表現出豁達灑落、隨遇而安、恬
淡自適之超曠胸懷，因此他並不像稼軒一般，時時吶喊「致君堯舜」
之理想未逮。而稼軒之思想以儒家爲主，具有積極入世之精神，明知
其不可爲而爲之。他成長於宋金對峙的時代，自南歸以來，未曾一日
忘懷者，即是北伐中原，收復故土。因此他說要「致君堯舜」，實質
意義，卻是要抗金復國，恢復中原。蓋當時稼軒處於金戈鐵馬、狼煙
四起之亂世，欲施行王道，經世濟民，豈有可爲？必得先一統江山方
能實現兼善天下之政治理想。然終稼軒一生，南宋朝廷始終偏安江
南，回首北方故國，依舊在金人統治之下，收復失土之志時時刻刻都
充斥在稼軒心中。縱使仕途受挫，所任官職非適才適任，卻從不曾主

〔註64〕戴曉雲：〈眞儒——論辛稼軒的獨特性格〉，《九江師專學報》 （哲
學社會科學版），2003 年第二期，頁 52～55。
〔註65〕王水照：《蘇軾論稿》（臺北：萬卷樓圖書有限公司，1994 年 12 月初
版），頁 70。
〔註66〕劉乃昌：《蘇軾文學論集》（濟南：齊魯書社，2004 年 5 月第一版），
頁 202。
〔註67〕林融嬋：《蘇軾超曠情懷與文化關係研究》，嘉義：南華大學文學研
究所碩士論文，2004 年 7 月，頁 117。

動辭官，正因其欲為國竭盡智能，參與國事，以期完成殺敵平戎之大業。故不論居官江淮、兩湖時期，或是落職閒居帶湖、瓢泉，稼軒仍不斷借鑒杜甫〈奉贈韋左丞丈二十二韻〉詩，發出力圖恢復大計之音。

二、〈曲江二首〉

> 一片花飛減卻春，風飄萬點正愁人。且看欲盡花經眼，莫厭傷多酒入脣。江上小堂巢翡翠，苑邊高塚臥麒麟。細推物理須行樂，何用浮名絆此身。
>
> 朝回日日典春衣，每日江頭盡醉歸。酒債尋常行處有，人生七十古來稀。穿花蛺蝶深深見，點水蜻蜓款款飛。傳語風光共流轉，暫時相賞莫相違。（頁 352～353）

此詩作於乾元元年（七五八年）暮春，年四十七歲，於長安任左拾遺職。此二首乃聯章詩，借寫暮春曲江所見景色，抒發內心之抑鬱苦悶，看似傷春，實感人事。第一首前四句寫花飛欲盡所引發的滿懷愁思，後四句寫江邊經歷戰亂後的人世滄桑。表面上似寫春光易盡，須及時行樂，而實際上乃是作者面對安史亂後荒涼景象，思及開元、天寶之時的盛世難再，悲愁欲絕而又無可奈何，不得不「沉飲聊自遣，放歌破愁絕。」〔註68〕第二首前四句寫耽於酒興，後四句寫春景可憐，全詩惜春、傷春之情宛然，而實際上與上詩旨同。〔註69〕《杜臆》：「此二詩，乃以賦而兼比興，以憂憤而托之行樂者也。」〔註70〕

〈曲江二首〉一詩，稼軒詞借鑒凡七次，表列論述如次：

項 次	詞 調	起 句	詞 句	頁 碼	杜甫詩句
1	水調歌頭	我飲不須勸	苑外麒麟高塚	47	江上小堂巢翡翠，苑邊高塚臥麒麟。
2	感皇恩	七十古來稀	七十古來稀	21	酒債尋常行處有，人生七十古來稀。

〔註68〕語見杜甫〈自京赴奉先縣詠懷五百字〉，清・楊倫：《杜詩鏡銓》，版本同註29，頁264。

〔註69〕張志烈主編：《杜詩全集》，版本同註40，頁426～427。

〔註70〕同註38，頁65。

3	減字木蘭花	昨朝官告	剛道人生七十稀	100	酒債尋常行處有，人生七十古來稀。
4	最高樓	長安道	七十古來稀	201	酒債尋常行處有，人生七十古來稀。
5	最高樓	金閨老	七十且華筵。樂天詩句香山裏，杜陵酒債曲江邊	303	酒債尋常行處有，人生七十古來稀。
6	行香子	歸去來兮	七十者稀	365	酒債尋常行處有，人生七十古來稀。
7	感皇恩	七十古來稀	七十古來稀	478	酒債尋常行處有，人生七十古來稀。

1. 杜甫詩句：「江上小堂巢翡翠，苑邊高塚臥麒麟。」

〈水調歌頭〉　　淳熙丁酉，自江陵移帥隆興，到官之三月被召，司馬
　　　　　　　　監、趙卿、王漕餞別。司馬賦〈水調歌頭〉，席間次
　　　　　　　　韻。時王公明樞密薨，坐客終夕爲興門戶之歎，故前
　　　　　　　　章及之

　　我飲不須勸，正怕酒尊空。別離亦復何恨，此別恨匆匆。
　　頭上貂蟬貴客，<u>苑外麒麟高塚</u>，人世竟誰雄？一笑出門去，
　　千里落花風。　　　孫劉輩，能使我，不爲公。余髮種種如
　　是，此事付渠儂。但覺平生湖海，除了醉吟風月，此外百
　　無功。毫髮皆帝力，更乞鑑湖東。（頁47～48）

此詞作於淳熙五年（一一七八年），時稼軒年三十九歲，知隆興府兼
江西安撫使任，方到任三月，即奉詔入京，此詞即同僚爲稼軒餞別之
宴席上次韻而作。上闋言離別之匆匆，並嘲諷興門戶之爭的朝廷顯
要，難免歸於黃土一抔，誰能稱雄一世？下闋言此去京城，寧可不爲
高官，也絕不媚事權貴。然回顧自己一生，毫無建樹，不如乞歸，隱
於鑑湖。

　　按：辛詞「苑外麒麟高塚」，係化自杜甫〈曲江二首〉之一：「江
上小堂巢翡翠，苑邊高塚臥麒麟。」意指江上小堂無人居住，任鳥築
巢；達官顯貴之墓無人整理，墓園傾圮，一片荒涼。接著杜甫認爲事
物興衰變化無常，實不須爲虛名所牽絆，當及時行樂爲是。此乃杜甫
仕不得志，感事傷時，而發是語也。蓋杜甫作此詩之前一年，因上疏

救房琯而觸怒肅宗，自此爲肅宗所疏遠，作此詩時雖任左拾遺，然已備受冷落；過數月後，果遭貶謫。而稼軒〈水調歌頭〉一詞，「頭上貂蟬貴客，苑外麒麟高塚，人世竟誰雄？」意指縱爲高爵顯貴者，死後立有高冢，終不能稱雄一世？末了並發出不如歸去，退隱山林之語。蓋稼軒之所以有此語，乃因調任頻繁，備受猜忌，處處受人掣肘，使其壯志難酬。表面雖故作曠達語，然實際隱含著詞人悲憤不平之情。此種含蓄內斂之抒情風格，與杜詩〈曲江二首〉所表現的手法是相當一致的。

2. 杜甫詩句：「酒債尋常行處有，人生七十古來稀。」

（1）〈感皇恩〉　壽范倅 〔註71〕

> 七十古來稀，人人都道：不是陰功怎生到。松姿雖瘦，偏耐雪寒霜曉。看君雙鬢底，青青好。　　樓雪初晴，庭闈嬉笑。一醉何妨玉壺倒。從今康健，不用靈丹仙草。更看一百歲，人難老。（頁21）

此詞作年不可確考，鄧廣銘將其編入居官江淮、兩湖時期作品。詞之主旨在於祝賀范姓官吏七十大壽。上闋言其之所長壽，乃積陰德所致，並言其容貌有如青松一般；下闋敍述家庭和樂氣氛，並祝其健康、長壽不老。

（2）〈減字木蘭花〉

> 昨朝官告，一百五年村父老。更莫驚疑，剛道人生七十稀。　　使君喜見，恰限華堂開壽宴。問壽如何？百代兒孫擁太婆。（頁100）

此詞編年無可確考，鄧廣銘認爲似中年居官時所作，姑且編入居官江淮、兩湖時期作品。〔註72〕上闋寫官府通告要爲地方人瑞賀壽，但老百姓驚疑，都說「人生七十稀」；下闋寫賀壽活動，吏民同樂之情景。

〔註71〕鄧廣銘認爲范倅不知究係何人，見鄧廣銘箋注：《稼軒詞編年箋注》，版本同注1，頁22。然鄭騫先生認爲范倅乃指其岳丈范邦彥，見鄭騫先生：《辛稼軒年譜》（臺北：華世出版社，1977年1月補訂一版），頁35～36。

〔註72〕鄧廣銘箋注：《稼軒詞編年箋注》，版本同注1，頁101。

（3）〈最高樓〉　醉中有索四時歌者，爲賦

> 長安道，投老倦遊歸。七十古來稀。藕花雨濕前湖夜，桂
> 枝風澹小山時。怎消除？須殢酒，更吟詩。　也莫向竹
> 邊孤負雪。也莫向柳邊孤負月。閒過了，總成癡。種花事
> 業無人問，惜花情緒只天知。笑山中：雲出早，鳥歸遲。（頁
> 201）

此詞正確作年莫考，鄧廣銘將其編入閒居帶湖時期。詞之上闋寫臨老
還鄉，接著寫夏、秋之景。下闋一開始續寫冬、春之景，認爲人生應
莫負美景，及時行樂，末了敘寫倦遊歸來之閒居生活。

（4）〈最高樓〉　慶洪景盧內翰七十

> 金閨老，眉壽正如川。七十且華筵。樂天詩句香山裏，杜陵
> 酒債曲江邊。問何如，歌窈窕，舞嬋娟？　更十歲太公方
> 出將；又十歲武公方入相。留盛事，看明年。直須腰下添金
> 印，莫教頭上欠貂蟬。向人間，長富貴，地行仙。（頁303）

此詞作於紹熙三年（一一九二年）春，時稼軒年五十三歲，罷居帶湖。
詞之主旨在於祝賀洪邁（景盧）七十大壽。用白居易、杜甫詩酒生活
相比，並言七十不算老，尚可出將入相，長享富貴，猶如人間仙人一
般。

（5）〈行香子〉

> 歸去來兮，行樂休遲。命由天富貴何時。百年光景，七十
> 者稀。奈一番愁，一番病，一番衰。　名利奔馳，寵辱
> 驚疑，舊家時都有些兒。而今老矣，識破關機：算不如閒，
> 不如醉，不如癡。（頁364～365）

此詞當作於慶元元年或二年（一一九五或一一九六年），時稼軒年五
十六或五十七歲，居上饒或鉛山。〔註73〕上闋敘述死生有命，富貴在
天，且人生苦短，自當及時行樂；下闋寫詞人對於過去奔馳名利的行
爲，如今都已勘破：算盡機關，不如閒、不如醉、不如癡。

〔註73〕據鄧廣銘著《辛棄疾傳　辛稼軒年譜》（版本同注47，頁238～243）
　　　　所示：「慶元元年，居上饒。十月落職。慶元二年移居鉛山縣期思市
　　　　瓜山之下。」

（6）〈感皇恩〉　慶嬸母王恭人七十

　　<u>七十古來稀</u>，未爲稀有。須是榮華更長久。滿牀靴笏，羅
　　列兒孫新婦。精神渾是箇，西王母。　　遙想畫堂，兩行
　　紅袖。妙舞清歌擁前後。大男小女，逐箇出來爲壽。一箇
　　一百歲，一杯酒。（頁 478）

此詞作年莫可考，鄧廣銘將其編入罷官閒居瓢泉時期作品。此闋爲壽詞，對像是稼軒之嬸母。上闋寫年雖七十，但並非稀有，而須得子孫眾多，且位居高官，享盡榮華富貴，並且精神康健，有若西王母；下闋則敘寫祝壽之景：子孫滿堂、福壽延綿。

　　按：上述六詞均借鑒杜甫「酒債尋常行處有，人生七十古來稀」詩句。其中有四闋爲壽詞，而〈感皇恩〉兩闋同爲賀人七十生辰，然賀范倅者正面肯定「人生七十古來稀」，認爲若非多行善積德焉能得此高壽；至於賀壽嬸母者，則反用其意，認爲活到七十歲並不稀奇，當能更長壽，享受更久之榮華。此兩詞皆爲親人所撰之壽詞，故多不頌揚功業，僅抒祝福之意。〔註 74〕六詞中，第一闋〈感皇恩〉「七十古來稀」、第三闋〈最高樓〉「七十古來稀」、第六闋〈感皇恩〉「七十古來稀」，均係就杜詩「人生七十古來稀」減去首二字而成，較能肯定出自杜甫〈曲江二首〉之二。至於第二闋〈減字木蘭花〉「剛道人生七十稀」及第五闋〈行香子〉「七十者稀」，謂其出自杜詩「人生七十古來稀」固無不可，然亦有可能係就白居易詩句「人生七十稀」〔註75〕增加「剛道」二字而成「剛道人生七十稀」，或化用白居易詩句「人生七十稀」而成「七十者稀」。至若第四闋〈最高樓〉，乃祝賀洪邁（景盧）七十大壽之作，「七十且華筵。樂天詩句香山裏，杜陵酒債曲江

─────────────

〔註74〕林玫儀：〈稼軒壽詞析論〉，收錄於周保策、張玉奇編：《辛棄疾國際學術研討會論文集》（香港：天馬圖書有限公司，2003 年 2 月），頁289。

〔註75〕白居易「人生七十稀」之詩句，出自於〈栽松二首〉之一：「得見成因否，人生七十稀。」及〈對酒閒吟贈同老者〉：「人生七十稀，我年幸過之。」見《全唐詩》（北京：中華書局，1960 年 4 月第一版）卷四三三，頁 4787；卷四五九，頁 5222。

邊」三句，一則用白居易故實（〈對酒閒吟贈同老者〉），一則用杜甫故實（〈曲江二首〉之二）。若謂只化自杜詩句意，則未盡詳實，當同舉杜詩與白詩方為允當。該詞意謂：白居易年七十一，退隱香山，老病衰羸，寫下「人生七十稀」之詩句；杜甫年四十七，在曲江邊典衣買醉，嘆生命之短暫，寫下「人生七十古來稀」之詩句。一則年過七十而處境清寂，一則年未七十而「仕不得志」，終不如曾為官「金閨」的洪邁，年七十猶能「歌窈窕，舞嬋娟」，真富貴壽考也。〔註76〕

至於東坡詞借鑒〈曲江二首〉詩，僅有一次，表列論述如次：

項 次	詞 調	起 句	詞 句	頁 碼	杜甫詩句
1	浣溪沙	霜鬢真堪插拒霜	暫時流轉為風光	607	傳語風光共流轉，暫時相賞莫相違。

杜甫詩句：「傳語風光共流轉，暫時相賞莫相違。」

〈浣溪沙〉 和前韻

霜鬢真堪插拒霜。哀絃危柱作伊涼。暫時流轉為風光。

未遣清尊空北海，莫因長笛賦山陽。金釵玉腕瀉鵝黃。

（頁 607）

此詞作於元祐四年（一〇八九年）重陽，旨在敘述對友人錢勰（穆父）〔註77〕的思念。時東坡年五十四歲，知杭州，錢勰知越州。〔註78〕

〔註76〕有關稼軒詞中「七十古來稀」及其相關詞句之論述，參見王師偉勇：〈稼軒詞中「七十古來稀」及其他相關詞句出處考——以鄧廣銘箋注為例〉，收錄於《遨遊在中古文化的場域——六朝唐宋學術研討會論文集》（臺北：里仁書局，2004 年 11 月初版），頁 315～338。

〔註77〕《宋史·列傳第七十六》卷三一七（版本同注 17，頁 10349～10350）：「勰字穆父，彥遠之子也，生五歲，日誦千言，十三歲，制舉之業成。熙寧三年試應，既中祕閣選，廷對入等矣，會王安石惡孔文仲策，遂怒罷其科，遂不得第。以蔭知尉氏縣，授流內銓主簿。……元祐初，遷給事中，以龍圖閣待制知開封府。……宗室貴戚為之斂手，雖丞相府調吏干請，亦械治之。積為眾所憾，出知越州，徙瀛州。召拜工部、戶部侍郎，進尚書，加龍圖閣直學士，復知開封，臨事益精。

〔註78〕語見宋·李燾撰：《續資治通鑑長編》（北京：中華書局，1992 年 3 月第一版，頁 10057）：「元祐三年戊辰九月庚戌，龍圖閣待制權知開封府錢勰知越州，……坐奏獄空不實也。」

元祐初年，蘇軾、錢勰二人同在京城爲官，性情投契，友誼甚篤。詞
之上闋言鬢插拒霜花，聽〈伊州〉、〈涼州〉曲，增加風光以暫時相賞；
下闋敘事寫情，藉孔融與向秀之典故，抒發詞人對故人的深切思念。

　　按：東坡與錢勰兩人交好，時有詩詞相和。〔註79〕李綱《梁谿集》
謂勰知越州，蘇軾時帥錢塘，「唱和往來無虛日，當時以比元、白。」
〔註80〕蓋當時兩人均失意官場，遠離朝廷。東坡作此詞時，乃因勇於

〔註79〕東坡與錢勰之詩詞往來，茲舉數例如下，以見二人交往，首列詩作，
　　　　再列詞作：

　　　　一、〈次韻錢穆父〉（老入明光踏舊班），宋·蘇軾撰，清·王文誥輯
　　　　　　注，孔凡禮點校：《蘇軾詩集》，版本同注62，冊五，頁1404。
　　　　　　（以下版本均同此）

　　　　二、〈次韻穆父舍人再贈之什〉（詔語春溫昨夜班），冊五，頁 1406
　　　　　　～1407。

　　　　三、〈次韻錢舍人病起〉（牀下龜寒且耐支），冊五，頁1440。

　　　　四、〈和穆父新涼〉（家居妻兒號），冊五，頁1521。

　　　　五、〈僕領貢舉未出，錢穆父雪中作詩見及，三月二十日，同遊金明
　　　　　　池，始見其詩，次韻爲答〉（雪知我出已全消），冊五，頁1571
　　　　　　～1572。

　　　　六、〈送錢穆父出守越州絕句二首〉（簿書常苦百憂集），冊五，頁1589
　　　　　　～1590。

　　　　七、〈次韻錢越州〉（髯尹超然定逸羣），冊五，頁1644～1645。

　　　　八、〈次韻錢越州見寄〉（莫將牛弩射羊羣），冊五，頁1651。

　　　　九、〈次韻錢穆父紫薇花二首〉（虛白堂前合抱花），冊五，頁 1708
　　　　　　～1709。

　　　　十、〈次韻錢穆父會飲〉（彈冠恨不早），冊六，頁1928。

　　　　十一、〈次韻錢穆父、王仲至同賞田曹梅花〉（寒廳不知春），冊六，
　　　　　　頁1960。

　　　　十二、〈次韻錢穆父馬上寄蔣潁叔二首〉（玉關不用一丸泥），冊六，
　　　　　　頁1971～1972。

　　　　十三、〈和錢穆父送別并求頓遞酒〉（聯鑣接武兩長身），冊六，頁
　　　　　　1994。

　　　　至於詞作除本闋〈浣溪沙〉（霜鬢眞堪插拒霜）外，尚有〈西江月〉
　　　　送錢待制穆父（莫嘆平齊落落）頁597、〈浣溪沙〉九月九日二首（珠
　　　　檜絲杉冷欲霜），頁605、〈臨江仙〉送錢穆父〈一別都門三改火〉，
　　　　頁665等。（版本爲鄒同慶、王宗堂：《蘇軾詞編年校註》，同注1。）

〔註80〕李綱：《梁谿集·宋故追復龍圖閣直學士贈少師錢公墓誌銘》卷一六
　　　　七（臺北：臺灣商務印書館《景印文淵閣四庫全書》本，1987 年 2

論事，陷於黨爭，故請求外放至杭州，詞中「暫時流轉爲風光」一句描繪在此心境下的東坡，飲酒聽絃，猶能暫時跳脫，欣賞風光韻致，期盼與友人重聚。而杜甫「傳語風光共流轉，暫時相賞莫相違」表面上是說春光易逝，須及時欣賞，實則寄託詩人憂憤之慨，蓋作此詩之前一年（至德二年，七五七年），房琯罷相，杜甫上疏救房琯而觸怒肅宗，此後即爲肅宗所疏遠，雖仍任職左拾遺，然已有志難伸，即使面對春光好景，也只能「沉飲聊自遣」。二者在創作的背景上，均爲仕不得志，雖言欣賞風光韻致，然其中隱含著深微之慨。只是相較之下，東坡顯然較杜甫超脫。

綜上言之，杜甫〈曲江二首〉詩，東坡詞僅借鑒一次，稼軒詞則借鑒七次，其中「七十古來稀」相關之詞句高達六次之多。杜甫〈曲江二首〉係因仕不得志，有感於暮春而作。〔註81〕詩中雖透露及時行樂之意，然意在言外。所謂「行樂」，不過是他自己所說的「沉飲聊自遣」、或李白所說的「舉杯消愁愁更愁」而已。〔註82〕東坡〈浣溪沙〉一詞與稼軒〈水調歌頭〉、〈最高樓〉（起句：長安道）、〈行香子〉三詞，其中均隱含仕不得志，失意不平之情，雖然表面上故作曠達語，但實際上與杜甫〈曲江二首〉之表現手法是一致的。東坡〈浣溪沙〉「暫時流轉爲風光」借鑒杜詩「傳語風光共流轉，暫時相賞莫相違」，其藉樂歌以增風光，乍看似賞心樂事，然首句「霜鬢眞堪插拒霜」及「哀絃危柱作伊涼」，則透露出些許自嘲、嘲世及幽怨之情。稼軒〈水調歌頭〉「苑外麒麟高塚」借鑒杜詩「苑邊高塚臥麒麟」，表達富貴榮華終是空之曠達思想，末句並發出不如歸隱山林之語，然實是以曠達語隱含悲憤不平之情。〈最高樓〉（起句：長安道）及〈行香子〉二詞，

月），冊一一二六，頁 752。

〔註81〕張綖：「二詩以仕不得志，有感於暮春而作。」語見清・乾隆：《御選唐宋詩醇》卷十四（臺北：臺灣商務印書館《景印文淵閣四庫全書》本，1988 年 2 月），冊一四四八，頁 314。

〔註82〕蕭滌非等撰寫：《唐詩鑑賞集成》（臺北：五南圖書出版公司，1990 年 9 月初版），頁 565。此書原出版者爲上海：上海辭書出版社。

均借鑒杜詩「人生七十古來稀」，認為人生七十者稀，不如歸去，及時行樂。然稼軒之所以有此語，實是不得已也，蓋其仕途不遇，屢遭調任、彈劾而致罷職閒居，英雄無用武之地。至於稼軒其餘四闋詞作，均與賀壽有關，內容多切合壽星身份，與詞人個人感慨及當時的心境較無關聯。

三、〈絕句漫興九首〉

眼見客愁愁不醒，無賴春色到江亭。即遣花開深造次，便教鶯語太丁寧。

手種桃李非無主，野老墻低還是家。恰似春風相欺得，夜來吹折數枝花。

熟知茅齋絕低小，江上燕子故來頻。銜泥點污琴書內，更接飛蟲打著人。

二月已破三月來，漸老逢春能幾回。莫思身外無窮事，且盡生前有限杯。

腸斷春江欲盡頭，杖藜徐步立芳洲。顛狂柳絮隨風舞，輕薄桃花逐水流。

懶慢無堪不出村，呼兒自在掩柴門。蒼苔濁酒林中靜，碧水春風野外昏。

糝徑楊花鋪白氈，點溪荷葉疊青錢。筍根雉子無人見，沙上鳧雛傍母眠。

舍西柔桑葉可拈，江畔細麥復纖纖。人生幾何春已夏，不放香醪如蜜甜。

隔戶楊柳弱嫋嫋，恰似十五女兒腰。誰謂朝來不作意，狂風挽斷最長條。（頁 569～572）

此詩作於肅宗上元二年（七六一年），時杜甫年五十歲，居成都草堂，雜記春日景事，寫鶯、燕、桃花、柳絮、荷葉、鳧雛、柔桑、細麥，在春光中孳長之變化，以見人生不應虛度春光。九首詩雖非一時寫成，情致也各有所別，然皆逐章相承，或發寄居他鄉不耐春光引起的

客愁，或慨年事已衰而興及時行樂的感慨。〔註83〕它是詩人困厄且至
暮年的傷春心境，由於景物之描寫生動，自傷遲暮之心緒與戀春、傷
春之心情糅合，表現極其細膩傳神，融情入景、以景傳情，遂使此詩
成為詠春之名篇。〔註84〕王嗣奭云：「興之所到，率然而成，故云漫
興，亦竹枝、樂府之變體也。『客愁』二字，乃九首之綱領。愁不可
耐，故借目前景物以發之。」〔註85〕

〈絕句漫興九首〉一詩，稼軒詞借鑒凡六次，表列論述如次：

項 次	詞 調	起 句	詞 句	頁 碼	杜甫詩句
1	行香子	好雨當春	鶯燕丁寧	328	即遣花開深造次，便教鶯語太丁寧。
2	鷓鴣天	桃李漫山過眼空	桃李漫山過眼空，也曾惱損杜陵翁	327	手種桃李非無主，野老牆低還是家。恰似春風相欺得，夜來吹折數枝花。
3	清平樂	茅簷低小	茅簷低小	193	熟知茅齋絕低小，江上燕子故來頻。
4	生查子	去年燕子來	去年燕子來，繡戶深深處。花徑得泥歸，都把琴書污。	298	熟知茅齋絕低小，江上燕子故來頻。銜泥點污琴書內，更接飛蟲打着人。
5	滿庭芳	西崦斜陽	無窮身外事，百年能幾，一醉都休。	405	莫思身外無窮事，且盡生前有限杯。
6	婆羅門引	落星萬點	似楊柳十五女兒腰	489	隔戶楊柳弱嫋嫋，恰似十五女兒腰。

1. 杜甫詩句：「即遣花開深造次，便教鶯語太丁寧。」

〈行香子〉　三山作

好雨當春，要趁歸耕。況而今已是清明。小窗坐地，側聽
簷聲。恨夜來風，夜來月，夜來雲。　　花絮飄零，鶯燕
丁寧，怕妨儂湖上閒行。天心肯後，費甚心情。放霎時陰，
霎時雨，霎時晴。（頁328）

此詞作於紹熙五年（一一九四年）春，時稼軒年五十五歲，於福建安

〔註83〕張志烈主編：《杜詩全集》，版本同注40，頁807。
〔註84〕陶瑞芝：《杜甫杜牧詩論叢》（上海：學林出版社，2005年5月第一
版），頁118。
〔註85〕明·王嗣奭：《杜臆》，版本同注38，頁120。

撫使任。詞之主旨乃告歸未得請時作也〔註86〕，全詞採用比興手法，借南方清明時節天氣不定來形容君威難測。上闋表明歸耕的心願，接著借寫夜來風雲無定，以喻朝廷之反覆無常；下闋寫清明春殘花落，鶯燕丁寧之景，然雨後泥濘，湖邊閒步亦恐難行，暗喻自己受到牽制，未能遂其所願，末了呵責老天爺心意未決，陰晴不定，此亦隱喻天子君威不定也。

　　按：辛詞「鶯燕丁寧」乃借鑑杜詩〈絕句漫興九首〉之一：「即遣花開深造次，便教鶯語太丁寧」。杜詩意指春天來得太過突然，完全不顧人們的意願，讓花開得太快，黃鶯叫個不停。此即仇注所謂：「人當適意時，春光亦若有情；人當失意時，春色亦成無賴。」〔註87〕稼軒詞「花絮飄零，鶯燕丁寧，怕妨儂湖上閒行」，則是藉鶯燕呢喃，道出雨後泥濘，恐無法湖邊漫步之憂慮。兩人雖同為描繪春日景色，然杜甫因客愁而惱春，稼軒則因春殘氣候不定而憂。表面雖皆為寫景語，然與作者當時之處境有極深之聯繫。

2. 杜甫詩句：「手種桃李非無主，野老牆低還是家。恰似春風相欺得，夜來吹折數枝花。」

〈鷓鴣天〉

　　桃李漫山過眼空，也曾惱損杜陵翁。若將玉骨冰姿比，李

〔註86〕梁啓超：《辛稼軒先生年譜》：「此告歸未得請時作也。——發端云：『好雨當春，要趁春耕，況而今已是清明。』直出本意，文義甚明。次云：『小窗坐地，側聽簷聲。恨夜來風，夜來月，夜來雲。』謂受讒謗迫擾，不能堪忍也。下半闋云：『花絮飄零，鶯語丁寧，怕妨儂湖上閒行。』尚慮有種種牽制，不得自由歸去也。次云：『天心肯後，費甚心情。放霎時陰，霎時雨，霎時晴。』謂只要俞旨一允，萬事便了；卻是君意難測，然疑閒作，令人悶殺也。此詩人比興之恉，意內言外，細繹自見。先生雖功名之士，然其所惓惓者，在雪大恥，復大讎，既不得所藉手，則區區專閫虛榮，殊非所願。……蓋已知報國夙願不復能償，而厭棄此官抑甚矣。度自去冬今春，已累疏乞休，而朝旨沉吟，久無所決，故不免焦急也。」（臺北：臺灣中華書局，1960年1月臺一版），頁55。

〔註87〕唐・杜甫著，清・仇兆鰲注：《杜詩詳注》，版本同注35，冊二，頁788。

蔡爲人在下中。　　尋驛使，寄芳容，隴頭休放馬蹄鬆。
吾家籬落黃昏後，剩有西湖處士風。（頁327）

此詞作於紹熙四年（一一九三年）冬，時稼軒年五十四歲，任福建安
撫使。本闋爲詠梅之作：上闋以桃李作爲對比，以顯詞人對梅之喜愛；
下闋則正面寫梅，謂其能傳遞友誼，且幽隱高潔如處士之風。

　　按：杜詩原意係借春風而發其牢騷〔註88〕，因客愁而情緒不定，
對花開花折，奈何不得。而稼軒〈鷓鴣天〉「桃李漫山過眼空，也曾
惱損杜陵翁」，意謂桃李的這種易開易謝的特性，不僅使我煩惱，也
曾使杜陵詩翁煩惱過〔註89〕，此係化用杜詩〈絕句漫興九首〉之二。
杜詩借春風吹折花枝而發其客居之牢騷，辛詞則是借桃李盛開易謝，
過眼即空之特性，與梅花作對比，表達對梅花之喜愛，其中似亦蘊含
詞人幽潔自守之期許。

3. 杜甫詩句：「熟知茅齋絕低小，江上燕子故來頻。銜泥點污琴書內，更接飛蟲打着人。」

（1）〈清平樂〉　村居
　　茅簷低小，溪上青青草。醉裏吳音相媚好，白髮誰家翁媼？
　　　　大兒鋤豆溪東。中兒正織雞籠。最喜小兒亡賴，溪頭
　　臥剝蓮蓬。（頁193）

此詞明確作年難考，鄧廣銘認爲詳其語意，當作於寓居帶湖最初之三
數年內。上闋寫簡樸的農家居所，及老年夫妻的生活樂趣；下闋用白
描手法，寫三子之形象狀貌，平淡清新，自然有味。

（2）〈生查子〉　有覓詞者，爲賦
　　去年燕子來，繡戶深深處。花徑得泥歸，都把琴書污。
　　　　今年燕子來，誰聽呢喃語。不見捲簾人，一陣黃昏雨。
　　（頁298）

〔註88〕《杜詩詳注》仇云：「此章借春風以寄其勞騷，承首章花開。桃李有
　　　　主，且近家園，而春風忽然吹折，似乎造物亦欺人者。惜桃李，正
　　　　自惜羈孤也。」版本同前注，冊二，頁788。
〔註89〕參見朱德才、薛祥生、鄧紅梅編著：《辛棄疾詞新釋輯評》，版本同
　　　　注21，下冊，頁832。

此詞確切編年莫可考，鄧廣銘認爲當作於帶湖時期。此爲詠物（燕）詞，上闋寫去年燕子來時之情況：築巢堂內，有人爲其捲簾，然燕子銜泥歸來，污損了琴書；今年燕子再來，卻遭到冷遇對待，無人爲其捲簾，黃昏雨落，無處可棲。

　　按：辛詞〈清平樂〉「茅簷低小」，係化用杜詩「熟知茅齋絕低小」，純爲此句句意之借鑒，與整首詩之意涵無關。至於〈生查子〉上闋，則化用杜甫〈絕句漫興九首〉之三。杜詩原意係感嘆居室低陋，然而燕子不解主人客愁而屢屢相擾；銜泥點污了琴書，追捕飛蟲碰著了人，令人煩擾。〔註90〕稼軒詞則脫胎杜詩而有所發展，寫燕子因給主人帶來不快，對自己造成的惡果，從而賦予詠燕以全新的意義。〔註91〕

4. 杜甫詩句：「莫思身外無窮事，且盡生前有限杯。」

〈滿庭芳〉　　和章泉趙昌父

> 西崦斜陽，東江流水，物華不爲人留。錚然一葉，天下已知秋。屈指人間得意，問誰是騎鶴揚州？君知我，從來雅興，未老已滄州。　　無窮身外事，百年能幾，一醉都休。恨兒曹抵死，謂我心憂。況有溪山杖屨，阮籍輩須我來游。還堪笑，機心早覺，海上有驚鷗。（頁405）

此詞作於慶元三年（一一九七年），時稼軒年五十八歲，家居鉛山瓢泉。上闋寫時光易逝，美景難永，世事無法盡如人意，不如歸隱江湖；下闋敘人生幾何，一醉方休。與投契之好友同遊山林，瀟灑脫塵。未料鷗鳥仍知其尚有機心而不願相就。全詞自我排遣，以隱居爲樂，兼以表達自己飲酒忘世、怡情山水之暮年情懷，然亦表現出其歸隱後猶

〔註90〕《杜詩詳注》仇云：「此章借燕子以寓其感慨，承首章鶯語。」唐·杜甫著，清·仇兆鰲注：《杜詩詳注》，版本同注35，冊二，頁788。」《杜臆》：「遠客孤居，一時遭遇，多有不可人意者，故其二、其三，托之春風、燕子，而『吹折花枝』，『點污琴書』，『接蟲打人』，皆非無爲而發。」明·王嗣奭：《杜臆》，版本同注38，頁121。

〔註91〕朱德才、薛祥生、鄧紅梅編著：《辛棄疾詞新釋輯評》，版本同注21，上冊，頁756。

未能真正忘世之矛盾。〔註92〕

　　按：辛詞「無窮身外事，百年能幾，一醉都休。」係借鑒杜詩「莫思身外無窮事，且盡生前有限杯。」杜詩乃感時光易逝，生命短促，欲忘卻身外之事，飲酒排遣。話雖如此，杜甫一生，始終未能忘卻身外之國事。杜甫此詩表面上雖呈現及時行樂之意，然係無可奈何，自寬、遣愁之語。辛詞「無窮身外事，百年能幾，一醉都休。」係指人生有限，而世事無窮，不如飲酒忘憂。然由詞之下闋末幾句，「還堪笑，機心早覺，海上有驚鷗」，即可明白，縱然稼軒歸隱瓢泉，亦無法忘世無憂，蓋因稼軒一生始終無法忘卻北伐中原、恢復河山之志。稼軒此詞化用杜甫〈絕句漫興九首〉之四詩意，杜甫作〈絕句漫興九首〉時年五十歲，居成都草堂，而稼軒作〈滿庭芳〉時年五十八歲，居鉛山瓢泉。兩人年紀均已半百，無奈遠離朝廷，報國之志難酬。雖同發世事無窮，飲酒忘憂之語，然兩人實念念不忘家國，未能拋下積極入世之念。

5. 杜甫詩句：「隔戶楊柳弱嫋嫋，恰似十五女兒腰。」

〈婆羅門引〉　趙晉臣敷文張燈甚盛，索賦，偶憶舊游，末章因及之
　　　　落星萬點，一天寶焰下層霄。人間疊作傛儢。最愛金蓮側
　　　　畔，紅粉裊花梢。更鳴鼉擊鼓，噴玉吹簫。　　曲江畫橋，
　　　　記花月，可憐宵。想見閒愁未了，宿酒纔消。東風搖蕩，
　　　　似楊柳十五女兒腰。人共柳那箇無聊？（頁 489）

此詞作年不得確考，鄧廣銘將其編入閒居鉛山瓢泉時期作品。稼軒以今昔對比之手法，寫出南渡前後元宵佳節截然不同之情狀：上闋寫趙不迁（晉臣）製作元宵燈火之壯盛、動人；下闋回憶汴京觀燈之情形，燈火雖美，然在金人統治下，愁苦不堪。

　　按：辛詞「似楊柳十五女兒腰」，乃借鑒杜詩「隔戶楊柳弱嫋嫋，恰似十五女兒腰」。杜詩〈絕句漫興九首〉之九，意指楊柳柔長可愛，然被風折斷，藉以感嘆己之不幸遭遇，有如花木般易遭摧折。其中「隔

〔註92〕同前注，下冊，頁 1026。

戶楊柳弱嬝嬝，恰似十五女兒腰」，以楊柳之搖曳生姿，喻爲年輕女子之婀娜纖腰。辛詞〈婆羅門引〉「東風搖蕩，似楊柳十五女兒腰」，描述纖細的楊柳隨風飄蕩，不由自主。然由其末句「人共柳那箇無聊」，又將人與柳做一連繫，含蓄地表現出詞人滿懷的閒愁與苦悶。由此可見，杜甫與稼軒一由楊柳之纖弱易折，一由楊柳之隨風搖蕩，聯想到己身之境遇。

至於東坡詞借鑒〈絕句漫興九首〉詩，僅有一次，表列論述如次：

項次	詞調	起句	詞句	頁碼	杜甫詩句
1	南鄉子	悵望送春杯	漸老逢春能幾回	835	二月已破三月來，漸老逢春能幾回。

杜甫詩句：「二月已破三月來，漸老逢春能幾回。」

〈南鄉子〉　集句

　　悵望送春杯。<u>漸老逢春能幾回</u>。花滿楚城愁遠別，傷懷。
　　何況清絲急管催。　　吟斷望鄉臺。萬里歸心獨上來。景
　　物登臨閒始見，徘徊。一寸相思一寸灰。（頁835～836）

此詞作於元豐八年四月（一〇八五年），時東坡年五十歲，正由南都還常州途中，過楚州，至揚州。〔註93〕詞之上闋寫酒宴餞別，臨老、傷春又傷別；下闋極寫思鄉之情，萬里歸心，因遷謫而愈切。

　　按：東坡自熙寧元年（一〇六八年）離開故鄉以來，便未曾再得返鄉。十幾年來，仕途坎坷，又經烏臺詩案，「魂驚湯火命如雞」，離開謫居四年多的黃州後，奔波於江淮之間，在此暮春時刻，年已五十的東坡不免發出「漸老逢春能幾回」的感嘆。此句「漸老逢春能幾回」乃出自杜甫之〈絕句漫興九首〉之四，杜甫作此詩時恰亦年五十歲，卜居成都，生活困苦，須仰賴友人接濟。兩人同樣仕途受挫，身居異鄉，故而面對暮春景色，不禁感嘆春光易逝，繼而引發暮年傷老之慨。

　　綜上言之，〈絕句漫興九首〉係杜甫寄居成都，見春日景物而有所感之作品。表面上雖皆爲寫景，然其中實隱含杜甫內心牽繫家國之

〔註93〕按：此詞作於何時，諸多文本均未編年，本文編年係採王師偉勇考證，《宋詞與唐詩之對應研究》，版本同注11，頁363～370。

愁思、慨歎。稼軒詞借鑒此組絕句凡六次，其中〈清平樂〉描繪農村景象，〈生查子〉詠燕，與詞人內心感慨較無關聯，其餘四闋則與其個人境遇、心志息息相關。〈行香子〉藉寫清明氣候不定，雨後難行，以喻天威難測，己身抱負難以施展。〈鷓鴣天〉雖為詠梅之作，然或些許傳達出詞人以梅自許之情。〈滿庭芳〉一詞雖表明隱居山林，飲酒忘憂之情，然事實上詞人壯志未酬，縱然歸居瓢泉，依舊難以忘世。〈婆羅門引〉敘寫南渡前後元宵佳節情景，見楊柳不由自主地隨風搖蕩，不禁引發內心之愁緒。至於東坡詞則僅借鑒〈絕句漫興九首〉一次，〈南鄉子〉一詞係東坡五十歲之作，恰與杜甫〈絕句漫興九首〉之作年相同，兩人同而發出臨老傷春之情。至於稼軒上述六詞之作年，亦均為五十歲前後，人處中、暮年，一生之志願未能實現，反受排擠落職閒居，面臨春光美景，不免心生慨然。觀杜甫〈絕句漫興九首〉，稼軒與東坡借鑒之次數懸殊，究其原因，或因東坡歷經烏臺詩案，落獄百餘日，幾乎與死神擦身而過，而後謫居黃州生活四年，其人生態度已漸趨豁達、超然，縱然面對春光將盡，偶有傷春、傷老之情，然絕不耿耿於懷。至於稼軒終其一生，光復河山之志始終未能實現，自其二十三歲南歸以來，即戮力於中興事業，至其六十八歲辭世，四十幾年來，無時無刻不將北伐之事視為一生之首要目標，縱然其間歷經兩次落職閒居，但始終無法撼動內心之堅持。是故稼軒不論身處何地，官居何職，其念念不忘者，即北方故土淪陷，英雄有志難伸之恨。

四、〈月〉

　　四更山吐月，殘夜水明樓。塵匣元開鏡，風簾自上鈎。兔
　　應疑鶴髮，蟾亦戀貂裘。斟酌姮娥寡，天寒奈九秋。（頁 1187）

此詩作於大曆二年（七六七年）秋，時杜甫年五十六歲，客居夔州。詩中描寫秋月冉冉上升之景，多引與月相關之故實，末了借嫦娥寡居廣寒宮之孤寂，以傷己之孤老貧寒。

〈月〉一詩，稼軒詞借鑒凡三次，表列論述如次：

項　次	詞　調	起　句	詞　句	頁　碼	杜甫詩句
1	虞美人	夜深困倚屏風後	四更山月寒侵席	157	四更山吐月，殘夜水明樓。
2	生查子	昨宵醉裏行	山吐三更月	203	四更山吐月，殘夜水明樓。
3	謁金門	山吐月	山吐月	261	四更山吐月，殘夜水明樓。

杜甫詩句：「四更山吐月，殘夜水明樓。」

（1）〈虞美人〉

夜深困倚屏風後，試請毛延壽。寶釵小立白翻香，旋唱新
詞猶誤笑持觴。　　四更山月寒侵席，歌舞催時日。問他
何處最情濃？卻道「小梅搖落不禁風。」（頁 157）

此詞當作於淳熙十二年或十三年（一一八五年或一一八六年），時稼
軒年四十六歲或四十七歲，閒居帶湖。詞乃描寫一個能歌善舞的女
子：上闋敘述女子的形態，深夜困倚屏風，跳舞、唱詞、持觴；下闋
寫女子為了生活，即使寒夜，仍得繼續歌舞娛客，最後藉花喻人，表
達女子所受之苦。

（2）〈生查子〉　　山行，寄楊民瞻

昨宵醉裏行，山吐三更月。不見可憐人，一夜頭如雪。
　　今宵醉裏歸，明月關山笛。收拾錦囊詩，要寄揚雄宅。
　　（頁 203）

此詞確切作年莫考，鄧廣銘認為當屬於閒居上饒帶湖時期作品。上闋
寫昨夜山行相訪楊民瞻不遇之情景；下闋寫今夜醉歸，聽著〈關山月〉
之笛曲，賦詩相寄之心緒。

（3）〈謁金門〉

山吐月，畫燭從教風滅。一曲瑤琴纔聽徹，金蕉三兩葉。
　　驟雨微涼還熱，似欠舞瓊歌雪。近日醉鄉音問絕，有
時清淚咽。（頁 261）

此詞確切作年莫可考，鄧廣銘認為當作於淳熙十五年（一一八八年）
之後，即稼軒四十九歲後，閒居瓢泉時期。詞乃寫稼軒之閒居生活：

上闋寫夜色，聽曲飲酒之樂；下闋寫驟雨過後，稍微帶來些許涼意，然隨即又覺悶熱，若此時能下場雪可有多好？且因近來少能進入醉鄉，頗覺遺憾，不由得落下淚來。

　　按：上述三詞均借鑒杜詩：「四更山吐月，殘夜水明樓。」寫更深之時，月亮從山中緩緩升起之景，均爲句意之借鑒。三詞所表現之意涵全然不同，然寫月景之時，卻均借鑒杜甫〈月〉詩，可見稼軒對杜詩之鍾情。

至於東坡詞借鑒〈月〉詩，僅有一次，表列論述如次：

項　次	詞　調	起　句	詞　句	頁　碼	杜甫詩句
1	浣溪沙	風捲珠簾自上鉤	風捲珠簾自上鉤	847	塵匣元開鏡，風簾自上鉤。

杜甫詩：「塵匣元開鏡，風簾自上鉤。」

〈浣溪沙〉　新秋

　　風捲珠簾自上鉤。蕭蕭亂葉報新秋。獨攜纖手上高樓。

　　　　缺月向人舒窈窕，三星當戶照綢繆。香生霧縠見纖柔。

　　（頁847）

此詞確切作年莫可考。上闋雖寫秋景，然末句點出兩人美好之情感；下闋從月、星著墨，以寫纏綿，實爲「秋詞」之別調。

　　按：杜詩「風簾自上鉤」，是形容彎月猶如玉鉤懸於簾外之狀。而蘇詞「風捲珠簾自上鉤」，或指珠簾被秋風捲起，自行掛上鉤子；亦有可能係對應下闋換片處，形容缺月猶如掛簾之銀鉤。

　　綜上言之，稼軒詞借鑒杜甫〈月〉詩凡三次，均借鑒「四更三吐月」句，以描述更深月出之景；而東坡詞雖僅借鑒一次，然東坡對於此詩評價極高，認爲首聯「四更山吐月，殘夜水明樓」爲古今絕唱〔註94〕，並因其句作詩五首。蘇辛二人借鑒杜甫〈月〉詩，純爲句意之借鑒，與杜詩借月宮姮娥，傷己孤寒之意無涉。

〔註94〕宋・阮閱編，周本淳校點：《詩話總龜》前集卷十九　（北京：人民文學出版社，1998年2月第一版），頁210。

第五章　蘇辛詞借鑒杜詩
之相異篇章

　　透過筆者之統計，蘇詞借鑒杜詩凡五十一首，辛詞借鑒杜詩為一二八首，扣除兩人借鑒相同之十五首後，蘇詞所借鑒之三十六首〔註1〕與辛詞所借鑒之一一三首〔註2〕均為相異之杜詩。其中，蘇詞借鑒杜詩較繁者，均為三次，數量亦僅有二闋；反觀辛詞借鑒杜詩次數達三次以上者，即有十二闋。本文此處，為免蘇詞提出討論之數據過於單薄，故蘇詞部份，就借鑒達二次以上者加以討論，而辛詞則以借鑒達三次以上者加以討論。以下僅表列本章欲討論之杜詩篇章，共計十八首。

項　次	杜甫詩題	東坡詞	稼軒詞
		借鑒次數	借鑒次數
1	狂夫	3	
2	羌村三首之一	3	
3	北征	2	
4	聽楊氏歌	2	
5	嚴鄭公宅同詠竹得香字	2	

〔註1〕附表二，頁116～119。所引東坡詞頁碼係以鄒同慶、王宗堂：《蘇軾詞編年校註》（北京：中華書局，2002年9月第一版）為依據。
〔註2〕附表三，頁163～173。所引稼軒詞頁碼係以鄧廣銘箋注：《稼軒詞編年箋注》（臺北：華正書局，2003年9月二版）為依據。

6	秋興八首	2	
7	洗兵馬		6
8	飲中八仙歌		5
9	曲江三章章五句		4
10	清明二首之一		4
11	佳人		4
12	陪諸貴公子丈八溝攜妓納涼晚際遇雨二首		3
13	歸雁二首之一		3
14	江畔獨步尋花七絕句		3
15	寄韓諫議注		3
16	入奏行贈西山檢查使竇侍御		3
17	遊龍門奉先寺		3
18	將赴成都草堂、途中有作、先寄嚴鄭公五首		3

第一節　蘇詞借鑒之重要篇章

　　蘇詞借鑒杜詩之重要篇章，借鑒次數達二次以上者，分別為〈九日藍田崔氏莊〉、〈狂夫〉、〈羌村三首〉之一、〈北征〉、〈聽楊氏歌〉、〈春日憶李白〉、〈送孔巢父謝病歸遊江東兼呈李白〉、〈嚴鄭公宅同詠竹得香字〉、〈秋興八首〉。其中，〈九日藍田崔氏莊〉、〈春日憶李白〉及〈送孔巢父謝病歸遊江東兼呈李白〉等三首，亦為辛詞借鑒之詩篇，已於前章論述；而本章乃就蘇辛詞借鑒杜詩之相異篇章加以討論，故本節僅就蘇詞借鑒之〈狂夫〉、〈羌村三首〉之一、〈北征〉、〈聽楊氏歌〉、〈嚴鄭公宅同詠竹得香字〉及〈秋興八首〉加以論述。

一、〈狂夫〉

　　　　萬里橋西一草堂，百花潭水即滄浪。風含翠篠娟娟淨，雨
　　　　裛紅蕖冉冉香。厚祿故人書斷絕，恆饑稚子色淒涼。欲填
　　　　溝壑惟疏放，自笑狂夫老更狂。（頁 524～525）

此詩作於上元元年（七六〇年）夏，時杜甫年四十九歲，居成都。前四句寫草堂夏日之宜人景色，後四句敘客居成都之艱難生活。前後形成反差，將看似不協調的兩種情景成功地調和，形成一完整情境。吳景旭云：「此詩以狂夫為題，前四句言疏狂之意，後言思家憶舊之情。

狂中之窮愁也，身且欲填溝壑而反疏狂，蓋其自歎也。」〔註3〕陳貽焮云：「家住橋西，門開白水；風含翠竹，雨裛紅蓮：這幽美的景物描寫，似與後面的情緒不大協調，其實不然；生活艱難，前途黯淡，處逆境而竟有如許雅興，流連光景，風神蕭散，這豈不更見其『疏放』，更可『自笑』麼？」〔註4〕

〈狂夫〉一詩，東坡詞借鑒凡三次，列表論述如次：

項 次	詞 調	起 句	詞 句	頁 碼	杜甫詩句
1	鷓鴣天	林斷山明竹隱牆	照水紅蕖細細香	474	風含翠篠娟娟淨，雨裛紅蕖冉冉香
2	醉落魄	蒼顏華髮	舊交新貴音書絕	114	厚祿故人書斷絕，恆饑稚子色淒涼
3	十拍子	白酒新開九醞	狂夫老更狂	476	欲填溝壑惟疏放，自笑狂夫老更狂

1. 杜甫詩句：「風含翠篠娟娟淨，雨裛紅蕖冉冉香。」

〈鷓鴣天〉

> 林斷山明竹隱牆。亂蟬衰草小池塘。翻空白鳥時時見，<u>照水紅蕖細細香。</u>　　村舍外，古城旁。杖藜徐步轉斜陽。殷勤昨夜三更雨，又得浮生一日涼。（頁 474）

此詞作於元豐六年（一○八三年）六月，時東坡年四十八，居黃州。上闋寫景，景中含情；下闋寫人，敘寫閒步村外的感受，末兩句乃畫龍點睛之筆，隱藏著詞人的感慨。

　　按：上闋末句「照水紅蕖細細香」，係化用自杜甫〈狂夫〉一詩之「雨裛紅蕖冉冉香」〔註5〕，杜甫此句是描繪夏日之景色，「雨後的荷花散發著淡淡的清香」。而東坡此詞亦作於夏季，且荷花乃夏季開

〔註3〕清·吳景旭撰：《歷代詩話》卷四十（臺北：臺灣商務印書館《景印文淵閣四庫全書》本，1988 年 2 月），冊一四八三，頁 329。

〔註4〕陳貽焮：《杜甫評傳》（北京：北京大學出版社，2003 年 7 月第一版），中卷，頁 574。

〔註5〕此闋詞之「照水紅蕖細細香」，除化用自杜甫〈狂夫〉一詩之「雨裛紅蕖冉冉香」，亦化用杜甫之〈嚴鄭公宅同詠竹得香字〉：「雨洗娟娟淨，風吹細細香。」

花之植物〔註6〕，其特質爲「出淤泥而不染，濯清漣而不妖，中通外直，不蔓不枝，香遠益清，亭亭淨植，可遠觀而不可褻玩焉。」實乃花之君子也，故歷來文人即常詠荷，以抒懷言志。〔註7〕此詞乃東坡謫居黃州所作，而杜甫〈狂夫〉一詩係客居成都而作，兩人面對夏景，同而詠荷，或許都透露著文人雖不得志，仍不失風骨之意。

2. 杜甫詩句：「厚祿故人書斷絕，恆饑稚子色淒涼。」

〈醉落魄〉 蘇州閶門留別

> 蒼顏華髮。故山歸計何時決。舊交新貴音書絕。惟有佳人，猶作殷勤別。 離亭欲去歌聲咽。瀟瀟細雨涼吹頰。淚珠不用羅巾裛。彈在羅衣，圖得見時說。（頁114）

此詞作於熙寧七年（一〇七四年）十月，時東坡年三十九歲，由杭州通判移知密州，途經蘇州，臨別佳人所作。東坡雖處於仕途升遷的時期，然卻有「故山歸計何時決」的徘徊心理。未老先衰，思鄉之情更切，但尚能得遇知音；下闋寫與佳人離別的悲傷情緒，情眞意切。

按：東坡因反對新法而外放杭州，官場中人物懼怕和東坡太過親近，遭受到政治上的牽連。而杜甫客居成都之時，生活困難，不得不仰賴親戚友人幫助。如今享有厚祿的故人遠去〔註8〕，接濟斷絕，致使家人挨餓。乾元元年（七五八年）杜甫因房琯事而遭貶至華州司功參軍，在政治上被視爲房琯一黨之人，已喪失良好出路。乾元二年（七五九年）天旱饑饉，戰亂不安，加上對政治的絕望，杜甫毅然棄官往

〔註6〕王雲五編：《廣群芳譜》卷二十九（臺北：臺灣商務印書館，1968年6月臺一版，上冊，頁685）：「原荷爲芙蕖花，一名水芙蓉，一名水芝，一名水芸，……花已發爲芙蕖，未發爲菡萏，……五六月開花，有數色，惟紅白二色爲多。」

〔註7〕如晚唐李群玉〈荷葉〉：「根是泥中玉，心承露上珠。在君塘上種，埋沒任春浦。」《全唐詩》（北京：中華書局，1960年4月第一版），卷五七〇，頁6605。又如北宋蘇轍〈和文與可菡萏軒〉：「開花濁水中，抱性一何潔。朱檻月明時，清香爲誰發。」宋・蘇轍：《欒城集》卷六（臺北：臺灣商務印書館，1968年9月臺一版），頁84。

〔註8〕詩中所指故人爲誰？陳貽焮認爲不外乎嚴武、高適。陳貽焮：《杜甫評傳》，版本同注4，中卷，頁577。

秦州覓棲身之處。後因無法生活，又轉至同谷，經過長途跋涉之後，終於抵達成都。此時的杜甫，已無官職在身，又遠離京師，「厚祿故人書斷絕」後，生活上的窘迫立即到來。東坡此詞之「舊交新貴音書絕」雖化用自杜甫之「厚祿故人書斷絕」，然二者心境上還是有所差別：兩人雖同爲仕途不遇，然東坡尙有官職在身，且即將赴密州任。其「舊交新貴音書絕」，所表達的僅是人情冷暖，生活上並無憂慮；而杜甫「厚祿故人書斷絕，恆饑稚子色凄涼」所表達的就不僅僅是人情冷暖，更深一層是全家都將面臨「恆饑」的貧困窘境。

3. 杜甫詩句：「欲塡溝壑惟疏放，自笑狂夫老更狂。」

〈十拍子〉　暮秋

> 白酒新開九醞，黃花已過重陽。身外儻來都似夢，醉裏無何即是鄉。東坡日月長。　　玉粉旋烹茶乳，金虀新擣橙香。強染霜髭扶翠袖，莫道狂夫不解狂。狂夫老更狂。（頁476）

此詞作於元豐六年（一〇八三年）九月，時東坡年四十八歲，居黃州。詞中描寫東坡消沉、苦悶的心態，更藉著美酒佳餚，侍女歌舞的娛情生活，反映出他疏放不羈的形象。上闋寫暮秋季節，頓感人生如醉似夢，不如躬耕東坡，悠遊歲月；下闋寫閒適、輕鬆的生活，末兩句將情感昇華，自覺要做個超然不羈的「狂夫」。此詞確是一首狂放曠達詞，發洩詞人罪貶黃州的失落感，詞中藉攜佳人強歡爲娛，把詞寫得十分哀怨悲涼。〔註9〕

按：杜詩「欲塡溝壑惟疏放，自笑狂夫老更狂」，表現詩人縱然面臨即將餓死的殘酷現實生活磨難，依然用倔強樂觀的態度去面對。此詩沒有前半部份優美景致的描寫，不足以表現「狂夫」的貧困不能移的精神；沒有後半部份潦倒生計的描述，「狂夫」就會失其所以爲「狂夫」。〔註10〕杜甫〈狂夫〉一詩作於四十九歲客居成都之時，而

〔註9〕吳帆：〈論蘇、辛詞剛柔相濟的審美特徵〉，收錄於《中國第十屆蘇軾研討會論文集》（濟南：齊魯書社，1999年3月第一版），頁292～305。

〔註10〕蕭滌非等撰寫：《唐詩鑑賞集成》（臺北：五南圖書出版公司，1990

東坡此詞作於四十八歲謫居黃州之時，兩人發此慨歎（狂夫老更狂）時年紀相當，且皆因遭受政治挫敗，遠離家鄉：杜甫親自開闢荒蕪，興建草堂，植樹除草，如老農一般；東坡謫居黃州，面對生活壓迫，幸賴友人幫助，方能躬耕東坡，墾地栽植。二人同樣面對人生逆境，生活困苦，猶能超然視之，故而有感同發「狂夫老更狂」之語也。

　　綜上言之，〈狂夫〉一詩乃杜甫年四十九歲，居成都草堂時所作。杜甫初抵成都，寓居浣花溪寺，生活仰仗故人及鄰舍供給〔註11〕，不久於城西浣花溪畔覓地闢建草堂，然經營之資，幾乎全賴親戚友人相助。縱然草堂景色美麗宜人，然現實的生活處境，仍令詩人飽受磨難。但是杜甫並不向環境低頭，仍用倔強疏放的態度來面對現實的無情打擊。而東坡詞借鑒杜詩〈狂夫〉凡三次，其中一闋作於熙寧七年，東坡由杭州通判移知密州途中所作，餘者兩闋均係作於黃州時期。早期因政治立場與當權者不同，請求外放，遠離朝廷，後又因烏臺詩案，得罪幾死，謫居黃州，平生親友，無一字見及〔註12〕，而有「舊交新貴音書絕」、「酒賤常愁客少」之嘆；與杜甫更相似的即是於黃州之時，請領廢棄營地，闢地墾殖，躬耕東坡。兩人同樣面對生活的艱難，闢地開墾，植樹建屋，身處困厄的處境，面臨嚴酷的生活現實，然猶能抱持超脫、灑落的人生態度，寫出如此曠達之篇章。〈狂夫〉一詩，稼軒詞作中並未曾借鑒，而東坡卻借鑒三次，究其原因，雖然蘇辛兩人與杜甫際遇相同，同為政治受挫，遠離朝廷，然杜甫與東坡都曾有性命之憂，且生活上都面臨窘境，仰賴親戚友人相助，才能勉強度日。

<hr>

年9月初版），頁616。此書原出版者為上海：上海辭書出版社。

〔註11〕　見杜詩〈酬高使君鄉贈〉：「古寺僧牢落，空房客寓居。故人分祿米，鄰舍與園蔬。雙樹容聽法，三車肯載書。草玄吾豈敢，賦或似相如。」清·楊倫：《杜詩鏡銓》（臺北：藝文印書館，1998年12月初版），頁515～516。

〔註12〕　蘇軾〈答李端叔書〉中有言：「得罪以來，深自閉塞，扁舟草履，放浪山水間，與樵漁雜處，往往為醉人所推罵。輒自喜漸不為人識，平生親友，無一字見及，有書與之亦不答，自幸庶幾免矣。」宋·蘇軾：《蘇軾全集》（上海：上海古籍出版社，2005年5月第一版），下冊，頁1662。

而稼軒雖於仕途上兩度遭落職閒居，然就其物質生活來看，是比杜甫與蘇軾好上許多。故對於〈狂夫〉詩中：「厚祿故人書斷絕，恆饑稚子色淒涼。欲填溝壑惟疏放，自笑狂夫老更狂」的體認，可能未如東坡般之深刻。

二、〈羌村三首〉之一

> 崢嶸赤雲西，日腳下平地。柴門鳥雀噪，歸客千里至。妻孥怪我在，驚定還拭淚。世亂遭飄蕩，生還偶然遂。鄰人滿牆頭，感歎亦歔欷。夜闌更秉燭，相對如夢寐。（頁325）

此詩作於唐肅宗至德二年（七五七年）秋天，時杜甫年四十六歲。這年五月，房琯罷相，杜甫任左拾遺，上書爲房琯辯護，觸怒了肅宗。閏八月，肅宗放還鄜州省家，實際上是藉機將他停職放歸，隔年（七五八年）即遭貶至華州司功參軍。羌村在鄜州城北，是杜甫居家所在。詩中描繪杜甫經過失散流離，與家人隔絕年餘，返家之時，全家悲喜交集之景。詩以白描見長，取材於一時見聞，景實情眞，略無誇飾，能抓住典型的生活情景與人物心理活動，詩句表現力強，耐人尋味。〔註13〕楊倫：「語語從眞性情流出，故足感發人心。」〔註14〕又王愼中曰：「一字一句，鏤出肺腸，而婉轉周至，躍然目前，又若尋常人所欲道者，眞國風之義。」〔註15〕

〈羌村三首〉之一，東坡詞借鑒凡三次，表列論述如次：

項次	詞調	起句	詞句	頁碼	杜甫詩句
1	浣溪沙	一別姑蘇已四年	夜闌相對夢魂間	215	夜闌更秉燭，相對如夢寐。
2	滿庭芳	三十三年	眞夢裏、相對殘釭	471	夜闌更秉燭，相對如夢寐。
3	臨江仙	尊酒何人懷李白	夜闌對酒處，依舊夢魂中。	689	夜闌更秉燭，相對如夢寐。

〔註13〕參見蕭滌非等撰寫：《唐詩鑑賞集成》，版本同注10，頁559。
〔註14〕清・楊倫：《杜詩鏡銓》，版本同注11，頁326。
〔註15〕王愼中曰：「詩凡三首，第一首尤絕。一字一句，鏤出肺腸，而婉轉周至，躍然目前，又若尋常人所欲道者，眞國風之義。」語見清・乾隆：《御選唐宋詩醇》卷十（臺北：臺灣商務印書館《景印文淵閣四庫全書》本，1988年2月），冊一四四八，頁234。

杜甫詩句：「夜闌更秉燭，相對如夢寐。」

（1）〈浣溪沙〉　贈閭丘朝議，時過徐州

　　　　一別姑蘇已四年。秋風南浦送歸船。畫簾重見水中仙。

　　　　　霜鬢不須催我老，杏花依舊駐君顏。<u>夜闌相對夢魂間</u>。

　　（頁 215）

此詞作於熙寧十年（一〇七七年）八月，時東坡年四十二歲，知徐州。詞之上闋描繪四年前與友人（閭丘孝終，字公顯）送別之情景，顯示出兩人惜別依依之情誼；下闋透過對雙方容顏的描寫，以見朋友促膝相對之氣氛，末了化用杜甫詩意，說深夜時與友人相見，彷彿在夢中一般不可置信。〔註16〕

（2）〈滿庭芳〉　有王長官者，棄官三十三年，黃人謂之王先生。因
　　　　　　　　送陳慥來過余，因賦此。

　　　三十三年，今誰存者？算只君與長江。凜然蒼檜，霜幹苦
　　　難雙。聞道司州古縣，雲溪上、竹塢松窗。江南岸，不因
　　　送子，寧肯過吾邦？　　摐摐。疏雨過，風林舞破，煙蓋
　　　雲幢。願持此邀君，一飲空缸。居士先生老矣，<u>真夢裏、</u>
　　　<u>相對殘釭</u>。歌舞斷，行人未起，船鼓已逢逢。（頁 471）

此詞作於元豐六年（一〇八三年）五月，時東坡年四十八歲，居黃州。上闋讚揚王長官棄官隱居之高潔品格及素雅清幽之生活，再言若非王長官送陳慥（季常）而過黃州，恐亦無緣見面，字裡行間透露出對其敬慕之情；下闋寫王長官來訪、相對暢飲旋又離去之情景。在痛飲惜別之際，東坡不禁發出「似入夢中，相對殘燈」之慨，表現彼此相契之深，又不知何時方能再次重逢？鄭文焯評此詞云：「健句入詞，更奇峰鬱起，此境匪稼軒所能夢到。不事雕鑿，字字蒼寒，如空巖霜榦，天風吹墮頗黎地上，鏗然作碎玉聲。」〔註17〕

〔註16〕參見朱靖華、饒學剛、王文龍、饒曉明編著：《蘇軾詞新釋輯評》
　　　　（北京：中國書店，2007 年 1 月第一版），頁 462～463。

〔註17〕鄭文焯：《大鶴山人詞話》，見收於唐圭璋編：《詞話叢編》（臺北：
　　　　新文豐出版公司，1988 年 2 月臺一版），冊五，頁 4325。

（3）〈臨江仙〉　　夜到揚州席上作

　　尊酒何人懷李白，草堂遙指江東。珠簾十里捲香風。花開
　　又花謝，離恨幾千重。　　　輕舸渡江連夜到，一時驚笑衰
　　容。語音猶自帶吳儂。夜闌對酒處，依舊夢魂中。（頁689）

此詞作於元祐六年（一〇九一年）四月，時東坡年五十六歲，自杭州
知州任還朝，途經揚州所作。上闋寫對友人（王存，字正仲）懷念之
深切，下闋寫與故友重逢之驚喜。王存乃東坡志同道合、政見相契之
好友〔註18〕，故在揚州席上相逢，夜闌對酒，共憶往事，如在夢中。

　　按：「夜闌更秉燭，相對如夢寐」出自杜甫〈羌村三首〉之一，
此詩乃杜甫四十六歲，遭肅宗放還鄜州羌村探家時所作。久經戰亂流
離失散的親人，乍見重逢，悲喜交集，難以置信。夜深不寐，秉燭相
對，欲信還疑，猶似夢中。而東坡此三闋詞分別作於四十二歲、四十
八歲、五十六歲，雖然東坡並未像杜甫那樣身經戰亂，以致回家探親
時有恍如隔世之感，但東坡年近半百，歷經宦海風波、人事滄桑，得
與性情投契之友人重逢是極其難得的，夜闌之際，好友相對，直是有
如夢中。

　　綜上言之，杜詩「夜闌更秉燭，相對如夢寐」，原意是在描述久
遭離亂而重逢的家人，夜闌秉燭，仍不敢相信眼前的一切是事實。而
東坡詞借鑒此詩句達三次之多，然都用在表達與友人重逢相見之難
得。究其原由，東坡一生是極其漂泊的：

嘉祐二年（一〇五七年），進士及第，大好前程在側，未料逢母
　　喪，返蜀守制。

嘉祐四年（一〇五九年），服除，返京。

嘉祐六年（一〇六一年），授官將仕郎大理評事、簽書鳳翔府節
　　度判官廳公事。

治平元年（一〇六四年），於鳳翔任滿三年，還京。

〔註18〕《宋史・列傳第一〇〇》卷三四一（北京：中華書局，1985年6月新
　　　　一版，頁10871）：「存故與王安石厚，安石執政，數引與論事，不合，
　　　　即謝不往。」

治平二年（一〇六五年），妻王弗卒於京師，隔年父逝，護喪回
籍。

熙寧元年（一〇六八年），服除，離蜀返京。此時，王安石執政，
施行新法。

熙寧四年（一〇七一年），任爲開封府推官。同年，蘇軾請求外
放，調杭州通判。

熙寧七年（一〇七四年），移知密州。

熙寧十年（一〇七七年），赴徐州任。

元豐二年（一〇七九年），移知湖州，同年下御史臺獄，在獄一
百三十餘日，後神宗責授檢校尙書、水部員外郎充黃州團練副
使，本州安置，不得簽書公事。令御史臺差人轉押前去。

元豐三年（一〇八〇年），抵達黃州。

元豐七年（一〇八四年），量移汝州。歲末上表乞於常州居住。

元豐八年（一〇八五年），抵南都，奉准居常。然因神宗駕崩，
太后臨朝，復官朝奉郎，起知登州軍州事。到任五天，即召還
京師，爲禮部郎中，尋遷中書舍人。此後數年，均在朝中爲官。

元祐四年（一〇八九年），陷於黨爭，請求外放，知杭州。

元祐六年（一〇九一年），知穎州。

元祐七年（一〇九二年），移知揚州。

元祐八年（一〇九三年），出知定州。

紹聖元年（一〇九四年），謫英州，途中再貶惠州安置，不得簽
書公事。

紹聖四年（一〇九七年），再貶瓊州別駕、移昌化軍安置。

元符三年（一一〇〇年），始離瓊州，量移廉州，後遷舒州團練
副使、量移永州。未至，復朝奉郎，提舉成都玉局觀，在外州
軍、任便居住。

建中靖國元年（一一〇一年），蘇軾卒於常州。

因宋代有「磨勘」之法，文官三年一任，故東坡無法在一地長留

久居。且自與王安石新政意見相左，請求外放杭州通判以來，其言論作品被小人加以曲解毀謗，群起陷害，致使東坡被補入獄，險幾喪命，後雖經赦免，然被貶黃州，本州安置，不得離開居所。神宗駕崩後，雖返回朝廷，但因勇於論事，陷入黨爭，又自請外放至杭州。上述三詞，分別作於熙寧十年（一○七七年）、元豐六年（一○八三年）、元祐六年（一○九一年）。這段期間，與好友難得相見，就連其至親兄弟子由，要見上一面也極其不易。東坡於熙寧七年（一○七四年）十月，由杭州通判移知密州時所作〈醉落魄〉，即有「舊交新貴音書絕」之嘆，謫居黃州之時，亦有「有恨無人省」之語。然而即使在如此的境遇下，東坡依然有交情如故，貧賤不移的好友，例如王鞏、參寥、閭丘孝終等人。東坡一生，東西來去，南北奔波；而所到之處，所待之人，卻又盡付出其關心，真是一個「多情」的人。〔註19〕正因如此，故其十分珍惜與友人重逢相聚之難得時刻，而發「夜闌相對，直如夢寐」之語。

三、〈北征〉

> 皇帝二載秋，閏八月初吉。杜子將北征，蒼茫問家室。維時遭艱虞，朝野少暇日。顧慚恩私被，詔許歸蓬蓽。拜辭詣闕下，怵惕久未出。雖乏諫諍姿，恐君有遺失。君誠中興主，經緯固密勿。東胡反未已，臣甫憤所切。揮涕戀行在，道途猶恍惚。乾坤含瘡痍，憂虞何時畢。靡靡踰阡陌，人烟眇蕭瑟。所遇多被傷，呻吟更流血。回首鳳翔縣，旌旗晚明滅。前登寒山重，屢得飲馬窟。邠郊入地底，涇水中蕩潏。猛虎立我前，蒼崖吼時裂。菊垂今秋花，石戴古車轍。青雲動高興，幽事亦可悅。山果多瑣細，羅生雜橡栗。或紅如丹砂，或黑如點漆。雨露之所濡，甘苦齊結實。緬思桃源內，益歎身世拙。坡陀望鄜畤，巖谷互出沒。我行已水濱，我僕猶木末。鴟鳥鳴黃桑，野鼠拱亂穴。夜深

〔註19〕語見王師偉勇：〈無情流水多情客——談蘇東坡的多情〉，《錢穆先生紀念館館刊》第 5 期，1997 年 12 月，頁 1～11。

經戰場，寒月照白骨。潼關百萬師，往者散何卒。遂令半
秦民，殘害爲異物。況我墮胡塵，及歸盡華髮。經年至茅
屋，妻子衣百結。慟哭松聲迴，悲泉共幽咽。平生所嬌兒，
顏色白勝雪。見耶背面啼，垢膩腳不襪。牀前兩小女，補
綻才過膝。海圖拆波濤，舊繡移曲折。天吳及紫鳳，顛倒
在裋褐。老夫情懷惡，數日臥嘔泄。那無囊中帛，救汝寒
凜慄。粉黛亦解包，衾裯稍羅列。瘦妻面復光，癡女頭自
櫛。學母無不爲，曉妝隨手抹。移時施朱鉛，狼藉畫眉闊。
生還對童稚，似欲忘饑渴。問事競挽鬚，誰能即嗔喝。翻
思在賊愁，甘受雜亂聒。新歸且慰意，生理焉得說。至尊
尚蒙塵，幾日休練卒。仰觀天色改，坐覺妖氛豁。陰風西
北來，慘澹隨回紇。其王願助順，其俗善馳突。送兵五千
人，驅馬一萬匹。此輩少爲貴，四方服勇決。所用皆鷹騰，
破敵過箭疾。聖心頗虛佇，時議氣欲奪。伊洛指掌收，西
京不足拔。官軍請深入，蓄銳可俱發。此舉開青徐，旋瞻
略恆碣。昊天積霜露，正氣有肅殺。禍轉亡胡歲，勢成擒
胡月。胡命其能久，皇綱未宜絕。憶昨狼狽初，事與古先
別。姦臣竟葅醢，同惡隨蕩析。不聞夏殷衰，中自誅褒妲。
周漢獲再興，宣光果明哲。桓桓陳將軍，仗鉞奮忠烈。微
爾人盡非，於今國猶活。淒涼大同殿，寂寞白獸闥。都人
望翠華，佳氣向金闕。園陵固有神，掃灑數不缺。煌煌太
宗業，樹立甚宏達。（頁 326〜332）

此詩作於至德二年（七五七年）閏八月，時杜甫年四十六歲，自鳳翔
返鄜州羌村探親，返家之後所作，詩中敘寫歸途及抵達家中之後的所
見所感，以陳述時事爲主，表達詩人對當前局勢之見解。此詩共一百
四十句，爲杜詩中之長篇巨帙。全詩約可分爲五段，首段爲「皇帝二
載秋……憂虞何時畢」，寫奉詔返家，辭別朝廷時的戀闕憂國心情；
第二段爲「靡靡踰阡陌……殘害爲異物」，寫沿途所見所感，山河變
色、生靈塗炭的悲慘景象；第三段爲「況我墮胡塵……生理焉得說」，
寫返家後的悲喜情狀；第四段爲「至尊尚蒙塵……皇綱未宜絕」，議

論時局，希望以官軍爲主力以收復失地，莫借重回紇兵力以貽後患；末段爲「憶昨狼狽初……樹立甚宏達」，表明堅信朝廷之中興大業在望。《御選唐宋詩醇》贊曰：「以排天斡地之力，行屬詞比事之法，具備萬物，橫絕太空，前無古人，後無來者。自有五言，不得不以此爲大文字也。問家室者，事之主；憤艱虞者，意之主。以皇帝起，太宗結。戀行在，望匡復，言有倫脊，忠愛見矣。道途感觸，抵家悲喜，瑣瑣細細，靡不具陳。極窮苦之情，絕不衰餒。」〔註20〕

〈北征〉一詩，東坡詞借鑒凡二次，表列論述如次：

項　次	詞　調	起　句	詞　句	頁　碼	杜甫詩句
1	浣溪沙	半夜銀山上積蘇	空腹有詩衣有結	344	經年至茅屋，妻子衣百結。
2	踏莎行	這個禿奴	鶉衣百結渾無奈	923	經年至茅屋，妻子衣百結。

杜甫詩句：「經年至茅屋，妻子衣百結。」

（1）〈浣溪沙〉　再和前韻

　　　　半夜銀山上積蘇。朝來九陌帶隨車。潿江煙渚一時無。

　　　　　　空腹有詩衣有結，溼薪桂米如珠。凍吟誰伴撚髭鬚。（頁

　　344）

此詞作於元豐四年（一〇八一年）十一月，時東坡年四十六歲，居黃州。是年十一月二日，雨後微雪，太守徐大受（君猷）攜酒至臨皋亭探望東坡，東坡即景生情，作〈浣溪沙〉三首。明日酒醒，雪大作，又作二首。此詞即爲十一月三日所作之第一闋：上闋寫雪景，大雪遼闊；下闋則寫饑寒交迫的生活及詞人不屈的意志。

（2）〈踏莎行〉

　　　　這個禿奴，修行忒煞。雲山頂上空持戒。一從迷戀玉樓人，

　　　　鶉衣百結渾無奈。　　　毒手傷人，花容粉碎。空空色色今

　　何在。臂間刺道苦相思，這回還了相思債。（頁923）

此詞確切作年莫可考，鄒同慶、王宗堂《蘇軾詞編年校注》將它列入存疑詞。詞之大意乃在諷刺和尚不守持戒，迷戀玉樓佳人，然衣衫破

〔註20〕同注15，頁232。

爛，一貧如洗，無法遂其心願；末了竟毒手傷人，一切成空。

　　按：杜詩「經年至茅屋，妻子衣百結」，描述杜甫離家一年後返回，卻見妻兒住在茅屋之中，穿著破爛不堪，綴滿補丁的衣服。東坡〈浣溪沙〉一詞之「空腹有詩衣有結」，即化自杜詩「衣百結」，描述自己艱苦的生活，空腹，腹中僅有詩；身上穿的也是縫縫補補的衣裳。至於〈踏莎行〉之「鶉衣百結」，則純為句意之借鑒，用以形容衣衫襤褸。

　　綜上言之，蘇詞於杜甫〈北征〉一詩，借鑒「妻子衣百結」句，以描繪貶居黃州時之艱苦生活。如元豐五年（一○八二年）〈寒食雨二首〉之二所云：「小屋如漁舟，濛濛水雲裏。空庖煮寒菜，破竈燒溼葦。」〔註21〕東坡謫居黃州，俸祿斷絕，雖躬耕東坡，然食指浩繁，生活仍然相當清貧，故其對於杜詩「妻子衣百結」句有所感觸。至於〈踏莎行〉一詞，因確切作年莫可考，且諸本均未收，鄒同慶、王宗堂《蘇軾詞編年校注》則列入存疑詞，故在此不深入討論。至論稼軒未曾借鑒此詩，或因南宋朝廷政策乃是偏安江南，雖然北方中原為金人所據，但稼軒並未如杜甫身陷戰亂之中，所見盡是滿目瘡痍，民不聊生之景，甚至連身邊的至親，都面黃飢瘦，難以度日。

四、〈聽楊氏歌〉

> 佳人絕代歌，獨立發皓齒。滿堂慘不樂，響下清虛裏。江城帶素月，況乃清夜起。老夫悲暮年，壯士淚如水。玉杯久寂寞，金管迷宮徵。勿云聽者疲，愚智心盡死。古來傑出士，豈特一知己。吾聞昔秦青，傾側天下耳。（頁935～936）

此詩作於大歷元年（七六六年），時杜甫年五十五歲，居於夔州。詩中敘寫楊氏的歌聲令人動容，並由佳人有滿堂知音，聯想到傑出才士豈無知己？前以佳人起，後以傑士收，感慨無限。最後兩句，推開作結，以見世有知音也。〔註22〕

〔註21〕宋・蘇軾撰，清・王文誥輯注，孔凡禮點校：《蘇軾詩集》（北京：中華書局，1982 年 2 月第一版），第四冊，頁 1113。

〔註22〕唐・杜甫著，清・仇兆鰲注：《杜詩詳注》（北京：中華書局，1979 年 10 月第一版），冊四，頁 1481。

〈聽楊氏歌〉一詩，東坡詞借鑑凡二次，表列論述如次：

項　次	詞　調	起　句	詞　句	頁　碼	杜甫詩句
1	菩薩蠻	繡簾高捲傾城出	皓齒發清歌	35	佳人絕代歌，獨立發皓齒。
2	菩薩蠻	繡簾高捲傾城出	遺響下清虛	35	滿堂慘不樂，響下清虛裏。

1. 杜甫詩句：「佳人絕代歌，獨立發皓齒。」
2. 杜甫詩句：「滿堂慘不樂，響下清虛裏。」

〈菩薩蠻〉　歌妓

　　繡簾高捲傾城出。燈前激灩橫波溢。皓齒發清歌。春愁入翠蛾。　　悽音休怨亂。我已無腸斷。遺響下清虛。纍纍一串珠。（頁 35）

此詞作於熙寧六年（一〇七三年），時東坡年三十八歲，任杭州通判。上闋描繪歌妓之美貌與動人之歌聲及其神韻；下闋則以歌寫妓，指出其歌聲更令人傾倒，使聽者為之淒然。〔註23〕

　　按：東坡〈菩薩蠻〉一詞借鑑杜甫〈聽楊氏歌〉詩凡二次，杜詩乃描寫楊氏歌女歌聲令人動容，以喻知己之傾倒感懷。而東坡〈菩薩蠻〉一詞，則化用杜詩「獨立發皓齒」及「響下清虛裏」，形容歌者從潔白齒間吐露出清亮的歌聲，裊裊餘音似從天而降，並因歌聲淒惋動人，使聽者為之悲怨斷腸。

　　綜上言之，蘇詞與杜詩同為描繪歌女動人心絃之絕妙歌聲，且兩人均由聽歌而引發己身之感慨。杜甫暮年流寓夔州，月夜聽歌，淒切的歌聲使滿堂聽眾皆慘然不歡。而東坡〈菩薩蠻〉一詞作於三十八歲，任杭州通判。東坡因反對新法，故自請外放，對此番遭遇，不免心生惘然，故聽聞歌妓之淒涼歌聲，令他頗為感傷。至於稼軒詞中，亦有描寫歌者之作〔註24〕，然純為描繪歌者之歌聲清妙，並無加入詞人之感慨。

〔註23〕參見朱靖華、饒學剛、王文龍、饒曉明編著：《蘇軾詞新釋輯評》版本同注16，頁 128〜129。

〔註24〕〈如夢令〉　贈歌者：「韻勝仙雲縹緲，的皪嬌波宜笑。串玉一聲歌，占斷多情風調。清妙，清妙，留住飛雲多少。」鄧廣銘箋注：《稼軒詞編年箋注》，版本同注2，頁 574。

五、〈嚴鄭公宅同詠竹得香字〉

> 綠竹半含籜，新梢纔出牆。色侵書帙晚，陰過酒樽涼。雨
> 洗娟娟淨，風吹細細香。但令無翦伐，會見拂雲長。（頁799）

此詩作於廣德二年（七六四年），時杜甫年五十三歲，居於成都。新
梢二字，乃全詩之眼。色侵陰過，靜時景也；雨洗風吹，動時景也。
末則欲加保護，言外託諷。〔註25〕除此詩外，杜甫尚有一首〈嚴鄭公
階下新松得霑字〉，張上若云：「松竹皆公自喻幕中效職之意，不能無
望於鄭公之培植也。」〔註26〕

〈嚴鄭公宅同詠竹得香字〉一詩，東坡詞借鑒凡二次，表列論述如次：

項　次	詞 調	起 句	詞 句	頁 碼	杜甫詩句
1	定風波	雨洗娟娟嫩葉光	雨洗娟娟嫩葉光。風吹細細綠筠香。秀色亂侵書帙晚。簾捲。清陰微過酒尊涼。	396	色侵書帙晚，陰過酒樽涼。雨洗娟娟淨，風吹細細香。
2	鷓鴣天	林斷山明竹隱牆	照水紅蕖細細香	474	雨洗娟娟淨，風吹細細香。

杜甫詩句：「**色侵書帙晚，陰過酒樽涼。雨洗娟娟淨，風吹細細香。**」

（1）〈定風波〉　元豐五年七月六日，王文甫家飲釀白酒，大醉。集
古句作墨竹詞。

> 雨洗娟娟嫩葉光。風吹細細綠筠香。秀色亂侵書帙晚。簾
> 捲。清陰微過酒尊涼。　　人畫竹身肥擁腫。何用？先生
> 落筆勝蕭郎。記得小軒岑寂夜。廊下。月和疏影上東牆。（頁
> 396）

此詞作於元豐五年（一○八二年）七月，時東坡年四十七歲，居黃
州。詞之上闋寫竹之形、聲、色、味，並描繪王齊愈（文甫）府上
有竹蔭、酒香之景；下闋則敘寫大醉醒後作畫題詞，讚美明月、竹
影之水墨畫。

〔註25〕唐・杜甫著，清・仇兆鰲注：《杜詩詳注》，版本同注22，冊三，頁
　　　1184。
〔註26〕清・楊倫：《杜詩鏡銓》，版本同注11，頁799。

（2）〈鷓鴣天〉

　　林斷山明竹隱牆。亂蟬衰草小池塘。翻空白鳥時時見，<u>照</u>
　　<u>水紅蕖細細香</u>。　　村舍外，古城旁。杖藜徐步轉斜陽。
　　殷勤昨夜三更雨，又得浮生一日涼。（頁474）

此詞作於元豐六年（一○八三年）六月，時東坡年四十八，居黃州。
上闋寫景，景中含情；下闋寫人，敘寫閒步村外的感受，末兩句乃畫
龍點睛之筆，隱藏著詞人的感慨。

　　按：蘇詞〈定風波〉乃東坡為所畫之墨竹題詞，集杜甫〈嚴鄭公
宅同詠竹得香字〉之詩句，描繪雨過之後的綠竹嫩葉潔淨明亮，微風
吹過有細細的清香，竹影隨著時間移動，遮蔽了書房，清蔭後的酒樽
傳來酒香。詞之上闋，全化用杜甫詩意而成。至於〈鷓鴣天〉一詞，
「照水紅蕖細細香」，化用杜詩「風吹細細綠筠香」句意，然更化自
杜甫〈狂夫〉一詩之「雨裛紅蕖冉冉香」，因杜詩〈嚴鄭公宅同詠竹
得香字〉係為詠竹，而蘇詞〈鷓鴣天〉該句則為詠荷，而所借鑒之〈狂
夫〉詩句，亦為詠荷。

　　綜上言之，杜甫〈嚴鄭公宅同詠竹得香字〉係作於客居成都之時。
杜甫為營建草堂，尋覓桃栽、綿竹、榿木栽、松樹子栽、果栽等，墾
殖為農。或因如此，且其遠離戰亂，得以暫享安定，故此時期產生較
多描繪田園自然風光之作。如〈為農〉：「圓荷浮小葉，細麥落輕花」；
〈狂夫〉：「風含翠篠娟娟淨，雨裛紅蕖冉冉香」；〈田舍〉：「楊柳枝枝
弱，枇杷樹樹香。鸕鷀西日照，曬翅滿漁梁」等。而蘇詞〈定風波〉
及〈鷓鴣天〉，均作於謫居黃州，躬耕東坡，故對於自然景致，有更
深入的玩味。

六、〈秋興八首〉

　　玉露凋傷楓樹林，巫山巫峽氣蕭森。江間波浪兼天湧，寒
　　上風雲接地陰。叢菊兩開他日淚，孤舟一繫故園心。寒衣
　　處處催刀尺，白帝城高急暮砧。

　　夔府孤城落日斜，每依北斗望京華。聽猿實下三聲淚，奉

使虛隨八月槎。畫省香爐違伏枕，山樓粉堞隱悲笳。請看
石上藤蘿月，已映洲前蘆荻花。

千家山郭靜朝暉，日日江樓坐翠微。信宿漁人還泛泛，清
秋燕子故飛飛。匡衡抗疏功名薄，劉向傳經心事違。同學
少年多不賤，五陵衣馬自輕肥。

聞道長安似弈棋，百年世事不勝悲。王侯第宅皆新主，文
武衣冠異昔時。直北關山金鼓震，征西車馬羽書馳。魚龍
寂寞秋江冷，故國平居有所思。

蓬萊宮闕對南山，承露金莖霄漢間。西望瑤池降王母，東
來紫氣滿函關。雲移雉尾開宮扇，日繞龍鱗識聖顏。一臥
滄江驚歲晚，幾回青瑣點朝班。

瞿唐峽口曲江頭，萬里風烟接素秋。花萼夾城通御氣，芙
蓉小苑入邊愁。珠簾繡柱圍黃鵠，錦纜牙檣起白鷗。回首
可憐歌舞地，秦中自古帝王州。

昆明池水漢時功，武帝旌旗在眼中。織女機絲虛夜月，石
鯨鱗甲動秋風。波漂菰米沈雲黑，露冷蓮房墜粉紅。關塞
極天惟鳥道，江湖滿地一漁翁。

昆吾御宿自逶迤，紫閣峰陰入渼陂。香稻啄餘鸚鵡粒，碧
梧棲老鳳凰枝。佳人拾翠春相問，仙侶同舟晚更移。綵筆
昔曾干氣象，白頭吟望苦低垂。（頁 922～929）

此詩作於大歷元年（七六六年），時杜甫年五十五歲，旅居夔州。此
詩主旨在於寫出身居巫峽，心憶京華之變遷。〔註27〕王嗣奭云：「〈秋
興八首〉，以第一首起興，而後七首俱發中懷，或承上，或起下，或
互相發，或遙相應，總是一篇文字。……起來發興數語，便影國事，
見喪亂凋殘景象……而「故園心」乃爲八首之綱。」〔註28〕清·黃生
亦云：「杜公七律，當以〈秋興〉爲裘領，乃公一生心神結聚所作也，

〔註27〕清·楊倫：《杜詩鏡銓》，版本同注 11，頁 922。
〔註28〕明·王嗣奭：《杜臆》（臺北：臺灣中華書局，1970 年 10 月臺一版），
　　　頁 277～278。

八首之中，難爲軒輊。」〔註29〕

〈秋興八首〉一詩，東坡詞借鑒凡二次，表列論述如次：

項 次	詞 調	起 句	詞 句	頁 碼	杜甫詩句
1	菩薩蠻	風迴仙馭雲開扇	風迴仙馭雲開扇	293	雲移雉尾開宮扇，日繞龍鱗識聖顏。
2	蝶戀花	別酒勸君君一醉	回首長安佳麗地	238	回首可憐歌舞地，秦中自古帝王州。

1. 杜甫詩句：「雲移雉尾開宮扇，日繞龍鱗識聖顏。」

〈菩薩蠻〉

　　風迴仙馭雲開扇。更闌月墜星河轉。枕上夢魂驚。曉檐疏

　　雨零。　　相逢雖草草。長共天難老。終不羨人間。人間

　　日似年。（頁293）

此詞作於元豐三年（一〇八〇年）七夕，時東坡年四十五歲，居黃州。
詞中雖亦描寫牛郎織女每年相會之難得與深情，然下闋立意新巧，言
牛郎織女七夕相會雖然匆促，但可與天長存不老，不像人間艱辛多
愁，度日如年。

　　按：蘇詞「風迴仙馭雲開扇」，乃借鑒杜甫〈秋興八首〉之五：「雲
移雉尾開宮扇，日繞龍鱗識聖顏」。杜詩原意乃回憶過去早朝時之情
景：皇帝臨朝，坐定後，宮扇如祥雲般緩緩移開，等到陽光照耀在皇
帝的袞衣上，才能看清皇帝之面容。至於蘇詞則用以形容破曉之景：
「風迴仙馭」意指風把太陽神座車吹得又倒轉回來，借喻天將破曉；
「雲開扇」意指像雉尾扇遮蓋車輛般遮蓋太陽的雲移開了，即雲散日
出。〔註30〕

2. 杜甫詩句：「回首可憐歌舞地，秦中自古帝王州。」

〈蝶戀花〉　　送鄭彥能還都下

　　別酒勸君君一醉。清潤潘郎，又是何郎壻。記取釵頭新利

　　市。莫將分付東鄰子。　　回首長安佳麗地。十五年前，

〔註29〕清・乾隆：《御選唐宋詩醇》卷十七，版本同注15，頁375。

〔註30〕鄒同慶、王宗堂：《蘇軾詞編年校註》，版本同注1，頁294。

我是風流帥。爲向青樓尋舊事。花枝缺處餘名字。（頁 238）

此詞作於元豐元年（一○七八年）八月，時東坡年四十三歲，知徐州。此詞上闋爲餞席上東坡戲囑鄭僅（彥能）之語，下闋則是「記坐中人語」，爲席上鄭彥能矜誇之詞。〔註31〕

按：蘇詞「回首長安佳麗地」，乃借鑒杜甫〈秋興八首〉之六：「回首可憐歌舞地，秦中自古帝王州」。杜詩原意乃回憶過去長安曲江歌舞繁華之景象，關中自古便是帝王建都之所在，如今變成戎馬沙場，令人惋惜慨歎。至於蘇詞所云長安，乃宋人借指汴京而言。鄭僅（彥能）回憶起當年京城美女聚集之處，他英俊瀟灑，是個風流人物。

綜上言之，杜甫漂泊多年，五十四歲時離開成都，五十五歲時寓居夔州。面對巫峽蕭森的秋色，觸景傷情，引發了家國之思。〈秋興八首〉中，前三首以詠夔州秋景爲主，而遙憶長安，夔州詳而長安略；第四首爲過渡，承上啓下，此後五首以回憶長安爲主，而回應夔州，長安詳而夔州略。八首之中心思想，圍繞在「故國之思」。所思情事，主要是長安盛衰之變，及個人遭遇之感。然國事多而己事少，體現了杜甫憂國憂民忠君愛國的一貫思想。〔註32〕至論東坡詞借鑒此詩，純爲句意之借鑒，〈菩薩蠻〉一詞寫七夕牛郎織女依戀難捨及不羨人間之情。〈蝶戀花〉則爲贈別友人之作，多戲謔語，與杜甫〈秋興八首〉之意涵全無關聯。

附表二

蘇詞借鑒杜詩之篇章，且辛詞全無借鑒者，凡三十六首：

項次	杜甫詩題及詩句	東坡詞			
		詞調	起句	詞句	頁碼
1	狂夫：萬里橋西一草堂，百花潭水即滄浪。	鷓鴣天	林斷山明竹隱牆	照水紅蕖細細香	474
		醉落魄	蒼顏華髮	舊交新貴音書絕	114

〔註31〕同前注，頁 240。
〔註32〕張忠綱選注：《杜甫詩選》（北京：中華書局，2005 年 1 月第一版），頁 225。

	風含翠篠娟娟淨，雨裛紅蕖冉冉香。厚祿故人書斷絕，恆饑稚子色淒涼。欲填溝壑惟疏放，自笑狂夫老更狂。	十拍子	白酒新開九醞	狂夫老更狂	476
2	羌村三首之一：夜闌更秉燭，相對如夢寐。	浣溪沙	一別姑蘇已四年	夜闌相對夢魂間	215
		滿庭芳	三十三年	眞夢裏、相對殘釭	471
		臨江仙	尊酒何人懷李白	夜闌對酒處，依舊夢魂中。	689
3	北征：經年至茅屋，妻子衣百結。	浣溪沙	半夜銀山上積蘇	空腹有詩衣有結	344
		踏莎行	這個禿奴	鶉衣百結渾無奈	923
4	聽楊氏歌：佳人絕代歌，獨立發皓齒。滿堂慘不樂，響下清虛裏。	菩薩蠻	繡簾高捲傾城出	皓齒發清歌	35
		菩薩蠻	繡簾高捲傾城出	遺響下清虛	35
5	嚴鄭公宅同詠竹得香字：綠竹半含籜，新梢纔出牆。色侵書帙晚，陰過酒樽涼。雨洗娟娟淨，風吹細細香。但令無翦伐，會見拂雲長。	定風波	雨洗娟娟嫩葉光	雨洗娟娟嫩葉光。風吹細細綠筠香。秀色亂侵書帙晚。簾捲。清陰微過酒尊涼。	396
		鷓鴣天	林斷山明竹隱牆	照水紅蕖細細香	474
6	秋興八首之五：雲移雉尾開宮扇，日繞龍鱗識聖顏。	菩薩蠻	風迴仙馭雲開扇	風迴仙馭雲開扇	293
	秋興八首之六：回首可憐歌舞地，秦中自古帝王州。	蝶戀花	別酒勸君君一醉	回首長安佳麗地	238
7	卜居：歸羨遼東鶴，吟同楚執珪。	醉落魄	分攜如昨	長羨歸飛鶴	123
8	兵車行：君不聞漢家山東二百州，千村萬落生荊杞。	南鄉子	未倦長卿遊	唱遍山東一百州	260
9	白絲行：落絮游絲亦有情，隨風照日宜輕舉。	水龍吟	似花還似非花	思量卻是，無情有思	314
10	漫成一首：沙頭宿鷺聯拳靜，船尾跳魚撥刺鳴。	江城子	前瞻馬耳九仙山	小溪鷗鷺靜聯拳	187
11	奉和賈至舍人早朝大明宮：朝罷香烟攜滿袖，詩成珠玉在揮毫。	浣溪沙	惟見眉間一點黃	歸來衫袖有天香	255
12	奉送魏六丈佑少府之交廣：季子黑貂敝，得無妻嫂欺。	浣溪沙	炙手無人傍屋頭	誰憐季子敝貂裘	481
13	對雪：亂雲低薄暮，急雪舞迴風。	菩薩蠻	塗香莫惜蓮承步	只見舞迴風	842

14	歎庭前甘菊花：庭前甘菊移時晚，青蕊重陽不堪摘。	浣溪沙	珠檜絲杉冷欲霜	強揉青蕊作重陽。不知明日爲誰黃	605
15	落日：落日在簾鉤，溪邊春事幽。	江城子	墨雲拖雨過西樓	回照動簾鉤	266
16	過南鄰朱山人水亭：幽花欹滿樹，細水曲通池。	臨江仙	四大從來都遍滿	幽花香澗谷	40
17	絕句六首之四：隔巢黃鳥並，翻藻白魚跳。	行香子	一葉舟輕	魚翻藻鑑	24
18	寄彭州高三十五使君適虢州岑二十七長史參三十韻：老去才難盡，愁來興甚長。	南歌子	帶酒衝山雨	老去才都盡	368
19	琴臺：茂陵多病後，尚愛卓文君。	臨江仙	誰道東陽都瘦損	不應同蜀客，惟愛卓文君	823
20	西枝村尋置草堂地夜宿贊公土室二首之一：層巔餘落日，草蔓已多露。	臨江仙	四大從來都遍滿	層巔餘落日，草露已沾衣。	40
21	徐卿二子歌：君不見徐卿二子生絕奇，感應吉夢相追隨。孔子釋氏親抱送，並是天上麒麟兒。大兒九齡色清澈，秋水爲神玉爲骨。小兒五歲氣食牛，滿堂賓客皆回頭。	減字木蘭花	惟熊佳夢	未滿三朝已食牛	104
22	戲簡鄭廣文兼呈蘇司業：才名三十年，坐客寒無氈。	南鄉子	寒雀滿疏籬	坐客無氈醉不知	138
23	相從行贈嚴二別駕：垂老遇君未恨晚，似君須向古人求。	浣溪沙	炙手無人傍屋頭	似君須向古人求	481
24	宣政殿退朝晚出左掖：宮草菲菲承委佩，鑪烟細細駐游絲。	哨徧	睡起畫堂	忽一線鑪香逐遊絲	591
25	春宿左省：明朝有封事，數問夜如何？	洞仙歌	冰肌玉骨	試問夜如何	414
26	春日戲題惱郝使君兄：細馬時鳴金腰裏，佳人屢出董嬌饒。	臨江仙	多病休文都瘦損	佳人不見董嬌嬈	611
27	長沙送李十一：遠愧尚方曾賜履，竟非吾土倦登樓。	南歌子	見說東園好	雖非吾土且登樓	530

28	重遊何氏五首之一：花妥鶯捎蝶，溪喧獺趁魚	哨遍	睡起畫堂	見乳燕捎蝶過繁枝	591
29	上白帝城二首之一：取醉他鄉客，相逢故國人。	望江南	春未老	休對故人思故國	164
30	送長孫九侍御赴武威判官：問君適萬里，取別何草草。	菩薩蠻	風迴仙馭雲開扇	相逢雖草草	293
31	送梓州李使君之任：火雲揮汗日，山驛醒心泉。	菩薩蠻	火雲凝汗揮珠顆	火雲凝汗揮珠顆	840
32	夏戎州楊使君東樓：座從歌妓密，樂任主人為。重碧拈春酒，輕紅擘荔枝。	減字木蘭花	閩溪珍獻	輕紅釀白。雅稱佳人纖手擘。	757
33	望岳：安得仙人九節杖，拄到玉女洗頭盆。	減字木蘭花	海南奇寶	曾到崑崙，乞得山頭玉女盆	809
34	月夜：香霧雲鬟溼，清輝玉臂寒。	江城子	玉人家在鳳凰山	香霧著雲鬟	42
35	月三首之三：萬里瞿唐月，春來六上弦。時時開暗室，故故滿青天。	訴衷情	小蓮初上琵琶弦	故故隨人	125
36	宇文晃崔彧重泛鄭監前湖：樽當霞綺輕初散，棹拂荷珠碎卻圓。	阮郎歸	綠槐高柳咽新蟬	瓊珠碎卻圓	510

第二節　辛詞借鑒之重要篇章

辛詞借鑒杜詩之重要篇章，達三次以上者，分別爲〈奉贈韋左丞丈二十二韻〉、〈曲江二首〉、〈洗兵馬〉、〈絕句漫興九首〉、〈飲中八仙歌〉、〈曲江三章章五句〉、〈清明二首〉之一、〈佳人〉、〈陪諸貴公子丈八溝攜妓納涼晚際遇雨二首〉之一、〈歸雁二首〉之一、〈江畔獨步尋花七絕句〉、〈寄韓諫議注〉、〈春日憶李白〉、〈入奏行贈西山檢查使竇侍御〉、〈送孔巢父謝病歸遊江東兼呈李白〉、〈遊龍門奉先寺〉、〈月〉、〈將赴成都草堂、途中有作、先寄嚴鄭公五首〉等十八首。其中，〈奉贈韋左丞丈二十二韻〉、〈曲江二首〉、〈絕句漫興九首〉、〈春日憶李白〉、〈送孔巢父謝病歸遊江東兼呈李白〉、〈月〉等六首，亦爲

蘇詞借鑒之詩篇，前章已加以論述。本章乃就蘇辛詞借鑒相異之杜詩篇章加以討論，故本節僅就辛詞借鑒杜詩次數逾三次以上之〈洗兵馬〉、〈飲中八仙歌〉、〈曲江三章章五句〉、〈清明二首〉之一、〈佳人〉、〈陪諸貴公子丈八溝攜妓納涼晚際遇雨二首〉之一、〈歸雁二首〉之一、〈江畔獨步尋花七絕句〉、〈寄韓諫議注〉、〈入奏行贈西山檢查使竇侍御〉、〈遊龍門奉先寺〉、〈將赴成都草堂、途中有作、先寄嚴鄭公五首〉加以論述。

一、〈洗兵馬〉

> 中興諸將收山東，捷書夜報清畫同。河廣傳聞一葦過，胡危命在破竹中。袛殘鄴城不日得，獨任朔方無限功。京師皆騎汗血馬，回紇餧肉蒲萄宮。已喜皇威清海岱，常思仙仗過崆峒。三年笛裏關山月，萬國兵前草木風。成王功大心轉小，郭相謀深古來少。司徒清鑒懸明鏡，尚書氣與秋天杳。二三豪俊爲時出，整頓乾坤濟時了。東走無復憶鱸魚，南飛覺有安巢鳥。青春復隨冠冕入，紫禁正耐烟花繞。鶴駕通宵鳳輦備，雞鳴問寢龍樓曉。攀龍附鳳勢莫當，天下盡化爲侯王。汝等豈知蒙帝力，時來不得誇身強。關中既留蕭丞相，幕下復用張子房。張公一生江海客，身長九尺鬚眉蒼。徵起適遇風雲會，扶顛始知籌策良。青袍白馬更何有，後漢今周喜再昌。寸地尺天皆入貢，奇祥異瑞爭來送。不知何國致白環，復道諸山得銀甕。隱士休歌紫芝曲，詞人解撰清河頌。田家望望惜雨乾，布穀處處催春種。淇上健兒歸莫懶，城南思婦愁多夢。安得壯士挽天河，淨洗甲兵長不用。（頁395～400）

此詩作於乾元二年（七五九年）春二月 [註33]，兩京克復後，相州兵敗前，時杜甫年四十八歲，作於洛陽。「洗兵馬」，言胡亂即平，將淨

〔註33〕劉孟沅：《杜甫年譜》（臺北：學海出版社，1981年9月再版）認爲〈洗兵馬〉一詩當作於乾元元年，然《杜詩詳註》（版本同注22，頁514）及《杜甫評傳》（陳貽焮著，版本同注4，上卷，頁444）則均認爲應係作於乾元二年。

洗兵甲不用。〔註34〕此詩可分為四段，每段一韻十二句，平韻仄韻輪用。第一段寫捷報頻傳，收復失地指日可待，同時回憶過去三年之戰亂傷痛。「三年笛裏關山月，萬國兵前草木風」一聯，胡應麟云：「以和平端雅之調，寓憤鬱悽悷之思，古今壯句難及此。」〔註35〕第二段讚揚諸將功業，並描寫一片欣欣向榮之氣象。第三段寫朝廷封爵過於浮濫，希望能用相得人。末段寫詩人對國家中興的喜悅，企盼即早平定亂事。結尾以「安得壯士挽天河，淨洗甲兵長不用」，抒發浩嘆，字字千鈞，撼人心魄。唐汝詢：「〈洗兵馬〉一篇，有典有則，雄渾闊大，足為唐雅。」〔註36〕王安石選杜詩，以此詩為壓卷之作〔註37〕，足見本詩影響甚大，是杜集中之名篇。

〈洗兵馬〉一詩，稼軒詞借鑒凡六次，表列論述如次：

項　次	詞　調	起　句	詞　句	頁　碼	杜甫詩句
1	生查子	昨宵醉裏行	明月關山笛	203	三年笛裏關山月，萬國兵前草木風。
2	千秋歲	塞垣秋草	整頓乾坤了	13	二三豪傑為時出，整頓乾坤濟時了。
3	水龍吟	渡江天馬南來	待他年整頓，乾坤事了	145	二三豪傑為時出，整頓乾坤濟時了。
4	水調歌頭	千里渥洼種	要挽銀河仙浪，西北洗胡沙	7	安得壯士挽天河，淨洗甲兵常不用。
5	驀山溪	畫堂簾捲	兩手挽天河，要一洗蠻煙瘴雨	414	安得壯士挽天河，淨洗甲兵長不用。
6	賀新郎	翠浪吞平野	挽天河誰來照影	309	安得壯士挽天河，淨洗甲兵長不用。

〔註34〕盧國琛選注：《杜甫詩醇》（杭州：浙江大學出版社，2006年11月第一版），頁240。
〔註35〕明・胡應麟：《詩藪》內編，卷五（臺北：文馨出版社，1973年5月），頁94。
〔註36〕語見清・乾隆：《御選唐宋詩醇》卷十，版本同注15，冊一四四八，頁234。
〔註37〕王安石：《王臨川全集・老杜詩後集敘》卷八四（臺北：世界書局，1961年2月出版），頁534～535。

1. 杜甫詩句：「三年笛裏關山月，萬國兵前草木風。」

〈生查子〉　山行，寄楊民瞻

　　　昨宵醉裏行，山吐三更月。不見可憐人，一夜頭如雪。

　　　　　今宵醉裏歸，<u>明月關山笛</u>。收拾錦囊詩，要寄揚雄宅。

　　　（頁 203）

此詞確切作年莫考，鄧廣銘認爲當屬於閒居上饒帶湖時期作品。上闋
寫昨夜山行相訪楊民瞻不遇之情景；下闋寫今夜醉歸，聽著〈關山月〉
之笛曲，賦詩相寄之心緒。

　　　按：〈樂府解題〉曰：「〈關山月〉，傷別離也。」〔註38〕〈關山
月〉笛曲，多抒發傷離之情緒。此處稼軒化用杜詩〈洗兵馬〉「三年
笛裏關山月，萬國兵前草木風」句，將原本表達戰士戍守外地，傷
離別、念家鄉之情，化用成訪友不遇，聆聽傷別之曲，滿溢思念友
人之情。

2. 杜甫詩句：「二三豪傑為時出，整頓乾坤濟時了。」

（1）〈千秋歲〉　金陵壽史帥致道。時有版築役

　　　塞垣秋草，又報平安好。尊俎上，英雄表。金湯生氣象，
　　　珠玉霏談笑。春近也，梅花得似人難老。　　莫惜金尊倒，
　　　鳳詔看看到。留不住，江東小。從容帷幄去，<u>整頓乾坤了</u>。
　　　千百歲，從今盡是中書考。（頁 13）

此詞作於乾道五年（一一六九年），時稼軒年三十歲，任建康通判。
詞之上闋讚揚史正志（致道）之事功與言如珠玉之風采；下闋寫詞人
對史正志（致道）之殷切期望：運籌帷幄，整頓乾坤，建功立業。

（2）〈水龍吟〉　甲辰歲壽韓南澗尚書

　　　渡江天馬南來，幾人眞是經綸手？長安父老，新亭風景，
　　　可憐依舊。夷甫諸人，神州沈陸，幾曾回首！算平戎萬里，
　　　功名本是，眞儒事，公知否。　　況有文章山斗，對桐陰
　　　滿庭清晝。當年墮地，而今試看：風雲犇走。綠野風煙，

〔註38〕宋・郭茂倩編：《樂府詩集》卷二十三（北京：中華書局，1979 年
　　　11 月第一版），冊一，頁 334。

平泉草木，東山歌酒。<u>待他年整頓，乾坤事了，爲先生壽。</u>
（頁 145）

此詞作於淳熙十一年（一一八四年），時稼軒年四十五歲，落職閒居上饒帶湖。此闋爲別開生面之壽詞，極陳憤慨，風格豪放，擺脫壽詞頌禱之俗套，以抒發政治憤慨爲主，境界頗高。上闋寫中原父老日盼王師，然當權者偏安誤國，再謂平戎功業，乃吾輩儒者之責；下闋稱頌韓尚書（韓元吉，字無咎，號南澗）之文采、家世與功業，並相期完成恢復中原之抱負。

　　按：杜詩「二三豪傑爲時出，整頓乾坤濟時了」，乃是讚揚李豫、郭子儀、李光弼、王思禮等中興諸將，對光復大業有卓然的貢獻。說他們是爲了整頓乾坤，應運而生的。而稼軒詞借鑒此詩句凡二次，其含意亦與杜詩相同。〈千秋歲〉及〈水龍吟〉雖均爲壽詞，然稼軒除了讚頌壽主的偉大事功，認爲他們都是重整乾坤的英豪俊傑外，也寄託了他個人的愛國情懷。蓋稼軒一生從未忘懷收復北方失地之志，其面對史正志（致道）及韓尚書（韓元吉，字無咎，號南澗）的文才武略，除了對他們寄予厚望，希望他們運籌帷幄，力圖恢復中原之宏偉功業外，同時亦期許自己能與他們一樣，完成整頓乾坤之大業。

3. 杜甫詩句：「安得壯士挽天河，淨洗甲兵常不用。」

（1）〈水調歌頭〉　壽趙漕介菴

千里渥洼種，名動帝王家。金鑾當日奏草，落筆萬龍蛇。帶得無邊春下，等待江山都老，教看鬢方鴉。莫管錢流地，且擬醉黃花。　　喚雙成，歌弄玉，舞綠華。一觴爲飲千歲，江海吸流霞。聞道清都帝所，<u>要挽銀河仙浪，西北洗胡沙。</u>回首日邊去，雲裏認飛車。（頁 6～7）

此詞作於乾道四年（一一六八年）九月，時稼軒年二十九歲，任建康通判。上闋讚揚趙彥端（字德莊，號介菴）之非凡文采與出色政績；下闋描繪壽宴之盛況，並祈願友人返回朝廷，對於北伐中原之大業，一展長才。此闋雖爲壽詞，然字裡行間透露出詞人愛國之慷慨豪情。

「要挽銀河仙浪，西北洗胡沙」是全篇警句，也使全詞迥異於一般壽
詞。〔註39〕

（2）〈驀山溪〉

> 畫堂簾捲，賀燕雙雙語。花柳一番春，倚東風彫紅縷翠。
> 草堂風月，還似舊家時；歌扇底，舞裀邊，壽斝年年醉。
> 　　兵符傳壘，已薦葵丘戌。<u>兩手挽天河，要一洗蠻煙瘴</u>
> <u>雨</u>。貂蟬冠晃，應是出兜鍪，飡五鼎，夢三刀，侯印黃金
> 鑄。（頁 413～414）

此詞作年莫可考，鄧廣銘將其編入罷職閒居鉛山瓢泉時期作品。此闋
爲壽詞，上闋寫宴席之情狀，由春光景物烘托壽宴之美好；下闋寫壽
者建立軍功，封侯掛印之富貴。

（3）〈賀新郎〉　　三山雨中游西湖，有懷趙丞相經始

> 翠浪吞平野，<u>挽天河誰來照影</u>，臥龍山下。煙雨偏宜晴更
> 好，約略西施未嫁。待細把江山圖畫。千頃光中堆灧澦，
> 似扁舟欲下瞿塘馬。中有句，浩難寫。　　詩人例入西湖
> 社。記風流重來手種，綠陰成也。陌上游人誇故國，十里
> 水晶臺榭。更複道橫空清夜。粉黛中洲歌妙曲，問當年魚
> 鳥無存者。堂上燕，又長夏。（頁 309）

此詞作於紹熙三年（一一九二年），時稼軒年五十三歲，任福建提
點刑獄。此闋爲記遊詞，乃詞人雨中遊賞福州西湖之所見所感。
上闋寫雨中遊湖之所見：碧波如鏡，水光瀲灧，孤山偃臥，行舟
極險；下闋寫雨中遊湖之所感：西湖向來與文人有密切之聯繫，
并頌趙丞相（趙汝愚，字子直）之功業，最後寫西湖今昔之對比，
頗有感慨。

　　按：杜甫〈洗兵馬〉詩句：「安得壯士挽天河，淨洗甲兵常不用」，
意指欲求得壯士，挽來天河之水，洗淨甲兵，永不再使用。亦即消弭
戰事，天下太平。而稼軒詞借鑒此詩句凡三次，〈水調歌頭〉及〈驀

〔註39〕曾棗莊、吳洪澤：《蘇辛詞選》（臺北：三民書局，2000 年 11 月初版），
　　　　頁 158～159。

山溪〉亦爲壽詞，除了讚譽壽主〔註40〕的才幹與事功外，仍不免投注了詞人的愛國豪情。〈水調歌頭〉中「聞道清都帝所，要挽銀河仙浪，西北洗胡沙」，指的是把金兵逐出中原，收復神州大地。而〈驀山溪〉之「兩手挽天河，要一洗蠻煙瘴雨」，似有鎮壓西南地區少數民族叛亂之意。〔註41〕然不論爲何，均表達出稼軒企望壽主受到重用，建立功業，平定亂事。同時，隱含了自己恢復中原之企望。至於〈賀新郎〉之「挽天河誰來照影，臥龍山下」句，係截取自杜詩「安得壯士挽天河」，形容雨從天降有如人挽天河之水落入湖中一般，與杜詩〈洗兵馬〉詩句之原意較無關聯，純爲字面之借鑒。

綜上言之，稼軒詞借鑒〈洗兵馬〉一詩凡六次，除了〈生查子〉、〈賀新郎〉二闋，與杜詩原意較無關聯外，其餘四闋除了切合壽詞的主題，均另暗寫詞人之心志與感慨，其中又以〈千秋歲〉、〈水龍吟〉及〈水調歌頭〉最爲顯著。蓋史正志（致道）、韓元吉（字無咎，號南澗）及趙彥端（字德莊，號介菴）等人，均與稼軒志氣相投，且曾位居要職，具有施政治國、出將入相之條件，又有廣大之人脈關係，是故稼軒深切企盼他們能受到天子重用，一展雄才。蓋他們若能得到揮灑的空間，則稼軒北伐中原之理想才有可能實現。〔註42〕稼軒處於南北分裂的時代，他一生所追求的終極目標即是平戎復土。年少時即展現作戰之軍事長才，他所上的〈美芹十論〉及〈九議〉，更可見出他非凡之經世才華。故他對於杜甫〈洗兵馬〉一詩所呈現的中興氣象實心有戚戚；由其借鑒之詩句「二三豪傑爲時出，整頓乾坤濟時了」、「安得壯士挽天河，淨洗甲兵常不用」，即可顯見他多麼希望自己能籌措抗金復土的大計，收復中原，建立不世的功業。反觀東坡詞對〈洗

〔註40〕〈水調歌頭〉之壽主爲趙彥端（德莊），〈驀山溪〉之壽主，未能確考。
〔註41〕朱德才、薛祥生、鄧紅梅編著：《辛棄疾詞新釋輯評》（北京：中國書店，2006年1月第一版），下冊，頁1053。
〔註42〕參見林玫儀：〈稼軒壽詞析論〉，收錄於周保策、張玉奇編：《辛棄疾國際學術研討會論文集》（香港：天馬圖書有限公司，2003年2月），頁295。

兵馬〉一詩，全無借鑒，蓋因北宋雖有遼與西夏等外族之侵擾，但仍屬大一統之局面，自然不需有恢復失地、弭平戰事之志。況且東坡爲文官，對戰爭等軍事不似稼軒熱衷，故不若稼軒般喜愛借鑒杜甫〈洗兵馬〉一詩。

二、〈飲中八仙歌〉

> 知章騎馬似乘船，眼花落井水底眠。汝陽三斗始朝天，道逢麴車口流涎，恨不移封向酒泉。左相日興費萬錢，飲如長鯨吸百川，銜杯樂聖稱避賢。宗之瀟灑美少年，舉觴白眼望青天，皎如玉樹臨風前。蘇晉長齋繡佛前，醉中往往愛逃禪。李白一斗詩百篇，長安市上酒家眠。天子呼來不上船，自稱臣是酒中仙。張旭三杯草聖傳，脫帽露頂王公前，揮毫落紙如雲烟。焦遂五斗方卓然，高談雄辨驚四筵。
> （頁 150～152）

此詩作於天寶年間〔註43〕，時杜甫年約三十幾歲。詩中所寫賀知章、汝陽王李璡、左相李適之、崔宗之、蘇晉、李白、張旭、焦遂等八人，皆爲唐朝人，且都曾居住於長安，但非同時俱在，故杜甫是採追敘的方式來描繪這八位人物。從「嗜飲」、「狂放」的角度，將八人聯繫在一起。詩中描寫各自的酣醉之態，勾勒出豪放不羈之性格，栩栩如生。全詩句句押韻，一韻到底。沈德潛云：「前不用起，後不用收，中間參差歷落，似八章，仍是一章，格法古未常有。每人各贈幾語，故有重韻而不妨礙。」〔註44〕

〔註43〕劉孟沆：《杜甫年譜》（版本同注33，頁37）認爲〈飲中八仙歌〉一詩當作於天寶三年，然《杜詩詳註》（唐‧杜甫著，清‧仇兆鰲注，版本同注22，頁81）認爲應係作於天寶年間，未詳何年。張忠綱（張忠綱選注：《杜甫詩選》（版本同注32，頁15）及陳貽焮（陳貽焮著：《杜甫評傳》，版本同注4，上卷，頁121）則均認爲必作於天寶五年四月之後，時杜甫初至長安。

〔註44〕清‧沈德潛評選：《唐詩別裁集》卷六（臺北：廣文書局，1970年1月出版），頁191。

〈飲中八仙歌〉一詩，稼軒詞借鑒凡五次，表列論述如次：

項　次	詞　調	起　句	詞　句	頁　碼	杜甫詩句
1	沁園春	杯汝知乎	酒泉罷侯	387	汝陽三斗始朝天，道逢麴車口流涎，恨不移封向酒泉。
2	醜奴兒	近來愁似天來大	却自移家向酒泉	389	汝陽三斗始朝天，道逢麴車口流涎，恨不移封向酒泉。
3	水調歌頭	客子久不到	鯨飲未吞海	583	左相日興廢萬錢，飲如長鯨吸百川，銜杯樂聖稱避賢。
4	水調歌頭	官事未易了	百篇才	81	李白一斗詩百篇，長安市上酒家眠。
5	臨江仙	醉帽吟鞭花不住	一斗百篇風月地	519	李白一斗詩百篇，長安市上酒家眠。

1. 杜甫詩句：「汝陽三斗始朝天，道逢麴車口流涎，恨不移封向酒泉。」

（1）〈沁園春〉　城中諸公載酒入山，余不得以止酒爲解，遂破戒一醉，再用韻

　　　杯汝知乎：<u>酒泉罷侯</u>，鴟夷乞骸。更高陽入謁，都稱麴白；杜康初筮，正得雲雷。細數從前，不堪餘恨，歲月都將麴糵埋。君詩好，似提壺卻勸，沽酒何哉。　君言病豈無媒，似壁上雕弓蛇暗猜。記醉眠陶令，終全至樂；獨醒屈子，未免沉菑。欲聽公言，懇非勇者，司馬家兒解覆杯。還堪笑，借今宵一醉，爲故人來。（頁 387）

此詞作於慶元二年（一一九六年），時稼軒年五十七歲，落職閒居瓢泉。〔註45〕詞之開端運用大量典故，表明自己戒酒之決心，並對過去沉溺酒鄉感到懊悔。接著朋友開始勸飲，在各種理由的勸說之下，詞人終究破戒一醉。此闋主旨在「醉眠陶令，終全至樂；獨醒屈子，未免沉菑」四語，稼軒入山以來詞，語語不忘身世家國之感。上闋妙在運典，空靈融活，有底有面，然亦不脫宋四六習氣。後闋一番議論，借題以抒憤怨。〔註46〕

〔註45〕稼軒於慶元二年徙居鉛山，然移居之確切時日無可考，故無法斷定此詞之閒居處所爲帶湖或瓢泉，然鄧廣銘將此詞編入瓢泉時期作品。

〔註46〕吳則虞選注：《辛棄疾詞選集》（上海：上海古籍出版社，1993 年 6 月第一版），頁 80。

（2）〈醜奴兒〉

　　近來愁似天來大，誰解相憐？誰解相憐，又把愁來做箇天。

　　　　都將今古無窮事，放在愁邊。放在愁邊，卻自移家向
酒泉。（頁 388～389）

此詞作於慶元二年（一一九六年），時稼軒年五十七歲，落職閒居瓢
泉。〔註47〕上闋極寫愁苦之切，且無人能解；下闋則敘明為何而愁（今
古無窮事），及解愁之道（一醉解千愁）。

　　按：上述二詞均借鑒杜詩〈飲中八仙歌〉之「汝陽三斗始朝天，
道逢麴車口流涎，恨不移封向酒泉」詩句，「酒泉」，郡名，即今甘肅
省酒泉縣。《輿地廣記》云：「漢立酒泉郡，城下有金泉，味如酒，因
以名焉。東漢以後皆因之。」〔註48〕杜詩原意係指汝陽王李璡好酒，
喝了三斗酒之後才去朝見天子，在路旁碰上裝酒的車子，總是垂涎不
已，更恨不得自己能移封到酒泉去。而稼軒此二詞乃化用杜詩句意，
〈沁園春〉中「酒泉罷侯」，係反用杜詩句意，杜詩「恨不移封向酒
泉」，以喻李璡之嗜酒，而稼軒以「酒泉罷侯」表明自己戒酒之決心。
至於〈醜奴兒〉之「卻自移家向酒泉」，意指自己欲沉醉酒鄉，藉以
忘憂。此兩詞顯示了稼軒之所以沉溺於酒鄉，全是借酒澆愁，蓋滿腔
報國之豪情壯志，得不到揮灑的空間，反遭落職閒居，心中的憤懣，
只能求得一醉，聊以解愁。

2. 杜甫詩句：「左相日興廢萬錢，飲如長鯨吸百川，銜杯樂聖稱避賢。」

〈水調歌頭〉　和馬叔度游月波樓

　　客子久不到，好景為君留。西樓著意吟賞，何必問更籌。
　　喚起一天明月，照我滿懷冰雪，浩蕩百川流。鯨飲未吞海，
　　劍氣已橫秋。　　野光浮。天宇迥，物華幽。中州遺恨，
　　不知今夜幾人愁。誰念英雄老矣，不道功名蕞爾，決策尚

〔註47〕同注 45。
〔註48〕宋・歐陽忞：《輿地廣記》卷十七（成都，四川大學出版社，2003 年
　　　　8 月第一版），頁 492。

悠悠。此事費分說，來日且扶頭。（頁583）

此詞作於淳熙四年（一一七七年），時稼軒年三十八歲，差知江陵府，兼湖北安撫使。此詞乃描寫稼軒與友人月夜登樓賞景之有感，從而抒發其壯志難酬，悲憤填膺之豪情。上闋寫登樓觀月，並借明月皎皎，以寫自身之磊落豪情；下闋寫英雄老去，中原難復之悲憤，只得借酒澆愁。

　　按：杜甫〈飲中八仙歌〉詩句「左相日興廢萬錢，飲如長鯨吸百川，銜杯樂聖稱避賢」，意指左相李適之每日花費萬錢，豪飲之態有如鯨魚吸納百川之水，且還稱這是樂聖、避賢。稼軒詞「鯨飲未吞海，劍氣已橫秋」，即化用杜甫「飲如長鯨吸百川」句，意指豪飲尚未盡興，而劍氣已橫貫秋空，藉以表達出報國之豪情。然由詞之下闋，顯而易見，稼軒仍為了朝廷始終無法定下北伐之決策而憂，中原難復、年歲漸老，無奈的心情，唯有飲酒消愁一途。

3. 杜甫詩句：「李白一斗詩百篇，長安市上酒家眠。」

（1）〈水調歌頭〉　和趙景明知縣韻

　　官事未易了，且向酒邊來。君如無我，問君懷抱向誰開？但放平生丘壑，莫管旁人嘲罵，深蟄要驚雷。白髮還自笑，何地置衰頹。　　五車書，千石飲，百篇才。新詞未到，瓊瑰先夢滿吾懷。已過西風重九，且要黃花入手，詩興未關梅。君要花滿縣，桃李趁時栽。（頁81）

此詞作於淳熙七年（一一八〇年），時稼軒年四十一歲，任江西安撫使。當時趙奇暐（景明）出知江陵任滿東歸，途經豫章與稼軒相會，詞中表達了彼此間之關切與深厚友誼。

（2）〈臨江仙〉

　　醉帽吟鞭花不住，卻招花共商量。人生何必醉為鄉。從教斟酒淺，休更和詩忙。　　一斗百篇風月地，饒他老子當行。從今三萬六千場。青青頭上髮，還作柳絲長。（頁519）

此詞確切作年難考，鄧廣銘將它編入閒居瓢泉時期作品。詞中描述止酒、醉酒的生活。稼軒對於止酒的態度是相當矛盾的，此應與他當時

的生活有密切之關聯（落職閒居），他所以醉酒，乃是心情鬱悶，借酒澆愁也。

　　按：上述二詞均借鑒杜甫〈飲中八仙歌〉：「李白一斗詩百篇，長安市上酒家眠」句，杜詩原意形容李白喝酒之後，文思泉湧，揮筆立就詩歌百篇，醉了就在長安街頭的酒家安眠。而稼軒〈水調歌頭〉「五車書，千石飲，百篇才」句，寫趙景明學富五車，才高八斗，工詩善飲，文才不凡；〈臨江仙〉「一斗百篇風月地，饒他老子當行」，寫李白斗酒百篇，是其本色當行，我既做不到，就任由他去，我還是沉醉酒鄉去也。兩詞不僅就「詩百篇」之意，以描繪文才之高，同時亦切合杜詩原意，與酒作一聯繫。

　　綜上言之，稼軒詞借鑒杜甫〈飲中八仙歌〉一詩凡五次，內容均與酒脫離不了關係。五闋詞中，除了〈水調歌頭〉（官事未易老）旨在敘述己身與趙景明之間的深切情誼外，餘者四闋，均傳達出詞人壯志難酬、請纓無門之悲痛，只能沉醉酒鄉，借酒澆愁。蓋中國文人詩歌，向來與酒有不解之緣；詩與酒，乃是歷代文人排解情感之良藥。東坡與稼軒之詞作內容，即常與酒相關，尤其是稼軒詞，超過一半以上的作品與酒有關〔註49〕，所以如此，應與其境遇有著極密切的聯繫，歸隱期間尤甚。稼軒始終難忘恢復中原之大業，即使落職閒居，仍盼望朝廷有朝一日能再次起用，然空有滿腔抱負，卻無用武之地，內心之抑鬱、悲憤，只能自我麻醉、沉醉酒鄉。至於東坡詞作中，與酒有關者亦頗多，然何以不曾借鑒杜甫〈飲中八仙歌〉？蓋八仙之飲，是目空一切的醉飲、豪飲、狂飲。〔註50〕而東坡雖愛酒，善於釀酒，但不沉溺於酒，更對魏晉、盛唐之狂飲爛醉之飲酒生活頗不以為然，曾云：「我飲不盡器，半酣味尤長」〔註51〕，「公退清閑如致仕，酒餘

〔註49〕據筆者統計，東坡詞 350 闋中，有 133 闋與酒有關；稼軒詞 629 闋中，有 321 闋與酒有關。

〔註50〕蔡鎮楚、龍宿莽：《唐宋詩詞文化解讀》（北京：北京圖書館出版社，2004 年 9 月第一版），頁 275。

〔註51〕語見東坡詩作〈湖上夜歸〉，宋‧蘇軾撰，清‧王文誥輯注，孔凡禮

歡適似還鄉」〔註52〕。東坡飲酒，提倡曠達酣適，目的不在飲酒本身，而在於透過飲酒，忘卻現實生活的一切，這也反映了東坡隨遇而安的曠達人生觀。〔註53〕

三、〈曲江三章章五句〉

曲江蕭條秋氣高，菱荷枯折隨風濤，游子空嗟垂二毛。白石素沙亦相蕩，哀鴻獨叫求其曹。

即事非今亦非古，長歌激越捎林莽，比屋豪華固難數。吾人甘作心似灰，弟姪何傷淚如雨。

自斷此生休問天，杜曲幸有桑麻田，故將移住南山邊。短衣匹馬隨李廣，看射猛虎終殘年。（頁184～185）

此詩作於天寶十一年（七五二年）秋天，時杜甫年四十一歲，居長安。開元二十三年（七三五年），時杜甫二十四歲，舉進士不第。天寶六年（七四七年），時杜甫三十六歲，應詔就試不第。天寶十年（七五一年），上〈三大禮賦〉〔註54〕，獲得玄宗的賞識，然亦只落得待制集賢院之空名。多年的仕途挫折，秋遊曲江，因作此詩，以抒心中慨然。首章借曲江蕭索秋景，抒發個人不遇之悲。次章言己不重富貴，早已心灰意冷。語雖曠達，實含悲憤。末章表明欲歸隱故鄉，以結束長安流寓生活，然亦鬱憤之詞也。王嗣奭云：「先言鳥『求曹』，以起次章『弟姪』之傷。次言『心似灰』，以起末章『南山』之隱。雖分三章，氣脈相屬。總以九迴之苦心，發清商之怨曲，意沉鬱而氣憤張，

點校：《蘇軾詩集》，版本同註21，第二冊，頁440。

〔註52〕語見東坡詩作〈臂痛謁告，作三絕句示四君子〉之一，宋・蘇軾撰，清・王文誥輯注，孔凡禮點校：《蘇軾詩集》，版本同前注，第六冊，頁1800。

〔註53〕參見萬偉成：〈我飲不盡器，半酣味尤長——蘇軾詩酒人生的哲學詮釋〉，《佛山科學技術學院》（社會科學版），2005年11月，第23卷，第6期，頁43～47。

〔註54〕據陳文華考證，杜甫獻〈三大禮賦〉應在天寶九年，然絕大部份之學者，仍依循十載獻賦之說。參見陳文華：《杜甫傳記唐宋資料考辨》（臺北：文史哲出版社，1987年11月初版），頁70。

慷慨悲悽，直與楚騷爲匹，非唐人所能及也。」〔註55〕

〈曲江三章章五句〉詩，稼軒詞借鑒凡四次，表列論述如次：

項 次	詞 調	起 句	詞 句	頁 碼	杜甫詩句
1	醜奴兒	此生自斷天休問	此生自斷天休問	170	自斷此生休問天，杜曲幸有桑麻田。
2	賀新郎	聽我三章約	自斷此生天休問	473	自斷此生休問天，杜曲幸有桑麻田。
3	水調歌頭	落日塞塵起	莫射南山虎，直覓富民侯	58	自斷此生休問天，杜曲幸有桑麻田。故將移住南山邊。短衣匹馬隨李廣，看射猛虎終殘年。
4	八聲甘州	故將軍飲罷夜歸來	誰向桑麻杜曲，要短衣匹馬，移住南山。看風流慷慨，譚笑過殘年。	205	自斷此生休問天，杜曲幸有桑麻田。故將移住南山邊。短衣匹馬隨李廣，看射猛虎終殘年。

1. 杜甫詩句：「自斷此生休問天，杜曲幸有桑麻田。」

（1）〈醜奴兒〉

> 此生自斷天休問，獨倚危樓。獨倚危樓，不信人間別有愁。
>
> 君來正是眠時節，君且歸休。君且歸休，說與西風一任秋。（頁170）

此詞確切作年莫考，鄧廣銘認爲當屬於淳熙十四年（一一八七年）前後之作，故將它編入閒居帶湖時期作品。詞人獨倚危樓，醉眠謝客，自放幽獨，而「不信人間別有愁」及「說與西風一任秋」句，雖貌似灑脫，實則隱含深切之愁。

（2）〈賀新郎〉　韓仲止判院山中見訪，席上用前韻

> 聽我三章約：有談功談名者舞，談經深酌。作賦相如親滌器，識字子雲投閣。算枉把精神費卻。此會不如公榮者，莫呼來政爾妨人樂。醫俗士，苦無藥。　當年眾鳥看孤鶚。意飄然橫空直把，曹吞劉攫。老我山中誰來伴？須信窮愁有腳。似剪盡還生僧髮。自斷此生天休問，倩何人說與乘軒鶴。吾有志，在丘壑。（頁473）

此詞作於慶元六年（一二○○年），時稼軒年六十一歲，閒居鉛山瓢泉。上闋借司馬相如、揚雄的不幸遭遇，表達了對功名、對儒術的厭棄心情。……下闋回顧自己當年的超邁群倫、意氣風發，慨吟而今落魄山中，窮愁不斷。「自斷」以下總束，意謂今生已矣，已絕望於仕途，決心終老山林。爲感慨身世，憤時嫉俗之作。

　　按：杜甫〈曲江三章章五句〉之三「自斷此生休問天，杜曲幸有桑麻田」，是說自己決定要如何度過此生，不問老天，杜曲那兒幸好還有桑麻田可耕種，表明己欲回歸故園、隱居度日，不再隨世逐流之意。而稼軒上述二詞化用杜詩句意，改寫成「此生自斷天休問」及「自斷此生天休問」，語氣上更加強烈表達自己決定此生命運的勃然之氣，揮斥老天，不得過問。稼軒因其落職閒居、時不我予，壯志難酬之憤慨，難以擺脫，故有此語。

2. 杜甫詩句：「自斷此生休問天，杜曲幸有桑麻田。故將移住南山邊。短衣匹馬隨李廣，看射猛虎終殘年。」

（1）〈水調歌頭〉　舟次揚州，和楊濟翁、周顯先韻

　　　落日塞塵起，胡騎獵清秋。漢家組練十萬，列艦聳層樓。誰道投鞭飛渡，憶昔鳴髇血污，風雨佛狸愁。季子正年少，匹馬黑貂裘。　　今老矣，搔白首，過揚州。倦游欲去江上，手種橘千頭。二客東南名勝，萬卷詩書事業，嘗試與君謀。莫射南山虎，直覓富民侯。（頁58）

此詞作於淳熙五年（一一七八年），時稼軒年三十九歲，由大理少卿調任湖北轉運副使，途經揚州。上闋追憶十七年前（紹興三十一年，一一六一年）金兵南侵揚州的史事；下闋則抒發志士報國無路、請纓無門之慨，倦於宦遊不如歸隱田園。至於二位友人胸中萬卷，自該致君堯舜，但寧當太平侯相，切莫作戰時李廣。此乃憤激反語，嘲諷朝廷之苟安政策。

（2）〈八聲甘州〉　夜讀李廣傳，不能寐，因念晁楚老、楊民瞻約同居山間，戲用李廣事，賦以寄之

故將軍飲罷夜歸來，長亭解雕鞍。恨灞陵醉尉，匆匆未識，桃李無言。射虎山橫一騎，裂石響驚弦。落魄封侯事，歲晚田園。　　誰向桑麻杜曲，要短衣匹馬，移住南山。看風流慷慨，譚笑過殘年。漢開邊功名萬里，甚當時健者也曾閑。紗窗外，斜風細雨，一障輕寒。（頁 205）

此詞作年無可考，鄧廣銘認爲當是閒居帶湖之作。詞中藉李廣功高反黜的不平遭遇，抒發自己遭讒被廢的悲憤心情。〔註56〕稼軒對於李廣戰功卓著，卻未能封侯，反遭削職閒居的遭遇，可說是感同深受，因此，他在多闋詞作中均提及李廣之事跡。〔註57〕詞之上闋敍寫李廣閒居時受灞陵尉輕侮及南山射虎之事，如此英勇，卻無緣封侯，而落魄閒居；下闋則抒發慨歎：不願隱居田園，願隨李廣射獵南山，以度殘年。然縱如李廣有開疆闢域之功，亦落職賦閒，何況今日詞人己身之遭遇？稼軒與李廣可謂是「異代知己」，兩人同樣懷抱著英雄失志之恨。此詞「戲用李廣事」，詠李廣同時也就爲自己詠懷，融入了辛棄疾廢黜賦閒的憤懣與不平。〔註58〕

按：上述二詞均係借鑒杜詩〈曲江三章章五句〉之三，〈水調歌頭〉「莫射南山虎，直覓富民侯」，意謂朝廷偃武修文，不思北伐，故勸友人寧當太平宰相，莫作戰時李廣，充滿了反諷意味。〈八聲甘州〉「誰向桑麻杜曲，要短衣匹馬，移住南山。看風流慷慨，譚笑過殘年」，則隱括杜甫詩意，意謂自己並不願就此隱居田園，仍願像當年李廣一樣，獵居南山，在慷慨激昂的生活中度過晚年。

〔註56〕唐圭璋等撰寫：《唐宋詞鑑賞集成》（上冊）（臺北：五南圖書出版公司，2001 年 12 月初版三刷），頁 1814～1815。此書原出版者爲上海：上海辭書出版社。

〔註57〕稼軒詞中提及李廣事跡者，除本闋之外，尚有：〈一剪梅〉（獨立蒼茫醉不歸）、〈滿江紅〉（漢水東流）、〈水調歌頭〉（落日塞塵起）、〈水調歌頭〉（文字覷天巧）、〈賀新郎〉（碧海成桑野）、〈雨中花慢〉（舊雨常來）、〈卜算子〉（千古李將軍）。

〔註58〕齊魯書社編輯：《辛棄疾詞鑒賞》（濟南：齊魯書社，1986 年 12 月第一版），頁 150～151。

　　綜上言之，稼軒詞借鑒杜甫〈曲江三章章五句〉一詩凡四次，與其說稼軒酷愛杜甫此詩，不如說是稼軒對李廣的境遇頗感同調，李廣的不凡軍事長才，與被廢閒居的遭遇，就如同自己的身世一般，詞作中既是慨嘆過去歷史英雄的落魄，也是對自己的壯志難酬表達了深切的悲憤。詞人由李廣故事，寄寓景仰之情，並將今與古、現實與歷史結合在一起，進一步表現其仰慕之情與不滿之情緒。〔註59〕至於東坡詞並未借鑒杜詩〈曲江三章章五句〉之三，也未曾言及李廣事，或因東坡身為文官，與身為武將的稼軒相比，自是對李廣事蹟較無觸發。

四、〈清明二首〉之一

　　朝來新火起新烟，湖色春光淨客船。繡羽銜花他自得，紅顏騎竹我無緣。胡童結束還難有，楚女腰肢亦可憐。不見定王城舊處，長懷賈傅井依然。虛霑周舉為寒食，實藉君平賣卜錢。鐘鼎山林各天性，濁醪麤飯任吾年。（頁 1328～1329）〔註60〕

<hr>

〔註59〕參見施議對：《辛棄疾詞選評》（上海：上海古籍出版社，2002 年 10
　　　　月第一版），頁 81。

〔註60〕杜詩〈清明二首〉之一，「鐘鼎山林各天性，濁醪麤飯任吾年」句，
　　　　「鐘鼎」之「鐘」字，作「鐘」或「鍾」？茲略述所見版本如次：
　　　　一、作「鐘」：
　　　　　（一）清·楊倫：《杜詩鏡銓》，版本同注 11，頁 1329。
　　　　　（二）唐·杜甫著，清·仇兆鰲注：《杜詩詳注》，版本同注 22，
　　　　　　　　冊五，頁 1969。
　　　　　（三）錢謙益箋注：《錢牧齋箋注杜詩》（臺北：臺灣中華書局，
　　　　　　　　1967 年 5 月臺一版），卷十八，頁 10。
　　　　二、作「鍾」：
　　　　　（一）唐·杜甫著、宋·趙次公注、林繼中輯校：《杜詩趙次公先
　　　　　　　　後解輯校》（上海：上海古籍出版社，1994 年 12 月第一版），
　　　　　　　　頁 1398。
　　　　　（二）清·朱鶴齡撰：《杜工部詩集》，景康熙九年刊本（京都：
　　　　　　　　中文出版社，1977 年 2 月出版），頁 1672。
　　　　　（三）宋·郭知達集註：《九家集註杜詩》，清·文瀾閣欽定四庫
　　　　　　　　全書本（臺北：大通書局，1974 年 10 月初版），卷 36，頁
　　　　　　　　28。

此詩作於大歷四年（七六九年），時杜甫年五十八歲，舟次湖南長沙。
寫初到長沙所見清明景象及所感。楊倫曰：「前首從湖南風景敘起，
說到自家。」〔註61〕

〈清明二首〉詩，稼軒詞借鑒凡四次，表列論述如次：〔註62〕

項 次	詞 調	起 句	詞 句	頁 碼	杜甫詩句
1	水調歌頭	上界足官府	畢竟山林鐘鼎	140	鐘鼎山林各天性，濁醪麤飯任吾年。
2	臨江仙	鐘鼎山林都是夢	鐘鼎山林都是夢	209	鐘鼎山林各天性，濁醪麤飯任吾年。
3	朝中措	夜深殘月過山房	山林鐘鼎	213	鐘鼎山林各天性，濁醪麤飯任吾年。
4	瑞鶴仙	片帆何太急	山林鐘鼎	338	鐘鼎山林各天性，濁醪麤飯任吾年。

杜甫詩句：「鐘鼎山林各天性，濁醪麤飯任吾年。」

（1）〈水調歌頭〉　席上用王德和推官韻，壽南澗

　　　上界足官府，公是地行仙。青氈劍履舊物，玉立近天顏。
　　　莫怪新來白髮，恐是當年柱下，道德五千言。南澗舊活計，
　　　猿鶴且相安。　　　歌秦缶，寶康瓠，世皆然。不知清廟鐘

　　　（四）宋・徐居仁編，黃鶴補註：《集千家註分類杜工部詩》，元・
　　　　　皇慶元年建安余氏勤有堂刊，元・末葉氏廣勤堂印本（臺北：
　　　　　大通書局，1974 年 10 月初版），頁 732。
　　　（五）唐・杜甫著，宋・魯訔編次，宋・蔡夢弼會箋：《草堂詩箋》
　　　　　（臺北：廣文書局，1971 年 9 月初版），卷 37，頁 944。
　　　由上述版本見之，「鐘」與「鍾」字在杜詩「鐘鼎山林」句中，應
　　　可通用。然本文所引杜詩，蓋以清・楊倫：《杜詩鏡銓》爲主，故
　　　文中所引杜詩「鐘鼎山林」句，均作「鐘」字爲準。
〔註61〕清・楊倫：《杜詩鏡銓》，版本同注 11，頁 1330。
〔註62〕辛詞借鑒杜詩〈清明二首〉之一，計有四闋，鄧廣銘箋注：《稼軒詞
　　　編年箋注》一書，除〈水調歌頭〉作「『鐘』鼎山林」外，另三闋均
　　　作「『鍾』鼎山林」；而《稼軒詞》，臺灣商務印書館《景印文淵閣四
　　　庫全書》本，則首闋及末闋作「『鐘』鼎山林」，〈臨江仙〉及〈朝中
　　　措〉作「『鍾』鼎山林」，《稼軒長短句》，影印元大德三年廣信書院
　　　刻本，則四闋均作「『鍾』鼎山林」，二字應亦通用。爲求全文敘述
　　　一致，故將稼軒詞中「鐘鼎山林」句，均以「鐘」字爲準，以免紛
　　　雜。

磬，零落有誰編。莫問行藏用舍，<u>畢竟山林鐘鼎，底事有</u>
<u>虧全</u>？再拜荷公賜，雙鶴一千年。（頁 140）

此詞作於淳熙十年（一一八三年），時稼軒年四十四歲，閒居上饒帶
湖。詞中除表達對壽星韓元吉（字無咎，號南澗）之讚美外，對世人
皆喜庸才而棄賢者之心態，發出不平之慨歎，並闡述自己對入世、出
世之見解。近人吳則虞云：「『歌秦缶』三句，秦缶康瓠，皆尋常陋器，
非識者所重，而今人偏賞尋常陋器，不識清廟鐘鼎，任其零落，此論
當時用人情勢，語蘊而不露。」〔註63〕

（2）〈臨江仙〉　再用韻送祐之弟歸浮梁

<u>鐘鼎山林都是夢</u>，人間榮辱休驚。只消閒處過平生：酒杯
秋吸露，詩句夜裁冰。　　記取小窗風雨夜，對牀燈火多
情。問誰千里伴君行？曉山眉樣翠，秋水鏡般明。（頁 209）

此詞鄧廣銘認為當作於淳熙十四年（一一八七年）前，即稼軒四十八
歲之前，閒居上饒帶湖時期。由題序可知，此詞為送別遭免官歸鄉之
族弟辛助（祐之）而作。上闋勸慰族弟莫要因宦海沉浮而感到驚怪，
當飲酒、吟詩，悠閒度日；下闋追憶兩人過往對床夜雨之情誼，末了
始點出送別之意。

（3）〈朝中措〉

夜深殘月過山房，睡覺北窗涼。起遶中庭獨步，一天星斗
文章。　　朝來客話：「山林鐘鼎，那處難忘？」「君向沙
頭細問，白鷗知我行藏。」（頁 213）

此詞鄧廣銘認為當作於淳熙十四年（一一八七年）前，即稼軒四十八
歲之前。按：稼軒自淳熙八年至紹熙二年（一一八一至一一九一年）
落職閒居帶湖。此詞即作於閒居帶湖時期，上闋描繪閒居生活之美；
下闋則表明自己與鷗鳥為盟，喜愛退隱山林之生活。

（4）〈瑞鶴仙〉　南劍雙溪樓

片帆何太急？望一點須臾，去天咫尺。舟人好看客。似三
峽風濤，嵯峨劍戟。溪南溪北。正遐想幽人泉石。看漁樵

〔註63〕吳則虞選注：《辛棄疾詞選集》，版本同注46，頁106。

指點危樓，卻羨舞筵歌席。　　嘆息。山林鐘鼎，意倦情遷，本無欣戚。轉頭陳迹。飛鳥外，晚煙碧。問誰憐舊日，南樓老子，最愛月明吹笛？到而今撲面黃塵，欲歸未得。（頁338～339）

此詞確切作年莫可考，鄧廣銘認為當在閩中時所作，即紹熙三年至五年（一一九二至一一九四年）。由題序可見，此詞乃作者過南劍雙溪樓而作，上闋寫江行所見：山水險惡，有如三峽；下闋寫江行憂思：但言得失無動於衷，語雖曠實含悲，並發欲歸山林未可得之慨。

按：上述四詞，均借鑒杜甫晚年作品〈清明二首〉之一：「鐘鼎山林各天性，濁醪麤飯任吾年。」意指有人喜歡鐘鳴鼎食、居於廟堂，有人喜歡隱居山林、恬淡度日，這是各人天性的喜好不同，而我自己則選擇過粗茶淡飯的退隱生活，以度天年。「鐘鼎」，即喻出仕；「山林」則指退隱。稼軒四闋詞中，雖均借鑒「鐘鼎山林各天性」句，然所表達之意涵略有不同。〈水調歌頭〉中「莫問行藏用舍，畢竟山林鐘鼎，底事有虧全？」意謂韓南澗無論在朝在野，兩者皆宜，略無虧全。如此之見解，對於欲「贏得生前身後名」的抗金志士而言，應不是真正的體悟，而是暗蓄激憤之詞。〔註64〕〈臨江仙〉之「鐘鼎山林都是夢，人間榮辱休驚。」意在勸慰族弟：在朝在野的榮辱，有如幻夢一般，實無須驚怪。表面上看似曠達，實亦為稼軒多年宦海浮沉之感慨。〈朝中措〉之「山林鐘鼎，那處難忘？」藉由客問，提出在朝在野，孰好孰差？而稼軒答道：「君向沙頭細問，白鷗知我行藏。」即表明自己欲歸隱山林之意。〈瑞鶴仙〉「山林鐘鼎，意倦情遷，本無欣戚。」言不論是鐘鳴鼎食，還是歸隱山林，都無動於衷，不為仕進而喜，不因退隱而憂。

綜而言之，稼軒上述四詞，有三闋作於落職閒居帶湖時期，另一闋推定為閩中時所作。已遭落職閒居，方道鐘鼎山林略無虧全、皆夢幻泡影，並表達己之意願是欲與白鷗為盟，忘機江湖。此種體認，於

〔註64〕參見朱德才、薛祥生、鄧紅梅編著：《辛棄疾詞新釋輯評》，版本同注41，上冊，頁310。

落職閒居時方才抒發，可見，並非稼軒之本衷，蓋稼軒是個無法「退」的人，他與杜甫相同，雖然偶在詩詞裡說到「退」，如杜甫之「非無江海志，瀟灑送日月。生逢堯舜君，不忍便永訣。當今廊廟具，構廈豈云缺。葵藿傾太陽，物性固莫奪」〔註65〕、稼軒之「儘西風季鷹歸未」〔註66〕，然皆反話，他們始終堅持實踐其理想與志意。〔註67〕畢竟杜甫時至晚年，才說出「鐘鼎山林各天性，濁醪麤飯任吾年」之語。至於稼軒〈瑞鶴仙〉一詞，既作於閩中時期，時亦已度過落職閒居生活十年，面對朝廷再度起用，而言「意倦情遷，本無欣戚」，內心之慨然是可以想見的。總之，稼軒在離開政治舞臺後，並沒有汲汲於「獨善其身」，也沒有完全看破紅塵，而是在「舍之則藏」的處境中，依然存在著「用之則行」的願望。〔註68〕至於東坡詞中對於杜甫〈清明二首〉之一：「鐘鼎山林各天性，濁醪麤飯任吾年」句，則全無借鑒，或因東坡對此，於年少時即有深切之體認，如三十九歲赴密州時，即道：「有筆頭千字，胸中萬卷，致君堯舜，此事何難。用舍由時，行藏在我，袖手何妨閒處看。身長健，但優游卒歲，且鬥尊前。」〔註69〕多少說明了其人生哲理是「達則兼濟天下，窮則獨善其身」，「用之則行，舍之則藏。」

〔註65〕語見杜詩《自京赴奉先縣詠懷五百字》，清·楊倫：《杜詩鏡銓》，版本同注11，頁264。

〔註66〕稼軒詞《水龍吟》（楚天千里清秋）下闋：「休說鱸魚堪膾，儘西風季鷹歸未？求田問舍，怕應羞見，劉郎才氣。可惜流年，憂愁風雨，樹猶如此！倩何人喚取，紅巾翠袖，搵英雄淚？」鄧廣銘箋注：《稼軒詞編年箋注》，版本同注2，頁34。

〔註67〕參見葉嘉瑩：《唐宋詞十七講》（石家庄：河北教育出版社，1997年7月第一版），頁336。

〔註68〕曾子魯：〈試探辛稼軒帶湖詞中的感情衝突〉，收錄於周保策、張玉奇主編：《辛棄疾國際學術研討會論文集》，版本同注42，頁96。

〔註69〕東坡詞《沁園春》（孤館燈青）下闋：「當時共客長安。似二陸、初來俱少年。有筆頭千字，胸中萬卷，致君堯舜，此事何難。用舍由時，行藏在我，袖手何妨閒處看。身長健，但優游卒歲，且鬥尊前。」鄒同慶、王宗堂：《蘇軾詞編年校註》，版本同注1，頁134～135。

五、〈佳人〉

> 絕代有佳人，幽居在空谷。自云良家子，零落依草木。關
> 中昔喪敗，兄弟遭殺戮。官高何足論，不得收骨肉。世情
> 惡衰歇，萬事隨轉燭。夫婿輕薄兒，新人美如玉。合昏尚
> 知時，鴛鴦不獨宿。但見新人笑，那聞舊人哭。在山泉水
> 清，出山泉水濁。侍婢賣珠迴，牽蘿補茅屋。摘花不插鬢，
> 采柏動盈掬。天寒翠袖薄，日暮倚修竹。（頁 414～415）

此詩作於肅宗乾元二年（七五九年），杜甫年四十八歲，客居秦州之
時。詩中描繪戰亂中棄婦的心境，同時隱含著杜甫棄官後之自我寫
照。清人黃生：「偶然有此人，有此事，適切放臣之感，故作此詩。」
〔註70〕《杜臆》：「大抵佳人事必有所感，而公遂借以寫自己情事。」
〔註71〕《讀杜心解》：「此感實有之事，以寫寄慨之情。」〔註72〕前十
二句，敘述佳人的遭遇：出身高門府第，然生不逢時，遭逢離亂而流
落無依；接著藉「合昏」、「鴛鴦」來比喻花鳥尚且守信有情，而夫婿
輕薄，棄舊憐新，怎不令人慨歎。詩的最後六句，描寫幽居深谷的淒
涼境遇：賣珠度日，牽蘿補屋。然「摘花不插鬢」的樸實，「采柏動
盈掬」的堅貞，更是詩人極力讚美的品格。最後詩人將「柏」、「竹」
與佳人形象連結在一起，襯出其高潔之品格。竹，勁節虛心，有君子
之德；歲寒，然後知松柏之後凋也。

〈佳人〉詩，稼軒詞借鑒凡四次，表列論述如次：

項 次	詞 調	起 句	詞 句	頁 碼	杜甫詩句
1	滿江紅	照影溪梅	恨絕代佳人獨立	57	絕代有佳人，幽居在空谷。
2	蝶戀花	九畹芳菲蘭佩好	空谷無人	177	絕代有佳人，幽居在空谷。
3	卜算子	脩竹翠羅寒	脩竹翠羅寒	252	天寒翠袖薄，日暮倚修竹。
4	生查子	漫天春雪來	誰道雪天寒？翠袖闌干暖。	495	天寒翠袖薄，日暮倚修竹。

〔註70〕清‧黃生撰，徐定祥點校：《杜詩說》（合肥：黃山書社，1994 年 5
月第一版），頁 34。
〔註71〕明‧王嗣奭：《杜臆》，版本同注 28，頁 84。
〔註72〕清‧浦起龍：《讀杜心解》（臺北：鼎文書局，1979 年 3 月初版），頁
64。

1. 杜甫詩句：「絕代有佳人，幽居在空谷。」

（1）〈滿江紅〉　再用前韻

> 照影溪梅，悵<u>絕代佳人</u>獨立。便小駐雍容千騎，羽觴飛急。
> 琴裏新聲風響珮，筆端醉墨鴉棲壁。是使君文度舊知名，
> 今方識。　　高欲臥，雲還濕。清可漱，泉長滴。快晚風
> 吹贈，滿懷空碧。寶馬嘶歸紅旆動，龍團試水銅瓶泣。怕
> 他年重到路應迷，桃源客。（頁 57）

此詞作於淳熙五年（一一七八年），時稼軒年三十九歲，於臨安任大
理少卿。詞之上闋寫遊賞冷泉亭之所見：脫俗之溪梅、遊人之盛況，
及風雅琴聲、醉墨淋漓；下闋寫冷泉之特色：清澈、長滴。周遭環境
清幽，令人有高臥之意。

（2）〈蝶戀花〉　月下醉書雨巖石浪

> 九畹芳菲蘭佩好。<u>空谷無人</u>，自怨蛾眉巧。寶瑟泠泠千古
> 調，朱絲絃斷知音少。　　冉冉年華吾自老。水滿汀洲，
> 何處尋芳草？喚起湘纍歌未了。石龍舞罷松風曉。（頁 177）

此詞確切作年莫考，鄧廣銘認為當屬於淳熙十四年（一一八七年）前
後之作，故將其編入閒居帶湖時期作品。詞之上闋化用屈原〈離騷〉
之意，以喻己身高潔，然「古調雖自愛，今人多不彈」，亦只能深居
空谷，自憐幽獨。言語中透露其遭受政治挫敗，及缺乏知音同調的悲
痛；下闋則寫美人遲暮，時不我予，如同屈原壯志難酬之悲涼概歎。
詞以植芳佩蘭，喻其志行高潔；以深居幽谷、自怨美貌，喻遭群小忌
猜；以瑟音清越和絕少知音，喻曲高和寡，所言不合時宜；唯有喚起
屈原同歌，一吐抑鬱忠憤之氣。〔註 73〕

　　按：杜甫〈佳人〉一詩，描繪深居幽谷之絕代佳人，雖遭逢不幸，
卻仍樸實堅貞，甘於貧苦，詩人並以竹、柏襯托其高潔之品格。稼軒
〈滿江紅〉一詞，雖是描述遊賞冷泉亭之景，然化用李延年歌〔註 74〕

〔註 73〕朱德才：〈稼軒「豪放」詞風說〉，收錄於周保策、張玉奇主編：《辛
　　　　棄疾國際學術研討會論文集》，版本同注 42，頁 165。
〔註 74〕〈李延年歌〉：「北方有佳人，絕世而獨立。一顧傾人城，再顧傾人

及杜詩以喻溪梅之脫俗高雅。〈蝶戀花〉一詞雖係化用〈離騷〉之意，然與杜甫〈佳人〉詩意，亦相吻合，化用佳人幽居空谷，堅貞自守之形象，以喻己身志行高潔、超乎流俗。由此觀之，兩詞均係讚揚超凡脫俗、不與世隨移之品格，可說是稼軒自身之寫照。自稼軒南歸以來，其所主張的北伐政策，始終與當權者相左，致使仕途一路受挫，遭人排擠，難以施展抱負，然稼軒從不曾因此而向當權者靠攏，放棄理想，綜其一生，就如同深谷之幽蘭，只能孤芳自賞，自憐幽獨。

2. 杜甫詩句：「天寒翠袖薄，日暮倚修竹。」

（1）〈卜算子〉　尋春作

> 脩竹翠羅寒，遲日江山暮。幽徑無人獨自芳，此恨知無數。
>
> 　　只共梅花語，嬾逐遊絲去。着意尋春不肯香，香在無
> 尋處。（頁 252）

此詞作年當爲淳熙十六年或紹熙元年（一一八九年或一一九○年），時稼軒年五十或五十一歲，閒居上饒帶湖。詞之上闋描繪佳人孤芳自賞，無人能解；下闋寫其高潔品格，及無處尋香之苦，可說是闋歌詠佳人之詞，但或許稼軒亦有借佳人自況之意。

（2）〈生查子〉　和趙晉臣敷文春雪

> 漫天春雪來，纔抵梅花半。最愛雪邊人，楚些裁成亂。　　雪
> 兒偏解歌，只要金杯滿。誰道雪天寒？翠袖闌干暖。（頁 495）

此詞確切作年莫考，鄧廣銘將其編入罷官閒居瓢泉時期作品。詞之上闋借梅花以寫春雪易銷及對雪吟詩之樂；下闋寫賞雪聽歌飲酒之趣，並敘春雪不寒之意。

　　按：上兩詞均係化用杜詩〈佳人〉句：「天寒翠袖薄，日暮倚修竹。」其中〈卜算子〉一詞，尤與杜甫〈佳人〉詩意相近，該詞描繪佳人幽居之恨，無人能憐，並藉梅花以明其品格高潔，超凡脫俗；末了寫出佳人美好理想難以實現之愁苦。張元幹〈倚竹圖〉云：「〈楚辭〉

國。寧不知傾城與傾國，佳人難再得。」語見宋·郭茂倩編：《樂府詩集》卷八十四（北京：中華書局，1979 年 11 月第一版），冊四，頁 1181。

凡稱美人，與古樂府所謂妾薄命，蓋皆君子傷時不遇，以自況也。」〔註75〕因此稼軒之〈卜算子〉與杜甫〈佳人〉中所描繪的佳人形象與際遇，可說是作者個人之寫照。至於〈生查子〉主旨雖係詠「春雪」，然以梅花作爲襯筆，末句則反用杜甫詩意，言佳人久倚闌干，使之溫暖，不覺雪天之寒。

　　綜上言之，杜甫〈佳人〉一詩，描繪戰亂中棄婦的心境，並以「柏」、「竹」襯映佳人之高尚品格，同時亦隱含作者本身之寫照。而稼軒借鑒之四闋詞作中，明顯可見〈蝶戀花〉與〈卜算子〉之意義與杜詩〈佳人〉相近，同爲讚美伊人志行高潔，然無人能解，只能自憐幽獨。這種際遇，也正是作者稼軒的人生素描。至於〈滿江紅〉與〈生查子〉二詞，內容主要爲寫景與詠物，然皆言及梅花，並對梅花持正面論述。松、竹、梅，歷來被稱之爲「歲寒三友」，其所表現的精神爲堅毅不屈、高風亮節、凌寒傲骨等不凡品格。杜甫〈佳人〉詩，以「柏」、「竹」連結佳人形象。稼軒〈滿江紅〉詞，言及梅花之脫俗高雅；〈蝶戀花〉一詞則運用屈原〈離騷〉之比興手法寫成，然末句依然點出「松」之形象；〈卜算子〉言及「竹」、「梅」；〈生查子〉亦借梅花以寫春雪。四詞之中，計言梅三次，竹一次，松一次。可見，稼軒不僅在詞意上借鑒杜詩〈佳人〉，也選用形象一致的松、竹、梅加以描繪、映襯，藉以表達人與植物相同之堅忍勁節精神。稼軒創作此四闋詞時，除首闋〈滿江紅〉爲臨安任大理少卿時所作外，餘者三闋均爲落職閒居時之作品。其時已遭遇政治挫敗，滿腔豪情壯志落空，缺乏知音，只能一人獨自空嘆。如此心境恰與杜甫創作〈佳人〉時之心境類似，故稼軒借鑒〈佳人〉一詩，不僅是句意之借鑒，對於整首詩之意涵亦多所囊括。蓋其己身之境遇，與杜詩中之佳人遭遇所差無幾也。

〔註75〕宋・張元幹：《蘆川歸來集・倚竹圖》卷九（臺北：臺灣商務印書館《景印文淵閣四庫全書》本，1987 年 2 月），冊一一三六，頁 656。

六、〈陪諸貴公子丈八溝攜妓納涼晚際遇雨二首〉之一

> 落日放船好，輕風生浪遲。竹深留客處，荷淨納涼時。公子調冰水，佳人雪藕絲。片雲頭上黑，應是雨催詩。（頁215～216）

此詩作於天寶十三年（七五四年），時杜甫年四十三歲，居長安。首聯泛舟，次納涼，三聯陪公子攜妓，末句是雨將至。〔註76〕公子作詩，縱催之亦未必速就，末聯寫晚際遇雨，怕應是大雨催人詩興，調笑中卻有含蓄。〔註77〕

〈陪諸貴公子丈八溝攜妓納涼晚際遇雨二首〉詩，稼軒詞借鑒凡三次，表列論述如次：

項　次	詞調	起　句	詞　句	頁　碼	杜甫詩句
1	謁金門	遮素月	玉腕藕絲誰雪	261	公子調冰水，佳人雪藕絲。
2	鷓鴣天	着意尋春嬾便回	詩未成時雨早催	189	片雲頭上黑，應是雨催詩。
3	永遇樂	投老空山	又何事催詩雨急，片雲斗暗	411	片雲頭上黑，應是雨催詩。

1. 杜甫詩句：「公子調冰水，佳人雪藕絲。」

〈謁金門〉　和廓之五月雪樓小集韻

> 遮素月，雲外金蛇明滅。翻樹啼鴉聲未徹，雨聲驚落葉。
> 　　寶炬成行嫌熱，<u>玉腕藕絲誰雪</u>？流水高山絃斷絕，怒蛙聲自咽。（頁261）

此詞確切作年莫可考，鄧廣銘認爲當作於淳熙十五年（一一八八年）之後，即稼軒四十九歲之後，閒居帶湖時期。詞乃寫於雪樓小集時遇雨之情景：上闋寫烏雲遮月，雷電交加，風疾雨大。下闋寫雪樓在雨夜中更顯昏暗，點燃燭火又嫌悶熱。不僅無人雪藕絲以消暑，更無琴音可賞，只有蛙聲相伴。

　　按：稼軒詞「玉腕藕絲誰雪」乃借鑒杜甫〈陪諸貴公子丈八溝攜妓納涼晚際遇雨二首〉之一：「公子調冰水，佳人雪藕絲。」杜詩描

〔註76〕清・楊倫：《杜詩鏡銓》，版本同注11，頁216。
〔註77〕唐・杜甫著，清・仇兆鰲注：《杜詩詳注》，版本同注22，頁172。

繪豪門貴族子弟攜妓納涼，調和冰水，美麗的佳人揩拭藕絲以消暑氣。稼軒詞則化用其意，言風雨驟至，致樓內昏暗，只得點燃燭火照明。但因成行燭火，讓人又覺得悶熱難耐，想吃藕絲消暑，又有何人可以處理呢？設問之中，帶有些許無奈之意。

2. 杜甫詩句：「片雲頭上黑，應是雨催詩。」

（1）〈鷓鴣天〉　鵝湖歸，病起作

> 着意尋春嬾便回，何如信步兩三杯？山纔好處行還倦，詩未成時雨早催。　攜竹杖，更芒鞋，朱朱粉粉野蒿開。誰家寒食歸寧女，笑語柔桑陌上來。（頁 189）

此詞確切作年莫可考，鄧廣銘認爲當作於閒居帶湖時期。時稼軒遊鵝湖，遇雨致病，病後，寫了三闋〈鷓鴣天〉，此爲其中一闋。詞中反映了詞人閒適恬淡之情：上闋寫詞人病癒後出遊之情狀；下闋則寫野外的風光及人事，整闋表現了隨遇而安之意。〔註78〕

（2）〈永遇樂〉　檢校停雲新種杉松，戲作。時欲作親舊報書，紙筆偶爲大風吹去，末章因及之

> 投老空山，萬松手種，政爾堪嘆。何日成陰，吾年有幾，似見兒孫晚。古來池館，雲煙草棘，長使後人悽斷。想當年良辰已恨：夜闌酒空人散。　停雲高處，誰知老子，萬事不關心眼。夢覺東窗，聊復爾耳，起欲題書簡。霎時風怒，倒翻筆硯，天也只教吾懶。又何事催詩雨急，片雲斗暗。（頁 411）

此詞作年，鄧廣銘認爲當在移居瓢泉未久之時，約爲慶元三、四年間（一一九七年或一一九八年），時稼軒年五十八歲或五十九歲。上闋寫自己老來種植松杉，難以見其長成大樹，就如難以看見兒孫長大成人一樣。而古今興廢，世事無常，令人空留遺憾。下闋則寫詞人出世

〔註78〕清・黃蓼園：《蓼園詞評》：「通首總是隨遇而安之意。山縱好而行難盡，詩未成而雨已來，天下事往往如是。豈若隨遇而樂，境愈近而情愈眞乎？語意如此，而筆墨入化。故隨手拈來，都成妙諦。末二句尤屬指與物化。」見收於唐圭璋編：《詞話叢編》（臺北：新文豐出版公司，1988 年 2 月臺一版），冊四，頁 3041。

之情，寡歡之意。末了寫天教他懶，又容不得他懶，似又有天意難測之諷喻。

　　按：上述二詞均借鑒杜詩：「片雲頭上黑，應是雨催詩。」杜詩係描繪夏日午後，片雲陡暗，大雨將至，似催人詩興。而稼軒二詞，同樣因自然界之天氣變化，大雨突然而至，故化用杜甫詩意，同言急雨催人寫詩。

　　綜上言之，稼軒上述三詞之所以借鑒杜甫〈陪諸貴公子丈八溝攜妓納涼晚際遇雨二首〉之一，或因外在的客觀感受與杜甫創作該詩時相同，故多所借鑒。當杜甫陪諸貴公子於丈八溝消暑納涼時，有佳人拂拭藕絲；故稼軒於雪樓感覺悶熱之時，而發「玉腕藕絲誰雪」之語。當片雲陡暗，雨勢將來之時，杜甫但言「應是雨催詩」，同樣稼軒遇此情景，亦化用杜詩句意，認為急雨催他詩成。

七、〈歸雁二首〉之一

　　　萬里衡陽雁，今年又北歸。雙雙瞻客上，一一背人飛。雲
　　　裏相呼疾，沙邊自宿稀。繫書元浪語，愁絕故山薇。（頁 1391
　　　～1392）

此詩作於大歷五年（七七○年），時杜甫年五十九歲，居於潭州。杜甫自乾元二年（七五九年），棄官不做，自華州赴秦州、再往同谷，後入蜀，至成都。往後十年，均過著飄泊不定的生活。此詩首章，見歸雁而切故鄉之思。〔註 79〕

〈歸雁二首〉詩，稼軒詞借鑒凡三次，表列論述如次：

項　次	詞　調	起　句	詞　句	頁　碼	杜甫詩句
1	霜天曉角	暮山層碧	萬里衡陽歸恨	76	萬里衡陽雁，今年又北歸。
2	鷓鴣天	水底明霞十頃光	背人白鳥都飛去	215	雙雙瞻客上，一一背人飛。
3	浣溪沙	細聽春山杜宇啼	朝來白鳥背人飛	307	雙雙瞻客上，一一背人飛。

〔註 79〕唐・杜甫著，清・仇兆鰲注：《杜詩詳注》，版本同注 22，冊五，頁
　　　　2059～2060。

1. 杜甫詩句：「萬里衡陽雁，今年又北歸。」

〈霜天曉角〉

　　　　暮山層碧。掠岸西風急。一葉軟紅深處，應不是，利名客。

　　　　　　玉人還佇立，綠窗生怨泣。萬里衡陽歸恨，先倩雁，

　　寄消息。（頁 75～76）

此詞作於淳熙六年或七年（一一七九或一一八○年），時稼軒年四十
歲或四十一歲，居官湖南轉運副使或湖南安撫使。上闋寫秋日景色，
倦於宦遊之情緒；下闋寫家人對自己之思念，以表達詞人思鄉之切。

　　按：衡陽，縣名，宋屬衡州，其地有回雁峰，在衡陽之南，雁至
此不過，遇春而回，故名。〔註80〕杜詩〈歸雁二首〉之一作於杜甫流
寓潭州之時，見雁鳥北歸，引發思鄉之情。至於稼軒〈霜天曉角〉：「萬
里衡陽歸恨」乃借鑒杜詩「萬里衡陽雁」句，同為表達思鄉情緒。蓋
杜甫當時居於潭州，即今湖南長沙，稼軒作〈霜天曉角〉時亦居官湖
南，而衡陽亦在湖南。故當稼軒任職湖南，作詞以抒思鄉之情時，自
然聯繫到杜甫於湖南作的這首思鄉之詩——〈歸雁二首〉。

2. 杜甫詩句：「雙雙瞻客上，一一背人飛。」

（1）〈鷓鴣天〉　　席上再用韻

　　　　水底明霞十頃光，天教鋪錦襯鴛鴦。最憐楊柳如張緒，卻

　　　　笑蓮花似六郎。　　方竹簟，小胡牀，晚來消得許多涼。

　　　　背人白鳥都飛去，落日殘鴉更斷腸。（頁 215）

此詞作於淳熙十四年（一一八七年）前，時稼軒年四十八歲，罷官
閒居帶湖。上闋寫晚霞、鴛鴦、楊柳及蓮花；下闋則寫竹簟、胡牀、
白鳥、落日、殘鴉。寫景較多，但末兩句，則透露出哀愁之情。王
夫之《薑齋詩話》云：「以樂景寫哀，以哀景寫樂，一倍增其哀樂。」
〔註81〕詞之上片寫景，基調是快樂的，下闋寫消暑之生活，也給人

<hr />

〔註80〕宋・祝穆：《方輿勝覽》卷二十四（揚州：江蘇廣陵古籍刻印社，1992
　　　　年 12 月第一版），頁 528。

〔註81〕王夫之：《薑齋詩話》，收錄於丁福保編：《清詩話》（臺北：明倫出
　　　　版社，1971 年 12 月初版），頁 4。

舒適的感覺，但結尾時「落日殘鴉更斷腸」，則寫出詞人內心之悲苦，與前面寫景形成了極大的反差。〔註82〕

（2）〈浣溪沙〉　壬子春，赴閩憲，別瓢泉

　　細聽春山杜宇啼，一聲聲是送行詩。<u>朝來白鳥背人飛。</u>

　　　　對鄭子真巖石臥，赴陶元亮菊花期。而今堪誦北山移。

　　（頁307）

此詞作於紹熙三年（一一九二年）春，時稼軒年五十三歲，罷官閒居帶湖十年之後，將赴福建任提點刑獄。上闋寫杜鵑鳥一聲聲啼鳴，好像在為詞人送行，然白鳥卻背他而飛，似為其出仕之機心有所不滿；下闋則借鄭子真及陶淵明之典故，表明自己當年也曾有隱居山林之志，如今卻違背盟約，並以前人嘲諷隱者出仕而作的〈北山移文〉加以自嘲。

　　按：杜詩：「雙雙瞻客上，一一背人飛」，意指群雁從眺望之人（即作者）的頭上飛過，背他而去。因當時杜甫人在南方，而雁群北歸，故曰「背人飛」。此聯云作者身在異鄉，翹首北望，但見雁歸，己身卻不得歸，思鄉之情油然而生。至論稼軒二詞，均借鑒杜詩「一一背人飛」句，〈鷓鴣天〉云「背人白鳥都飛去」，〈浣溪沙〉則云「朝來白鳥背人飛」，二詞化用杜詩形容雁鳥背人飛去之景，然辛詞描繪者均為白鳥，與杜詩之雁不同，亦與鄉愁無涉。

　　綜上言之，稼軒詞借鑒杜詩〈歸雁二首〉之一凡三次，〈霜天曉角〉一詞因創作背景與杜甫相同，俱在湖南，而衡陽亦在湖南，故二人同藉衡陽雁北歸，以寄己身思鄉之情。至於〈鷓鴣天〉及〈浣溪沙〉二詞，俱作於落職閒居之後。杜甫〈歸雁二首〉之一所云「背人飛」者為雁，而稼軒詞中所云「背人飛」者為白鳥。兩者雖有不同，然杜詩云歸雁背人飛，指雁群向北方飛去，而杜甫仍在南方。或許並不純為實際寫景之語，亦可解為雁群背他而去，獨留他仍在異鄉。稼軒〈鷓鴣天〉及〈浣溪沙〉詞「背人白鳥都飛去」、「朝來白鳥背人飛」，亦

─────────────

〔註82〕參見朱德才、薛祥生、鄧紅梅編著：《辛棄疾詞新釋輯評》，版本同注41，上冊，頁529。

多有背離之意。〈鷓鴣天〉言白鳥背人飛去，落日殘鴉更讓人斷腸，顯見作者悲哀情緒；〈浣溪沙〉一詞則更爲明顯，因詞人再度出仕，違背隱居山林之盟約，故白鳥背他飛去，不再與他爲友。

八、〈江畔獨步尋花七絕句〉

> 江上被花惱不徹，無處告訴只顛狂。走覓南鄰愛酒伴，經旬出飲獨空牀。
>
> 稠花亂蘂裹江濱，行步敧危實怕春。詩酒尚堪驅使在，未須料理白頭人。
>
> 江深竹靜兩三家，多事紅花映白花。報答春光知有處，應須美酒送生涯。
>
> 東望少城花滿烟，百花高樓更可憐。誰能載酒開金盞，喚取佳人舞繡筵。
>
> 黃師塔前江水東，春光懶困倚微風。桃花一簇開無主，可愛深紅愛淺紅。
>
> 黃四娘家花滿蹊，千朵萬朵壓枝低。留連戲蝶時時舞，自在嬌鶯恰恰啼。
>
> 不是愛花即欲死，只恐花盡老相催。繁枝容易紛紛落，嫩蘂商量細細開。（頁 567～569）

此詩作於上元二年（七六一年），時杜甫年五十歲，居成都草堂。此組詩爲一整體，以詠花爲主要內容，描繪浣花溪畔群芳盛開之景象，同時又兼寫詩人惱花、傷春之客愁。詩中多用方言俗語，王嗣奭云：「此亦竹枝變調，而『顛狂』二字，乃七首之綱。」〔註83〕

〈江畔獨步尋花七絕句〉詩，稼軒詞借鑒凡三次，表列論述如次：

項 次	詞 調	起 句	詞 句	頁 碼	杜甫詩句
1	鷓鴣天	桃李漫山過眼空	桃李漫山過眼空，也曾惱損杜陵翁	327	江上被花惱不徹，無處告訴只顛狂。

〔註83〕明・王嗣奭：《杜臆》，版本同注28，卷四，頁130。

| 2 | 念奴嬌 | 是誰調護 | 料君長被花惱 | 450 | 江上被花惱不徹，無處告訴只顛狂。 |
| 3 | 婆羅門引 | 不堪鷗鴣 | 被花惱 | 457 | 江上被花惱不徹，無處告訴只顛狂。 |

杜甫詩句：「江上被花惱不徹，無處告訴只顛狂。」

（1）〈鷓鴣天〉

> 桃李漫山過眼空，也曾惱損杜陵翁。若將玉骨冰姿比，李
> 蔡爲人在下中。　　　尋驛使，寄芳容，隴頭休放馬蹄鬆。
> 吾家籬落黃昏後，剩有西湖處士風。（頁 327）

此詞作於紹熙四年（一一九三年）冬，時稼軒年五十四歲，任福建安
撫使。本闋爲詠梅之作：上闋以桃李作爲對比，以顯詞人對梅之喜愛；
下闋則正面寫梅，謂其能傳遞友誼，且幽隱高潔如處士之風。

（2）〈念奴嬌〉

> 余既爲傅巖叟兩梅賦詞，傅君用席上有請云：「家有四古梅，今百
> 年矣，未有以品題，乞援香月堂例。」欣然許之，且用前篇體製戲賦
> 　　是誰調護，歲寒枝，都把蒼苔封了。茆舍疎籬江上路，清
> 夜月高山小。摸索應知，曹劉沈謝；何況霜天曉。芬芳一
> 世，料君長被花惱。　　　惆悵立馬行人，一枝最愛，竹外
> 橫斜好。我向東鄰曾醉裏，喚起詩家二老。拄杖而今，婆
> 娑雪裏，又識商山皓。請君置酒，看渠與我傾倒。（頁 450）

此詞當作於慶元六年（一二〇〇年）前，即稼軒六十一歲之前。此詞
爲詠物詞，歌詠四株古梅。上闋開首三句，即暗示所詠之物爲古梅，
並點出生長於籬旁水畔。而四株古梅就如古人何、劉、沈、謝那樣有
名，眾人皆知 〔註84〕，並受傅君用之喜愛；下闋則寫古梅引得行人駐
足欣賞，並以商山四皓喻四古梅，十分貼切。

（3）〈婆羅門引〉　　用韻答趙晉臣敷文

> 不堪鷗鴣，早教百草放春歸。江頭愁殺吾儕。却覺君侯雅

〔註84〕「何、劉、沈、謝」當指南朝之何遜、劉孝綽、沈約、謝朓。辛詞
　　　　此謂「曹劉沈謝」可能爲誤記。見鄧廣銘箋注：《稼軒詞編年箋注》，
　　　　版本同注2，頁451。

句，千載共心期。便留春甚樂，樂了須悲。　　瓊而素而。
<u>被花惱</u>，只鶯知。正要千鍾角酒，五字裁詩。江東日暮，
道繡斧人去未多時，還又要玉殿論思。（頁457～458）

此詞作於慶元六年（一二○○年），時稼軒年六十一歲，家居鉛山瓢
泉。上闋寫傷春、懷人；下闋主要寫送別，委婉且含蓄地表達作者對
趙不迁（晉臣）的惜別之情。

　　按：上述三詞均借鑒杜甫〈江畔獨步尋花七絕句〉之一：「江上被
花惱不徹，無處告訴只顛狂。」杜詩意指錦江兩岸繁花盛開，但詩人卻
唯恐春色將去而煩惱不已，惜春之情無人可訴，為之顛狂。杜甫之所以
如此，乃因客愁而情緒不定。稼軒〈鷓鴣天〉「桃李漫山過眼空，也曾
惱損杜陵翁」，意謂桃李的這種易開易謝的特性，不僅使我煩惱，也曾
使杜陵詩翁煩惱過〔註85〕，此處除化用杜甫〈江畔獨步尋花七絕句〉之
一外，亦化自〈絕句漫興九首〉之二。〈念奴嬌〉「芬芳一世，料君長被
花惱」，則云古梅之芳香及撩人，「惱」字在此應作「撩撥」解，與杜詩
為花所惱，傷春惜春之情較無關聯。至於〈婆羅門引〉一詞，為傷春惜
別之作，化用杜甫〈江畔獨步尋花七絕句〉之一，可謂切合。

　　綜上言之，杜甫飽經秦州、同谷之流離艱苦生活後，雖於成都暫
得一棲身之所，然中原戰亂未平，欲歸故園而不得，且年逾五十，傷
春、傷老之情，常有所感。故其〈絕句漫興九首〉及〈江畔獨步尋花
七絕句〉皆詩人寄居他鄉，見春日繁花盛開之景，而有所感之作品。
稼軒借鑒此詩之三闋詞作，分別作於五十四歲及六十一歲左右，年過
半百，畢生志願未能實現，或許因此，對杜甫此種傷春悲老之作，特
別有感觸，而多所借鑒。

九、〈寄韓諫議注〉

今我不樂思岳陽，身欲奮飛病在牀。美人娟娟隔秋水，濯
足洞庭望八荒。鴻飛冥冥日月白，青楓葉赤天雨霜。玉京

〔註85〕參見朱德才、薛祥生、鄧紅梅編著：《辛棄疾詞新釋輯評》，版本同
　　　　注41，下冊，頁832。

群帝集北斗，或騎麒麟翳鳳凰。芙蓉旌旗烟霧落，影動倒景搖瀟湘。星宮之君醉瓊漿，羽人稀少不在旁。似聞昨者赤松子，恐是漢代韓張良。昔隨劉氏定長安，帷幄未改神慘傷。國家成敗吾豈敢，色難腥腐餐楓香。周南留滯古所惜，南極老人應壽昌。美人胡為隔秋水，焉得置之貢玉堂。
（頁 1114～1116）

此詩作於大歷二年（七六七年），時杜甫年五十六歲，居夔州。韓諫議生平不詳，此詩描寫韓諫議去職隱居，杜甫甚覺可惜，期望他能再度為朝廷效力。《杜詩詳注》云：「韓官居諫議，必直言忤時，退老衡岳，公傷諫臣不用，勸其出而致君，不欲終老於江湖，徒託神仙以自全也。首尾美人，中間羽人及赤松子、韓張良、南極老人，總一諫議影子。」〔註86〕

〈寄韓諫議注〉詩，稼軒詞借鑒凡三次，表列論述如次：

項　次	詞　調	起　句	詞　句	頁　碼	杜甫詩句
1	水調歌頭	我志在寥闊	有美人可語，秋水隔嬋娟	437	美人娟娟隔秋水，濯足洞庭望八荒。
2	玉樓春	君如九醞臺黏醆	幾時秋水美人來	469	美人娟娟隔秋水，濯足洞庭望八荒。
3	水調歌頭	今日復何日	翳鳳驂鸞公去	128	玉京群帝集北斗，或騎麒驎翳鳳凰。

1. 杜甫詩句：「美人娟娟隔秋水，濯足洞庭望八荒。」

（1）〈水調歌頭〉

趙昌父七月望日用東坡韻敘太白、東坡事見寄，過相褒借，且有秋水之約；八月十四日余臥病博山寺中，因用韻為謝，兼寄吳子似

我志在寥闊，疇昔夢登天。摩挲素月，人世俛仰已千年。有客驂鸞並鳳，云遇青山、赤壁，相約上高寒。酌酒援北斗，我亦虱其間。　少歌曰：「神甚放，形則眠。鴻鵠一再高舉，天地睹方圓。」欲重歌兮夢覺，推枕惘然獨念：人事底虧全？有美人可語，秋水隔嬋娟。（頁 436～437）

〔註86〕唐・杜甫著，清・仇兆鰲注：《杜詩詳注》，版本同注 22，冊四，頁 1511。

此詞確切作年未能確考，當作於慶元四年至六年之間（一一九八年至
一二〇〇年），稼軒五十九歲至六十一歲之間，閒居鉛山瓢泉。是年
七月十五日趙蕃（昌父）用東坡〈水調歌頭〉（明月幾時有）中秋詞
之韻腳，敘寫太白、東坡事以遺我，對我多所讚揚，並相約改日於瓢
泉秋水堂相見。八月十四日，稼軒臥病博山寺中，亦用東坡〈水調歌
頭〉韻作詞答謝，並兼寄予吳紹古（子似）。詞之上闋寫夢境，超脫
時空，內容幻麗；下闋則由敘事轉爲抒情，夢醒之後，還是得面對人
世的苦悶。

（2）〈玉樓春〉　用韻答吳子似縣尉

> 君如九醞臺黏盞，我似茅柴風味短。<u>幾時秋水美人來</u>，長
> 恐扁舟乘興懶。　　高懷自飲無人勸，馬有青芻奴白飯。
> 向來珠履玉簪人，頗覺斗量車載滿。（頁 469）

此詞作於慶元六年（一二〇〇年），時稼軒六十一歲，居鉛山瓢泉。
上闋表達詞人對友人吳紹古（子似）的讚賞及盼望；下闋除續寫期盼
友人的到來之外，也表達了對當世權貴的不滿之情。

　　按：〈楚辭〉以美人喻君子，杜詩〈寄韓諫議注〉「美人娟娟隔秋
水」之「美人」，乃指韓諫議而言，時杜甫臥病夔州（四川境內），而
韓諫議人在岳陽（湖南境內），故言「娟娟隔秋水」，以表思念韓氏之
意。稼軒上述二詞均係化用杜詩「美人娟娟隔秋水」句，其中〈水調
歌頭〉之美人，即指知己好友趙蕃（昌父）及吳紹古（子似），「有美
人可語，秋水隔嬋娟」意指縱有知己朋友可語，但有漫漫秋水相隔之
憾。此處「秋水」除化用杜甫詩意，指稱友人與自己相隔遙遠外，亦
暗指小序中所云，他日將在秋水堂接待好友之意。〈玉樓春〉所指美
人，即指自己所思念的好友吳紹古（子似），「幾時秋水美人來」即探
詢吳子似何時才能來到瓢泉的秋水堂？語氣中充滿了殷切期盼之情。

2. 杜甫詩句：「玉京群帝集北斗，或騎騏驎翳鳳凰。」

〈水調歌頭〉　九日遊雲洞，和韓南澗尚書韻

> 今日復何日，黃菊爲誰開。淵明謾愛重九，胸次正崔嵬。

酒亦關人何事，政自不能不爾，誰遣白衣來。醉把西風扇，
隨處障塵埃。　　爲公飲，須一日，三百杯。此山高處東
望，雲氣見蓬萊。翳鳳驂鸞公去，落佩倒冠吾事，抱病且
登臺。歸路踏明月，人影共徘徊。（頁 128）

此詞作於淳熙九年（一一八二年），時稼軒年四十三歲，落職閒居上
饒帶湖。詞人於重九日與友人遊雲洞，借淵明之典，以抒自己胸懷；
下闋則寫自己與韓元吉（字無咎，號南澗）尚書相知之情，並祝願韓
尚書不久將歸朝爲官，同時也爲自己落職閒居而傷感。

　　按：杜甫〈寄韓諫議注〉：「玉京群帝集北斗，或騎騏驎翳鳳凰」，
原指眾仙群聚北斗，或騎騏驎或跨鳳凰，以喻朝廷之權貴近臣，沾沐
皇恩，騎從華麗，與皇帝同享歡樂。稼軒詞「翳鳳驂鸞」意指乘鸞跨
鳳，即出仕爲官，乃借鑒杜詩，皆指在朝爲官。

　　綜上言之，杜詩〈寄韓諫議注〉「美人娟娟隔秋水」句，描述韓
諫議是個有德君子，然與詩人卻相隔遙遠。稼軒詞借鑒此詩句凡二
次，其中「美人」皆指稱知音好友，至於「秋水」一詞，〈水調歌頭〉
（我志在寥闊）雖亦如杜詩般，代指兩人相隔之遙，但因稼軒居於瓢
泉時，建有秋水堂，故「秋水」在二詞中，亦均有企盼友人前來秋水
堂一聚之意。至論〈水調歌頭〉（今日復何日）則鎔鑄杜詩字面，借
鑒「或騎騏驎翳鳳凰」句，化爲「翳鳳驂鸞」，乘鸞跨鳳，喻車從之
華麗，即出仕爲官也。

十、〈入奏行贈西山檢查使竇侍御〉

竇侍御，驥之子，鳳之雛。年未三十忠義俱，骨鯁絕代無。
炯如一段清冰出萬壑，置在迎風露寒之玉壺。蔗漿歸廚金
盌凍，洗滌煩熱足以寧君軀。政用疏通合典則，戚聯豪貴
耽文儒。兵革未息人未蘇，天子亦念西南隅。吐蕃憑陵氣
頗麤，竇氏檢察應時須。運糧繩橋壯士喜，斬木火井窮猿
呼。八州刺史思一戰，三城守邊皆可圖。此行入奏計未小，
密奉聖旨恩宜殊。繡衣春當霄漢立，綵服日向庭闈趨。省

郎京尹必俯拾，江花未落還成都。肯訪浣花老翁無。爲君
酤酒滿眼酤，與奴白飯馬青芻。（頁598～600）

此詩作於寶應元年（七六二年），時杜甫年五十一歲，居成都。西山
檢查使寶侍御過成都，赴長安奏事，杜甫以詩贈行。詩中讚揚寶侍御
之忠義剛直、清廉高潔，並期望他入奏時能爲邊陲建言。

〈入奏行贈西山檢查使寶侍御〉詩，稼軒詞借鑒凡三次，表列論述如
次：

項　次	詞　調	起　句	詞　句	頁　碼	杜甫詩句
1	沁園春	我見君來	待喚青芻白飯來	431	爲君酤酒滿眼酤，與奴白飯馬青芻。
2	玉樓春	君如九醞臺黏醆	馬有青芻奴白飯	469	爲君酤酒滿眼酤，與奴白飯馬青芻。
3	行香子	白露園蔬	白飯青芻	476	爲君酤酒滿眼酤，與奴白飯馬青芻。

杜甫詩句：「為君酤酒滿眼酤，與奴白飯馬青芻。」

（1）〈沁園春〉　　和吳子似縣尉

我見君來，頓覺吾盧，溪山美哉。悵平生肝膽，都成楚越；
只今膠漆，誰是陳雷？搔首踟蹰，愛而不見，要得詩來渴
望梅。還知否：快清風入手，日看千回。　　直須抖擻塵
埃。人怪我柴門今始開。向松間乍可，從他喝道？庭中且
莫，踏破蒼苔。豈有文章，謾勞車馬，待喚青芻白飯來。
君非我，任功名意氣，莫恁徘徊。（頁431）

此詞確切作年未能確考，當作於慶元四年至六年之間（一一九八年至
一二〇〇年），稼軒五十九歲至六十一歲之間，閒居鉛山瓢泉。上闋
寫吳紹古（子似）縣尉來訪時，稼軒的欣喜之情，及對其詩作之欣賞；
下闋則寫好友來訪時的熱情招待及勸勉，是闋描繪眞摯友情的詞作。

（2）〈玉樓春〉　　用韻答吳子似縣尉

君如九醞臺黏醆，我似茅柴風味短。幾時秋水美人來，長
恐扁舟乘興懶。　　高懷自飲無人勸，馬有青芻奴白飯。
向來珠履玉簪人，頗覺斗量車載滿。（頁469）

此詞作於慶元六年（一二〇〇年），時稼軒年六十一歲，居鉛山瓢泉。

上闋表達詞人對友人吳紹古（子似）的讚賞及盼望；下闋除續寫期盼
友人的到來之外，也表達了對當世權貴的不滿之情。

（3）〈行香子〉　山居客至

白露園蔬，碧水溪魚，笑先生釣罷還鋤。小窗高臥，風展
殘書。看北山移，盤谷序，輞川圖。　　　白飯青芻，赤腳
長鬚。客來時酒盡重沽。聽風聽雨，吾愛吾廬。笑本無心，
剛自瘦，此君疎。（頁 476）〔註87〕

此詞確切作年莫可考，鄧廣銘將它編入閒居鉛山瓢泉時期作品。詞乃
寫山居生活，及客至之情狀。上闋寫山居躬耕及閱讀〈北山移文〉、〈送
李愿歸盤谷序〉、〈輞川圖〉之閒適生活；下闋寫招待訪客之殷勤及賞
竹之雅趣。

　　按：杜甫〈入奏行贈西山檢查使竇侍御〉：「為君酤酒滿眼酤，與
奴白飯馬青芻」，意指若竇侍御他日還蜀，至浣花溪畔草堂相訪，詩
人必定為他買來足夠的酒，為他的奴僕準備白飯，餵他的馬兒吃青
草，極言款待之熱誠。稼軒上述三詞均借鑒杜詩「為君酤酒滿眼酤，
與奴白飯馬青芻」句，亦均為描述有客來訪時，主人殷勤待客之道。

　　綜上言之，杜甫〈入奏行贈西山檢查使竇侍御〉一詩，除讚頌竇
侍御之人品外，並期待他還京入奏，能幫助朝廷制定穩定邊陲大計，

〔註87〕此詞下闋「白飯青芻」之「芻」，經檢索所見文本，僅有《稼軒詞》，
　　　臺灣商務印書館《景印文淵閣四庫全書》本作「芻」，其餘文本均作
　　　「蒭」，然稼軒〈沁園春〉及〈玉樓春〉之「青芻」，則所見文本均
　　　作「芻」，兩字其實相通，為求一致，本文均作「芻」字為準。茲略
　　　述〈行香子〉「白飯青芻」所見文本如下：
　　　一、作「芻」：辛棄疾：《稼軒詞》，臺北：臺灣商務印書館《景印文
　　　　　淵閣四庫全書》本，1988 年 2 月，冊一四八八。
　　　二、作「蒭」
　　　　　（一）鄧廣銘箋注：《稼軒詞編年箋注》，版本同注 2。
　　　　　（二）辛棄疾：《稼軒長短句》，據 1959 年中華書局上海編輯所
　　　　　　　影印元大德三年廣信書院刻本，上海：上海古籍出版社
　　　　　　　《續修四庫全書》本，2003 年 5 月第一版，冊一七二三。
　　　　　（三）辛棄疾：《稼軒長短句》，臺北：世界書局，1955 年 4 月再
　　　　　　　版。

而竇氏有功於朝，像京兆尹這樣的官職俯拾可得，但杜甫仍希望他早日返回成都，能至草堂一晤，最後表達自己將盡其所有，熱情款待。稼軒詞借鑑此詩凡三次，〈沁園春〉及〈玉樓春〉同為描繪好友吳紹古（子似）來訪時，稼軒之殷勤待客；〈行香子〉一闋雖未言明客為何人，然詞人待客之殷勤，更可見其落職閒居時，對於友人來訪之欣喜慰藉。

十一、〈遊龍門奉先寺〉

> 已從招提遊，更宿招提境。陰壑生虛籟，月林散清影。天闕象緯逼，雲臥衣裳冷。欲覺聞晨鐘，令人發深省。（頁131）

此詩作於開元二十四年（七三六年），時杜甫年二十五歲，可能是杜甫遊齊趙時，宿於奉先寺而作。詩之頷聯與頸聯，乃敘奉先寺之夜景，末聯則言詩人宿寺之情，聞鐘發省，乃境曠心清，倏然有所警悟。〔註88〕

〈遊龍門奉先寺〉詩，稼軒詞借鑑凡三次，表列論述如次：

項 次	詞 調	起 句	詞 句	頁 碼	杜甫詩句
1	滿江紅	照影溪梅	高欲臥，雲還濕	57	天闕象緯逼，雲臥衣裳冷。
2	賀新郎	雲臥衣裳冷	雲臥衣裳冷	135	天闕象緯逼，雲臥衣裳冷。
3	菩薩蠻	君家玉雪花如屋	雲臥衣裳冷	510	天闕象緯逼，雲臥衣裳冷。

杜甫詩句：「天闕象緯逼，雲臥衣裳冷。」」

（1）〈滿江紅〉　再用前韻

> 照影溪梅，悵絕代佳人獨立。便小駐雍容千騎，羽觴飛急。琴裏新聲風響珮，筆端醉墨鴉棲壁。是使君文度舊知名，今方識。　**高欲臥，雲還濕。**清可漱，泉長滴。快晚風吹贈，滿懷空碧。寶馬嘶歸紅旆動，龍團試水銅瓶泣。怕他年重到路應迷，桃源客。（頁57）

此詞作於淳熙五年（一一七八年），時稼軒年三十九歲，於臨安任大理少卿。詞之上闋寫遊賞冷泉亭之所見：脫俗之溪梅、遊人之盛況，

〔註88〕唐・杜甫著，清・仇兆鰲注：《杜詩詳注》，版本同注22，冊一，頁1。

及風雅琴聲、醉墨淋漓；下闋寫冷泉之特色：清澈、長滴。周遭環境清幽，令人有高臥之意。

（2）〈賀新郎〉　賦水仙

> 雲臥衣裳冷。看蕭然風前月下，水邊幽影。羅韈生塵凌波去，湯沐煙波萬頃。愛一點嬌黃成暈。不記相逢曾解佩，甚多情爲我香成陣？待和淚，收殘粉。　靈均千古懷沙恨，記當時匆匆忘把，此仙題品。煙雨淒迷僝僽損，翠袂搖搖誰整？謾寫入瑤琴幽憤。絃斷招魂無人賦，但金杯的皪銀臺潤。愁殢酒，又獨醒。（頁 135）

此詞應作於淳熙九年（一一八二年）之後，即稼軒四十三歲之後，時閒居帶湖。詞乃詠水仙而作，上闋寫水仙之神態及惜花之情；下闋寫水仙之歷史遭遇，屈原被楚人視之爲水仙，然〈楚辭〉中卻未曾描繪水仙，幸而後有琴曲〈水仙操〉以抒幽憤。最後以水仙花如金盞，引發眾人殢酒我獨醒之感慨。

（3）〈菩薩蠻〉　重到雲巖，戲徐斯遠

> 君家玉雪花如屋，未應山下成三宿。啼鳥幾曾催？西風猶未來。　山房連石徑，雲臥衣裳冷。倩得李延年，清歌送上天。（頁 510）

此詞應作於慶元末年（一二〇〇年）左右，時稼軒年約六十歲，居鉛山瓢泉。徐文卿（斯遠）有物外不移之好，負山林沉痼之疾〔註89〕，故稼軒借詞戲之。此爲紀遊詞，因重遊雲巖而作。

按：杜甫〈遊龍門奉先寺〉：「天闕象緯逼，雲臥衣裳冷」，敍述夜宿龍門奉先寺中，星空低垂，如臥雲中，衣裳生寒。稼軒詞借鑒此詩凡三次，〈滿江紅〉「高欲臥，雲還濕」，描繪冷泉亭環境清幽，泉水清澈又長滴，雲霧蒸騰，令人有高臥之意。至於〈賀新郎〉及〈菩薩蠻〉二詞，直接襲用杜甫詩句「雲臥衣裳冷」，然〈賀新郎〉用以形容水仙之神態；〈菩薩蠻〉則形容雲巖山房多雲，氣候寒冷。

〔註89〕宋·葉適：《葉適集·徐斯遠文集序》（臺北：河洛圖書出版社，1974年 5 月初版），頁 214。

　　綜上言之，杜詩「雲臥衣裳冷」是形容夜宿寺中，因地勢較高，星空低垂，如臥雲中，衣裳冷潤。而稼軒上述三詞，〈滿江紅〉係描繪冷泉亭之景，水氣氤氳，令人產生高臥之意；而〈菩薩蠻〉描繪雲巖山房，雲霧繚繞，氣候寒冷。二詞相較之下，〈菩薩蠻〉之意涵與杜詩原意較爲一致。至若〈賀新郎〉，襲用杜詩，以形容水仙如臥雲中，飄飄欲仙之神態，可謂相當特出。

十二、〈將赴成都草堂、途中有作、先寄嚴鄭公五首〉

得歸茅屋赴成都，直爲文翁再剖符。但使閭閻還揖讓，敢論松竹久荒蕪。魚知丙穴由來美。酒憶郫筒不用酤。五馬舊曾諳小徑，幾回書札待潛夫。

處處清江帶白蘋，故園猶得見殘春。雪山斥候無兵馬，錦里逢迎有主人。休怪兒童延俗客，不教鵝鴨惱比鄰。習池未覺風流盡，況復荊州賞更新。

竹寒沙碧浣花溪，橘刺藤梢咫尺迷。過客徑須愁出入，居人不自解東西。書籤藥裹封蛛網，野店山橋送馬蹄。肯藉荒庭春草色，先判一飲醉如泥。

常苦沙崩損藥欄，也從江檻落風湍。新松恨不高千尺，惡竹應須斬萬竿。生理祇憑黃閣老，衰顏欲付紫金丹。三年奔走空皮骨，信有人間行路難。

錦官城西生事微，烏皮几在還思歸。昔去爲憂亂兵入，今來已恐鄰人非。側身天地更懷古，回首風塵甘息機。共說總戎雲鳥陣，不妨遊子芰荷衣。（頁757～760）

此詩作於廣德二年（七六四年），時杜甫年五十三歲，於閬州回成都途中所作。按：寶應元年（七六二年），西川兵馬使徐知道作亂，故杜甫離開成都草堂，飄泊至梓州、閬州，直到廣德二年（七六四年），嚴武再鎮蜀，杜甫才重返成都。此詩首章敘重返成都之故，八句皆敘事語；次章於途中想春歸草堂之景；三章寫故園荒蕪之狀；四章言故園雖蕪，然嚴公可依；末章總結，敘草堂前後情事。各章鋪敘，自有

層次。迢遞淺深，條理井然。〔註90〕王嗣奭云：「五作意極條達，詞極穩稱，都是眞人眞話，詩只應如此。」〔註91〕

〈將赴成都草堂、途中有作、先寄嚴鄭公五首〉詩，稼軒詞借鑑凡三次，表列論述如次：

項 次	詞 調	起 句	詞 句	頁 碼	杜甫詩句
1	六么令	倒冠一笑	放浪兒童歸舍，莫惱比鄰鴨	124	休怪兒童延俗客，不教鵝鴨惱比鄰。
2	金菊對芙蓉	遠水生光	盡拚一飲千鍾	284	肯藉荒庭春草色，先判一飲醉如泥。
3	鷓鴣天	唱徹陽關淚未乾	別有人間行路難	55	三年奔走空皮骨，信有人間行路難。

1. 杜甫詩句：「休怪兒童延俗客，不教鵝鴨惱比鄰。」

〈六么令〉　再用前韻

> 倒冠一笑，華髮玉簪折。陽關自來淒斷，却怪歌聲滑。放浪兒童歸舍，莫惱比鄰鴨。水連山接。看君歸興，如醉中醒夢中覺。　　江上吳儂問我，一一煩君說：坐客尊酒頻空，賸欠眞珠壓；手把漁竿未穩，長向滄浪學。問愁誰怯。可堪楊柳，先作東風滿城雪。（頁 124）

此詞作於淳熙九年（一一八二年），時稼軒年四十三歲，居上饒帶湖。此爲贈別詞，小序中云「再用前韻」，蓋前闋〈六么令〉（酒群花隊）乃送玉山縣令陸德隆歸吳中而作，此闋亦然。詞之上闋寫對於陸德隆得還吳中感到萬分欣喜，並表達對友人之關心與情誼；下闋則寫對友人之囑託及自己罷職閒居後之生活，頗有身世之感與傷時之意。

　　按：杜甫〈將赴成都草堂、途中有作、先寄嚴鄭公五首〉之二：「休怪兒童延俗客，不教鵝鴨惱比鄰」，乃杜甫返回成都草堂途中，設想回到草堂後的情景：不會去責怪孩子們把來探望的鄉親們請進

〔註90〕唐・杜甫著，清・仇兆鰲注：《杜詩詳注》，版本同注 22，冊三，頁 1105～1110。

〔註91〕明・王嗣奭：《杜臆》，版本同注 28，頁 188。

屋裡，也不讓鵝鴨惹惱了左鄰右舍。王嗣奭云：「不棄俗客，揖睦鄰人，蓋奔走已倦，思為久住之計也。」〔註92〕而稼軒此詞即化用杜詩句意，「放浪兒童歸舍，莫惱比鄰鴨」，贈別友人陸德隆，謂其返回吳中後，應善與鄰家相處，孩童放浪無知，可別讓他們惹惱了鄰人飼養的小鴨。稼軒與杜甫詩意雖略有不同，但皆傳達與鄰人和睦相處之意。

2. 杜甫詩句：「肯藉荒庭春草色，先判一飲醉如泥。」

〈金菊對芙蓉〉　重陽

> 遠水生光，遙山聳翠，霽煙深鎖梧桐。正零瀼玉露，淡蕩金風。東籬菊有黃花吐，對映水幾簇芙蓉。重陽佳致，可堪此景，酒釀花濃。　　追念景物無窮。歎年少胸襟，忒煞英雄。把黃英紅萼，甚物堪同。除非腰佩黃金印，座中擁紅粉嬌容。此時方稱情懷，盡拚一飲千鍾。（頁284～285）

此詞作年莫可考，鄧廣銘將它編入帶湖時期作品。此闋為節令詞，乃詠重陽佳節而作。上闋寫登高所見之景及重九時的風物特色；下闋則為抒情，追念少年胸襟，寄託一己之豪情壯志。

　　按：稼軒詞「此時方稱情懷，盡拚一飲千鍾」，意謂不論過去或現在，登高時情懷豪縱，不顧一切，暢飲千鍾。「拚」字作割捨、甘願解。〔註93〕「盡拚一飲千鍾」化用杜甫〈將赴成都草堂、途中有作、先寄嚴鄭公五首〉之三：「肯藉荒庭春草色，先判一飲醉如泥。」意謂嚴武若願前來草堂荒庭之中，我們就痛快地醉飲一番。

3. 杜甫詩句：「三年奔走空皮骨，信有人間行路難。」

〈鷓鴣天〉　送人

> 唱徹陽關淚未乾，功名餘事且加餐。浮天水送無窮樹，帶雨雲埋一半山。　　今古恨，幾千般；只應離合是悲歡？江頭未是風波惡，別有人間行路難。（頁55）

〔註92〕同前注，頁187。
〔註93〕張相：《詩詞曲語辭匯釋》（臺北：洪葉文化事業公司，1993年4月初版），下冊，頁641。

此詞作於淳熙五年（一一七八年），時稼軒年三十九歲，自豫章赴行在途中所作。上闋用〈陽關曲〉顯示離別之意，並勸慰友人飽餐為重，莫問那些建功立業的身外餘事，接著以景寫情，描繪送別之場景；下闋則從離合的悲歡，擴大至家國之恨，並提醒友人官場險惡，比江上風波更為可怕。

按：稼軒詞「別有人間行路難」係借鑒杜甫〈將赴成都草堂、途中有作、先寄嚴鄭公五首〉之四：「三年奔走空皮骨，信有人間行路難。」杜甫詩意乃描述自寶應元年（七六二年）離開成都，與嚴武分別之後，三年來奔走於梓州、閬州之間，生計艱難，形銷骨立，始才相信人生道路是何等的艱困難行。稼軒〈鷓鴣天〉一詞即借鑒杜詩句意，且只改易「信」字為「別」字。此詞乃送別友人而作，結拍兩句指出江頭風波雖然險惡，然世路更是艱難。此詞作於稼軒年三十九歲，自二十三歲南歸，已過了十幾年，對於仕途生涯、官場險惡，實有極深之感慨。

綜上言之，稼軒詞借鑒〈將赴成都草堂、途中有作、先寄嚴鄭公五首〉凡三次，其中兩闋均作於落職閒居帶湖時期。〈六么令〉乃送友人陸德隆歸吳中而作，然詞之下闋描寫自己落職閒居之生活，頗有身世之感；〈金菊對芙蓉〉一詞雖為重陽詞，然詞人登高賞景，仍不免追憶年少時的豪情壯志。至於〈鷓鴣天〉乃作於淳熙五年（一一七八年），當時稼軒雖尚未遭彈劾落職，然南歸十幾年來，眼見朝廷偏安，主戰派愛國志業難以實現，讓詞人於送別之際，由別愁寫到國事堪恨，由江上風波推衍到政治風波，可見他深沉之悲憤。〔註94〕

〔註94〕參見朱德才、薛祥生、鄧紅梅編著：《辛棄疾詞新釋輯評》，版本同
　　　　注41，上冊，頁125。

附表三：辛詞借鑒杜詩之篇章，且蘇詞全無借鑒者，凡一一三首

項次	杜甫詩題及詩句	稼軒詞			
		詞調	起句	詞句	頁碼
1	洗兵馬：三年笛裏關山月，萬國兵前草木風。……二三豪傑為時出，整頓乾坤濟時了。……安得壯士挽天河，淨洗甲兵長不用。	生查子	昨宵醉裏行	明月關山笛	203
		千秋歲	塞垣秋草	整頓乾坤了	13
		水龍吟	渡江天馬南來	待他年整頓，乾坤事了	145
		水調歌頭	千里渥洼種	要挽銀河仙浪，西北洗胡沙。	7
		驀山溪	畫堂簾捲	兩手挽天河，要一洗蠻煙瘴雨	414
		賀新郎	翠浪吞平野	挽天河誰來照影	309
2	飲中八仙歌：汝陽三斗始朝天，道逢麴車口流涎，恨不移封向酒泉。左相日興廢萬錢，飲如長鯨吸百川，銜杯樂聖稱避賢。……李白一斗詩百篇，長安市上酒家眠。	沁園春	杯汝知乎	酒泉罷侯	387
		醜奴兒	近來愁似天來大	却自移家向酒泉	389
		水調歌頭	客子久不到	鯨飲未吞海	583
		水調歌頭	官事未易了	百篇才	81
		臨江仙	醉帽吟鞭花不住	一斗百篇風月地	519
3	曲江三章章五句之三：自斷此生休問天，杜曲幸有桑麻田。故將移住南山邊，短衣匹馬隨李廣，看射猛虎終殘年。	醜奴兒	此生自斷天休問	此生自斷天休問	170
		賀新郎	聽我三章約	自斷此生天休問	473
		水調歌頭	落日塞塵起	莫射南山虎，直覓富民侯	58
		八聲甘州	故將軍飲罷夜歸來	誰向桑麻杜曲，要短衣匹馬，移住南山。看風流慷慨，譚笑過殘年。	205
4	清明二首之一：鐘鼎山林各天性，濁醪麤飯任吾年。	水調歌頭	上界足官府	畢竟山林鐘鼎	140
		臨江仙	鐘鼎山林都是夢	鐘鼎山林都是夢	209
		朝中措	夜深殘月過山房	山林鐘鼎	213
		瑞鶴仙	片帆何太急	山林鐘鼎	338
5	佳人：絕代有佳人，幽居在空谷。……天寒翠袖薄，日暮倚修竹。	滿江紅	照影溪梅	恨絕代佳人獨立	57
		蝶戀花	九畹芳菲蘭佩好	空谷無人	177
		卜算子	脩竹翠羅寒	脩竹翠羅寒	252
		生查子	漫天春雪來	誰道雪天寒？翠袖闌干暖	495

6	陪諸貴公子丈八溝攜妓納涼晚際遇雨二首之一：公子調冰水，佳人雪藕絲。片雲頭上黑，應是雨催詩。	謁金門	遮素月	玉腕藕絲誰雪	261
		鷓鴣天	着意尋春懶便回	詩未成時雨早催	189
		永遇樂	投老空山	又何事催詩雨急，片雲斗暗	411
7	歸雁二首之一：萬里衡陽雁，今年又北歸。雙雙瞻客上，一一背人飛。	霜天曉角	暮山層碧	萬里衡陽歸恨	76
		鷓鴣天	水底明霞十頃光	背人白鳥都飛去	215
		浣溪沙	細聽春山杜宇啼	朝來白鳥背人飛	307
8	江畔獨步尋花七絕句之一：江上被花惱不徹，無處告訴只顛狂。	鷓鴣天	桃李漫山過眼空	桃李漫山過眼空，也曾惱損杜陵翁	327
		念奴嬌	是誰調護	料君長被花惱	450
		婆羅門引	不堪鶗鴂	被花惱	457
9	寄韓諫議注：美人娟娟隔秋水，濯足洞庭望八荒。……玉京群帝集北斗，或騎麒麟翳鳳凰。	水調歌頭	我志在寥闊	有美人可語，秋水隔嬋娟	437
		玉樓春	君如九醖臺黏醆	幾時秋水美人來	469
		水調歌頭	今日復何日	翳鳳驂鸞公去	128
10	入奏行贈西山檢查使竇侍御：江花未落還成都，肯訪浣花老翁無？為君酤酒滿眼酤，與奴白飯馬青芻。	沁園春	我見君來	待喚青芻白飯來	431
		玉樓春	君如九醖臺黏醆	馬有青芻奴白飯	469
		行香子	白露園蔬	白飯青芻	476
11	遊龍門奉先寺：天闕象緯逼，雲臥衣裳冷。	滿江紅	照影溪梅	高欲臥，雲還濕	57
		賀新郎	雲臥衣裳冷	雲臥衣裳冷	135
		菩薩蠻	君家玉雪花如屋	雲臥衣裳冷	510
12	將赴成都草堂、途中有作、先寄嚴鄭公五首之二：休怪兒童延俗客，不教鵝鴨惱比鄰。	六么令	倒冠一笑	放浪兒童歸舍，莫惱比鄰鴨	124
	將赴成都草堂、途中有作、先寄嚴鄭公五首之三：肯藉荒庭春草色，先判一飲醉如泥。	金菊對芙蓉	遠水生光	盡拚一飲千鍾	284
	將赴成都草堂、途中有作、先寄嚴鄭公五首之四：三年奔走空皮骨，信有人間行路難。	鷓鴣天	唱徹陽關淚未乾	別有人間行路難	55

13	醉時歌：諸公袞袞登臺省，廣文先生官獨冷。……忘形到爾汝，痛飲眞吾師。……相如逸才親滌器，子雲識字終投閣。	水龍吟	倚欄看碧成朱	平生官冷	296
		賀新郎	聽我三章約	識字子雲投閣	473
14	貧交行：翻手作雲覆手雨，紛紛輕薄何須數。	玉樓春	人間反覆成雲雨	人間反覆成雲雨	394
		賀新郎	拄杖重來約	翻覆雲頭雨脚	472
15	漫成二首之二：江皋已仲春，花下復清晨。仰面貪看鳥，回頭錯應人。讀書難字過，對酒滿壺傾。近識峨嵋老，知余懶是眞。	滿江紅	笑拍洪崖	正仰看飛鳥却應人，回頭錯	180
		南歌子	玄入參同契	閒知嬾是眞	160
16	發秦州：大哉乾坤內，吾道長悠悠。	踏莎行	吾道悠悠	吾道悠悠	409
		雨中花慢	舊雨常來	古今吾道悠悠	479
17	丹青引贈曹將軍霸：詔謂將軍拂絹素，意匠慘澹經營中。須與九重眞龍出，一洗萬古凡馬空。	鷓鴣天	點盡蒼苔色欲空	詩在經營慘澹中	326
		卜算子	萬里籋浮雲	一噴空凡馬	493
18	登高：風急天高猿嘯哀，渚清沙白鳥飛迴。無邊落木蕭蕭下，不盡長江滾滾來。萬里悲秋常作客，百年多病獨登臺。艱難苦恨繁霜鬢，潦倒新亭濁酒杯。	賀新郎	肘後俄生柳	問新來蕭蕭木落，頗堪秋否？	447
		南鄉子	何處望神州	不盡長江滾滾流	548
19	客至：花徑不曾緣客埽，蓬門今始爲君開。盤飧市遠無兼味，樽酒家貧只舊醅。	沁園春	我見君來	人怪我柴門今始開	431
		鷓鴣天	是處移花是處開	日高盤饌供何晚？市遠魚鮭買未回	372
20	晦日尋崔戢李封：濁醪有妙理，庶用慰沉浮。	哨遍	一壑自專	論妙理，濁醪正堪長醉	424
		賀新郎	甚矣吾衰矣	江左沉酣求名者，豈識濁醪妙理	515
21	絕句二首之一：遲日江山麗，春風花草香。泥融飛燕子，沙暖睡鴛鴦。	卜算子	脩竹翠羅寒	遲日江山暮	252
		臨江仙	春色饒君白髮了	睡起鴛鴦飛燕子，門前沙暖泥融	164

22	江南逢李龜年：正是江南好風景，落花時節又逢君。	婆羅門引	落花時節	落花時節，杜鵑聲裏送君歸	455
		上西平	恨如新	江南好景，落花時節又逢君。	464
23	西郊：市橋官柳細，江路野梅香。	滿江紅	湖海平生	看野梅官柳	195
		江神子	亂雲擾擾水潺潺	官柳嫩，野梅殘	363
24	春夜喜雨：好雨知時節，當春乃發生。……曉看紅濕處，花重錦官城。	行香子	好雨當春	好雨當春	328
		臨江仙	逗曉鶯啼聲昵昵	一枝風露濕，花重入疏櫺。	163
25	春望：感時花濺淚，恨別鳥驚心。……白頭搔更短，渾欲不勝簪。	酒泉子	流水無情	三十六宮花濺淚	38
		水調歌頭	四座且勿語	白髮短如許，黃菊倩誰簪	441
26	舍弟占歸草堂檢校聊示此詩：東林竹影薄，臘月更須栽。	水調歌頭	帶湖吾甚愛	東岸綠陰少，楊柳更須栽。	115
		鷓鴣天	千丈冰溪百步雷	東林試問幾時栽	192
27	上韋左相二十韻：持衡留藻鑑，聽履上星辰。	聲聲慢	東南形勝	況有星辰劍履	256
		沁園春	甲子相高	只今劍履，快上星辰	430
28	蘇端薛復筵簡薛華醉歌：千里猶殘舊冰雪，百壺且試開懷抱。……何劉沈謝力未工，才兼鮑照愁絕倒。	水調歌頭	官事未易了	問君懷抱向誰開	81
		念奴嬌	是誰調護	摸索應知，曹劉沈謝	450
29	送李八秘書赴杜相公幕：南極一星朝北斗，五雲多處是三台。	西江月	且對東君痛飲	五雲兩兩望三台	320
		江神子	五雲高處望西清	五雲高處望西清	501
30	岳麓山道林二寺行：地靈步步雪山草，僧寶人人滄海珠。……一重一掩吾肺腑，山鳥山花吾友于。	生查子	誰傾滄海珠	誰傾滄海珠	204
		鷓鴣天	不向長安路上行	山鳥山花好弟兄	172
31	戲為六絕句之一：庾信文章老更成，凌雲健筆意縱橫。	鵲橋仙	少年風月	且看凌雲筆健	464
	戲為六絕句之二：爾曹身與名俱滅，不廢江河萬古流。	感皇恩	案上數編書	江河流日夜	470

32	秦州雜詩二十首之七：無風雲出塞，不夜月臨關。	水調歌頭	說與西湖客	千騎月臨關	315
	秦州雜詩二十首之十四：萬古仇池穴，潛通小有天。	菩薩蠻	游人占却巖中屋	西鄉小有天	509
33	夢李白二首之一：魂來楓林青，魂返關塞黑。	賀新郎	綠樹聽鵜鴂	馬上琵琶關塞黑	527
	夢李白二首之二：出門搔白首，若負平生志。	水調歌頭	落日塞塵起	今老矣，搔白首，過揚州	58
34	不見：匡山讀書處，頭白好歸來。	菩薩蠻	稼軒日向兒童說	頭白早歸來	95
35	柏學士茅屋：富貴必從勤苦得，男兒須讀五車書。	卜算子	一飲動連宵	廢盡寒溫不寫書，富貴何由得	358
36	卜居：無數蜻蜓齊上下，一雙鸂鶒對沉浮。	滿江紅	幾箇輕鷗	更何處一雙鸂鶒，故來爭浴	401
37	賓至：豈有文章驚海內，漫勞車馬駐江干。	沁園春	我見君來	豈有文章，謾勞車馬	431
38	陪鄭廣文遊何將軍山林十首之五：膾水滄江破，殘山碣石開。	賀新郎	把酒長亭說	剩水殘山無態度	236
39	暮春陪李尚書李中丞過鄭監湖亭汎舟得過字：海內文章伯，湖邊意緒多。	滿江紅	鵬翼垂空	文章伯	9
40	渼陂行：天地黯慘忽異色，波濤萬頃堆琉璃。	賀新郎	覓句如東野	為愛琉璃三萬頃	311
41	梅雨：南京犀浦道，四月熟黃梅。湛湛長江去，冥冥細雨來。	鷓鴣天	漠漠輕陰撥不開	江南細雨熟黃梅	191
42	發潭州：岸花飛送客，檣燕語留人。	賀新郎	柳暗淩波路	又檣燕留人相語	80
43	奉待嚴大夫：身老時危思會面，一生襟（一作懷）抱向誰開。	水調歌頭	官事未易了	問君懷抱向誰開	81

44	登岳陽樓：吳楚東南坼，乾坤日月浮。	滿江紅	過眼溪山	吳楚地，東南坼	60
45	獨酌成詩：苦被微官縛，低頭愧野人。	菩薩蠻	香浮乳酪玻璃盌	低頭愧野人	224
46	得家書：熊兒幸無恙，驥子最憐渠。	沁園春	老子平生	憐渠無恙	233
47	冬狩行：飄然時危一老翁，十年厭見旌旗紅。	滿江紅	漢節東南	記江湖十載，厭持旌纛。	321
48	杜鵑行：萬事反覆何所無，豈憶當殿羣臣趨。	定風波	野草閑花不當春	前殿羣臣深殿女	495
49	同元使君舂陵行：致君唐虞際，淳樸憶大庭。	鷓鴣天	別恨粧成白髮新	忠言句句唐虞際，便是人間要路津	53
50	同諸公登慈恩寺塔：君看隨陽雁，各有稻粱謀。	水調歌頭	文字覷天巧	歲晚也作稻粱謀	133
51	題玄武禪師屋壁：錫飛常近鶴，杯度不驚鷗。	菩薩蠻	錦書誰寄相思語	心事莫驚鷗	155
52	能畫：每蒙天一笑，復似物皆春。	菩薩蠻	送君直上金鑾殿	九重天一笑	268
53	南鄰：錦里先生烏角巾，園收芋栗未全貧。	雨中花慢	舊雨常來	幸山中芋栗，今歲全收	479
54	觀李固請司馬弟山水圖：高浪垂翻屋，崩崖欲壓牀。	念奴嬌	我來弔古	江頭風怒，朝來波浪翻屋。	11
55	空囊：囊空恐羞澀，留得一錢看。	臨江仙	一自酒情詩興嬾	杜陵真好事，留得一錢看。	390
56	後出塞五首之五：少年別有贈，含笑看吳鉤。	水龍吟	楚天千里清秋	把吳鉤看了	34
57	和裴迪登蜀州東亭送客逢早梅相憶見寄：東閣觀梅動詩興，還如何遜在揚州。	水調歌頭	官事未易了	詩興未關梅	81
58	九日五首之一：重陽獨酌杯中酒，抱病起登江上臺。	水調歌頭	今日復何日	抱病且登臺	128

59	寄楊五桂州譚：五嶺皆炎熱，宜人獨桂林。梅花萬里外，雪片一冬深。聞此寬相憶，爲邦復好音。	滿江紅	蜀道登天	正梅花萬里雪深時，須相憶	147
60	寄岳州賈司馬六丈巴州嚴八使君兩閣老五十韻：貝錦無停織，朱絲有斷絃。	蝶戀花	九畹芳菲蘭佩好	朱絲絃斷知音少	177
61	寄張十二山人彪三十韻：疎懶爲名誤，驅馳喪我眞。	鷓鴣天	自古高人最可嗟	只因疎懶取名多	415
62	江上值水如海勢聊短述：老去詩篇渾漫與，春來花鳥莫深愁。	念奴嬌	少年橫槊	老子忘機渾漫語	216
63	絕句四首之三：兩箇黃鸝鳴翠柳，一行白鷺上青天。	清平樂	溪回沙淺	一行白鷺青天	443
64	敬贈鄭諫議十韻：毫髮無遺憾，波瀾獨老成。	念奴嬌	君詩好處	遺恨都無毫髮	460
65	進艇：俱飛蛺蝶元相逐，並蒂芙蓉本自雙。	念奴嬌	西眞姊妹	並蒂芳蓮	571
66	茅屋爲秋風所破歌：牀牀屋漏無乾處，雨腳如麻未斷絕。……安得廣廈千萬間，大庇天下寒士俱歡顏，風雨不動安如山！嗚呼，何時眼前突兀見此屋，吾廬獨破受凍死亦足。	滿江紅	老子平生	還又要萬間寒士，眼前突兀。	505
67	遣興二首之二：君看渥洼種，態與駑駘異。	水調歌頭	千里渥洼種	千里渥洼種	6
68	遣興五首之五：吾憐孟浩然，短褐即長夜。賦詩何必多，往往凌鮑謝。	沁園春	甲子相高	詩凌鮑謝	430
69	乾元中寓居同谷縣作歌七首之一：天寒日暮山谷裏，中原無書歸不得。	一剪梅	獨立蒼茫醉不歸	日暮天寒，歸去來兮	28

70	青陽峽：突兀猶趁人，及茲歡冥寞。	浣溪沙	寸步人間百尺樓	突兀趁人山石狠	300
71	曲江對雨：何時詔此金錢會，暫醉佳人錦瑟傍。	西江月	風月亭危致爽	錦瑟旁邊須醉	319
72	秋日夔府詠懷奉寄鄭監李賓客一百韻：峽束蒼江起，巖排古樹圓。	水龍吟	舉頭西北浮雲	峽束蒼江對起	337
73	小寒食舟中作：雲白山青萬餘里，愁看直北是長安。	菩薩蠻	鬱孤臺下清江水	西北望長安	41
74	戲題王宰畫山水圖歌：焉得并州快翦刀，翦取吳淞半江水。	點絳脣	身後虛名	丹青手裏，剪破松江水	173
75	戲作寄上漢中王二首之一：雲裏不聞雙雁過，掌中貪看一珠新。	永遇樂	紫陌長安	掌上明珠去	222
76	戲題寄上漢中王三首之一：百年雙白鬢，一別五秋螢。	沁園春	有美人兮	百年雙鬢	290
77	蕭八明府實處覓桃栽：奉乞桃栽一百根，春前爲送浣花村。河陽縣裏雖無數，濯錦江邊未滿園。	浣溪沙	妙手都無斧鑿瘢	恰如春入浣花村	287
78	城西陂泛舟：魚吹細浪搖歌扇，燕蹴飛花落舞筵。	念奴嬌	晚風吹雨	遊魚吹浪，慣趁笙歌席。	17
79	酬郭十五判官：藥裏關心詩總廢，花枝照眼句還成。	水調歌頭	寄我五雲字	多病關心藥裏	116
80	春水：已添無數鳥，爭浴故相喧。	滿江紅	幾箇輕鷗	更何處一雙鸂鶒，故來爭浴	401
81	春日江村五首之一：乾坤萬里眼，時序百年心。	水調歌頭	四座且勿語	時序百年心	441

82	承聞河北諸道節度入朝歡喜口號絕句十二首之十二：十二年來多戰場，天威已息陣堂堂。神靈漢代中興主，功業汾陽異姓王。	清平樂	新來塞北	歸來異姓眞王	564
83	傷秋：懶慢頭時櫛，艱難帶減圍。	木蘭花慢	漢中開漢業	不堪帶減腰圍	73
84	少年行：馬上誰家白面郎，臨軒下馬坐人牀。不通姓氏驫豪甚，指點銀瓶索酒嘗。	念奴嬌	爲沽美酒	不抵銀鉼貴	399
85	舍弟觀自藍田迎妻子到江陵喜寄三首之二：巡簷索共梅花笑，冷蕊疏枝半不禁。	醜奴兒	年年索盡梅花笑	年年索盡梅花笑	532
86	人日二首之一：元日至人日，未有不陰時。	鷓鴣天	莫避春陰上馬遲	春來未有不陰時	364
87	紫宸殿退朝口號：晝漏稀聞高閣報，天顏有喜近臣知。	滿庭芳	柳外尋春	天顏有喜	85
88	自京赴奉先縣詠懷五百字：朱門酒肉臭，路有凍死骨。榮枯咫尺異，惆悵難再述。	浣溪沙	草木於人也作疏	秋來咫尺異榮枯	412
89	贈衛八處士：夜雨翦春韭，新炊間黃粱。……明日隔山岳，世事兩茫茫。	昭君怨	夜雨剪殘春韭	夜雨剪殘春韭，明日重斟別酒	206
90	贈韋七贊善：鄉里衣冠不乏賢，杜陵韋曲未央前。爾家最近魁三象，時論同歸尺五天。	賀新郎	細把君詩說	去天尺五君家別	240
91	贈蜀僧閭邱師兄：夜闌接軟語，落月如金盆。	菩薩蠻	萬金不換囊中術	軟語到更闌	270
92	遭田父泥飲美嚴中丞：酒酣誇新尹，畜眼未見有。……語多雖雜亂，說尹終在口。	水調歌頭	酒罷且勿起	父老田頭說尹	247

93	早秋苦熱堆案相仍：南望青松架短壑，安得赤腳踏層冰。	生查子	青山非不佳	赤腳踏層冰	299
94	醉歌行：詞源倒流三峽水，筆陣獨掃千人軍。	水龍吟	被公驚倒瓢泉	倒流三峽詞源瀉	219
95	崔駙馬山亭宴集：客醉揮金椀，詩成得繡袍。	感皇恩	露染武夷秋	任揮金椀	333
96	草堂：舊犬喜我歸，低迴入衣裾。鄰里喜我歸，沽酒攜胡盧。大官喜我來，遣騎問所須。城郭喜我來，賓客隘村墟。	沁園春	一水西來	喜草堂經歲，重來杜老	353
97	三絕句：門外鸕鷀去不來，沙頭忽見眼相猜。自今已後知人意，一日須來一百迴。	水調歌頭	帶湖吾甚愛	一日走千回	115
98	三韻三首之一：高馬勿唾（一作捶）面，長魚無損鱗。辱馬馬毛焦，困魚魚有神。君看磊落士，不肯易其身。	水調歌頭	高馬勿捶面	高馬勿捶面，千里事難量。長魚變化雲雨，無使寸鱗傷。	372
99	送唐十五誠因寄禮部賈侍郎：九載一相逢，百年能幾何？	滿庭芳	西崦斜陽	無窮身外事，百年能幾	405
100	送蔡希魯都尉還隴右因寄高三十五書記：馬頭金匼市，駞背錦模糊。	鷓鴣天	濃紫深黃一畫圖	錦糢糊	508
101	送李校書二十六韻：每愁悔吝作，如覺天地窄。	霜天曉角	雪堂遷客	悲天地，爲予窄	583
102	歲晏行：歲云暮矣多北風，瀟湘洞庭白雪中。	漢宮春	秦望山頭	歲云暮矣，問何不鼓瑟吹竽	540
103	憶昔二首之二：憶昔開元全盛日，小邑猶藏萬家室。	聲聲慢	開元盛日	開元盛日	24

104	一百五日夜對月：斫卻月中桂，清光應更多。	太常引	一輪秋影轉金波	斫去桂婆娑，人道是清光更多	33
105	移居公安山館：山鬼吹燈滅，廚人語夜闌。	山鬼謠	問何年此山來此	四更山鬼吹燈嘯	176
106	有客：自鋤稀菜甲，小摘爲情親。	水調歌頭	寄我五雲字	小摘親鉏菜甲	116
107	野人送朱櫻：西蜀櫻桃也自紅，野人相贈滿筠籠。數回細寫愁仍破，萬顆勻圓訝許同。憶昨賜霑門下省，早朝擎出大明宮。金盤玉筯無消息，此日嘗新任轉蓬。	菩薩蠻	香浮乳酪玻璃盌	翠籠明光殿。萬顆寫輕勻	224
108	野望：獨鶴歸何晚，昏鴉已滿林。	賀新郎	世路風波惡	眼畔昏鴉千萬點，□欠歸來野鶴	577
109	嚴公仲夏枉駕草堂兼攜酒饌得寒字：竹裏行廚洗玉盤，花邊立馬簇金鞍。	玉樓春	山行日日妨風雨	也應竹裏着行廚	393
110	晚登瀼上堂：淒其望呂葛，不復夢周孔。	賀新郎	路入門前柳	歲晚淒其無諸葛	446
111	雨：冥冥甲子雨，已度立春時。	御街行	山城甲子冥冥雨	山城甲子冥冥雨	250
112	與鄠縣源大少府宴渼陂：應爲西陂好，金錢罄一餐。飯抄雲子白，瓜嚼水精寒。	鷓鴣天	自古高人最可嗟	雲子飯，水精瓜	415
113	哀江頭：明眸皓齒今何在，血污遊魂歸不得。	新荷葉	曲水流觴	明眸皓齒	434

第六章　結　論

　　蘇辛詞借鑑唐人詩句中，以杜詩爲最繁，可見兩人對杜詩之鍾愛。蘇軾學杜和尊杜不可分，他看重杜詩，顯然受到宋代道學的時代風氣以及忠君愛民的儒家價值取向所影響，故東坡〈王定國詩集敍〉：「古今詩人眾矣，而杜子美爲首，豈非以其流落饑寒，終身不用，而一飯未嘗忘君也歟。」〔註1〕蘇軾尊杜又學杜，其尊杜之說對後人影響最大，成了後來詩聖說的源頭。〔註2〕而辛棄疾對杜甫的受容，針對作品而言，即是大量地借鑑杜詩。就精神而言，他和杜甫有著一以貫之的愛國思想。在文學創作上，杜甫和稼軒都表現出前所未有的廣泛性。杜甫詩眞實反應了當時的動亂世代，在其寫實之筆下，未有不可入詩者。而眞正發揚杜甫「詩史」精神者，當屬辛棄疾。〔註3〕

　　蘇辛之所以喜愛借鑑杜詩，除了宋代本身的政治社會因素及宋人對杜甫的推崇之外，更與杜甫、蘇、辛之生平遭遇及性格思想，有相當密切之關聯。

〔註1〕宋・蘇軾：《蘇軾全集》（上海：上海古籍出版社，2005 年 5 月第一版），中冊，頁 854。

〔註2〕蔡振念：《杜詩唐宋接受史》（臺北：五南圖書出版公司，2002 年 2月一版），頁 293～293。

〔註3〕徐峙：〈蕭條異代不同時──論辛棄疾對杜甫的受容〉，《西南交通大學學報》，第 6 卷第 2 期，2005 年 3 月，頁 66～68。

　　蘇辛詞於借鑒杜詩之技巧運用上，皆以化用爲最繁，均逾借鑒技巧總數之半數以上。故可言蘇辛詞於借鑒杜詩時，所使用之技巧，每兩次就有一次是運用化用的方式。蘇辛兩人，稼軒所運用之技巧最爲全面，截取、鎔鑄、增損、化用、襲用、櫽括，均多方運用，較之東坡而言，可謂善使事者也。

　　在蘇辛借鑒杜詩相同之篇章中，蘇詞借鑒最繁者爲〈九日藍田崔氏莊〉，蓋因東坡一生極其飄泊，無法在一處久居，謫居黃州時，乃待罪之身，已少跟親友互通音訊，晚年遭貶惠州、儋州，更是地處偏遠，難通雁信。他與親人、好友難得相聚，又是多情之人，故從其詞作中，可見他十分珍惜與親友相聚之時刻，尤其「每逢佳節倍思親」，難怪東坡如此鍾愛杜甫〈九日藍田崔氏莊〉。至若稼軒，借鑒最繁者爲杜詩〈奉贈韋左丞丈二十二韻〉，蓋杜甫終生之政治目標即「致君堯舜上，再使風俗淳」。而稼軒不論其爲壯年、暮年，不管身在何處，官居何職，始終不改初衷，亦如杜甫一般，將此奉爲終生之信條。葉嘉瑩認爲，屈原、陶淵明、杜甫，他們是用生命來寫他的詩篇，用生活來實踐他的詩篇，不管是寫哪一首詩，整體都代表著作者本身的思想、志意與理念。而詞人之中，唯一用生命去寫詞，用生活去實踐他的詞的，且可以跟上述三人比美的，就是辛棄疾。〔註4〕

　　在蘇辛借鑒杜詩相異之篇章中，東坡以借鑒〈狂夫〉及〈羌村三首〉之一爲最繁，然所表現者，仍多屬個人感情之發抒。至於稼軒則以借鑒〈洗兵馬〉、〈飲中八仙歌〉、〈曲江三章章五句〉、〈清明二首〉之一及〈佳人〉爲最繁，其中固然也有如東坡般之自寫襟懷，然表現出更強烈的是繫念家國之憂心與報國無門之壯志。蘇東坡詩、詞之眞情，主要是由個人政治命運多舛所引發的，更多的是一己之悲歡；辛稼軒的感情比蘇東坡要多一個層次，家國之痛深於一己之哀戚。〔註5〕

〔註4〕葉嘉瑩：《照花前後鏡：詞之美感特質的形成與演進》（新竹：國立清華大學出版社，2007 年 5 月初版），頁 146〜147。
〔註5〕陳良運：〈論辛詞境界〉，收錄於周保策、張玉奇主編：《辛棄疾國際

蘇軾詞的豪放較多表現爲士大夫的達觀瀟灑，而辛詞更多的是抒發了一種慷慨悲壯的英雄豪情。〔註6〕稼軒南歸後，始終追求的畢生目標，即「了卻君王天下事，贏得生前身後名。」只是終其一生，依然難以實現，抱憾而終。

　　本文雖爲探討「蘇辛詞借鑒杜詩之研究」，然僅列舉借鑒次數較繁者之二十五首杜詩，加以闡述，而蘇詞借鑒杜詩計五十一首，辛詞借鑒杜詩亦達一二八首，相形之下，二十五首之範例仍稍嫌少。然筆者才疏學淺，力有未逮，又礙於修業年限，致無法做一全面性探討，假以時日，希望能完成全面研究之心願。

　　學術研討會論文集》，（香港：天馬圖書有限公司，2003 年 2 月），頁117。

〔註 6〕汪義生：〈辛詞意境初探〉，收錄於周保策、張玉奇主編：《辛棄疾國際學術研討會論文集》，版本同前注，頁 129。

參考書目

一、杜甫別集及研究專著

1. 《杜甫詩醇》，盧國琛選注，杭州：浙江大學出版社，2006 年 11 月。
2. 《杜甫集》，張忠綱、孫微編選，南京：鳳凰出版社，2006 年 11 月。
3. 《杜甫詩選》，張忠綱選注，北京：中華書局，2005 年 1 月。
4. 《杜甫研究論集》，劉明華，重慶：重慶出版社，2004 年 12 月。
5. 《杜甫評傳》，陳貽焮，北京：北京大學出版社，2003 年 7 月。
6. 《杜甫詩學引論》，胡可先，合肥：安徽大學出版社，2003 年 3 月。
7. 《杜甫詩選評》，葛曉音，上海：上海古籍出版社，2002 年 10 月。
8. 《杜甫詩話六種校注》，張忠綱編注，濟南：齊魯書社，2002 年 9 月。
9. 《杜甫與六朝詩歌關係研究》，吳懷東，合肥：安徽教育出版社，2002 年 5 月。
10. 《杜詩唐宋接受史》，蔡振念，臺北：五南圖書出版公司，2002 年 2 月。
11. 《杜甫傳》，莫礪鋒、童強著，天津：天津人民出版社，2001 年 1 月。
12. 《杜詩全集》，張志烈主編，成都：天地出版社，1999 年 12 月。
13. 《杜詩鏡銓》，清·楊倫，臺北：藝文印書館，1998 年 12 月。
14. 《杜詩學通論》，許總，中壢：聖環圖書股份有限公司，1997 年 2 月。
15. 《杜詩趙次公先後解輯校》，唐·杜甫著，宋·趙次公注，林繼中輯校，上海：上海古籍出版社，1994 年 12 月。
16. 《杜詩說》，清·黃生撰，徐定祥點校，合肥：黃山書社，1994 年 5 月。

17. 《杜甫評傳》，莫礪鋒，南京：南京大學出版社，1993 年 10 月。

18. 《杜詩名篇賞析》，許永璋，臺北：天工書局，1991 年 8 月。

19. 《杜詩縱橫探》，張忠綱，濟南：山東大學出版社，1990 年 12 月。

20. 《杜甫傳記唐宋資料考辨》，陳文華，臺北：文史哲出版社，1987 年 11 月。

21. 《杜甫詩學發微》，陳偉，臺北：文史哲出版社，1985 年 8 月。

22. 《杜甫年譜》，劉孟沆，臺北：學海出版社，1981 年 9 月。

23. 《杜詩詳註》，唐・杜甫著，清・仇兆鰲注，北京：中華書局，1979 年 10 月。

24. 《讀杜心解》，清・浦起龍，臺北：鼎文書局，1979 年 3 月。

25. 《杜工部詩集》，清・朱鶴齡撰，景康熙九年刊本，京都：中文出版社，1977 年 2 月。

26. 《九家集註杜詩》，宋・郭知達集註，清・文瀾閣欽定四庫全書本，臺北：大通書局，1974 年 10 月。

27. 《集千家註分類杜工部詩》，宋・徐居仁編，黃鶴補註，元・皇慶元年建安余氏勤有堂刊，元・末葉氏廣勤堂印本，臺北：大通書局，1974 年 10 月。

28. 《草堂詩箋》，唐・杜甫著，宋・魯訔編次，宋・蔡夢弼會箋，臺北：廣文書局，1971 年 9 月。

29. 《杜臆》，明・王嗣奭，臺北：臺灣中華書局，1970 年 10 月。

30. 《錢牧齋箋注杜詩》，錢謙益箋注，臺北：臺灣中華書局，1967 年 5 月。

31. 《古典文學研究資料彙編・杜甫卷・上編》　華文軒編　北京　中華書局　1964 年 8 月。

二、蘇軾別集及研究專著

1. 《蘇軾詞新釋輯評》，朱靖華、饒學剛、王文龍、饒曉明編著，北京：中國書店，2007 年 1 月。

2. 《蘇軾集》，陶文鵬、鄭園編選，南京：鳳凰出版社，2006 年 11 月。

3. 《中國蘇軾研究（第二輯）》，中國人民大學中文系主辦，北京：學苑出版社，2005 年 7 月。

4. 《東坡詞注》，宋・蘇軾著，呂觀仁注，長沙：岳麓書社，2005 年 1 月。

5. 《蘇軾詩詞選》，孔凡禮、劉尚榮選注，北京：中華書局，2005 年 1 月。

6. 《蘇軾評傳》，王水照、朱剛，南京：南京大學出版社，2004 年 9 月。

7. 《中國蘇軾研究（第一輯)》，中國人民大學中文系主辦，北京：學苑出版社，2004 年 7 月。

8. 《蘇軾文學論集》，劉乃昌，濟南：齊魯書社，2004 年 5 月。

9. 《蘇軾詞編年校註》，鄒同慶、王宗堂，北京：中華書局，2002 年 9 月。

10. 《蘇東坡詞》，宋·蘇軾撰，曹樹銘校編，臺北：臺灣商務印書館，2002 年 9 月。

11. 《蘇軾詞選》，劉石注評，上海：上海古籍出版社，2002 年 6 月。

12. 《蘇軾詩詞藝術論》，陶文鵬，上海：上海古籍出版社，2001 年 5 月。

13. 《東坡樂府編年箋注》，宋·蘇軾著，石聲淮、唐玲玲箋注，臺北：華正書局，2000 年 8 月。

14. 《蘇軾全集》，宋·蘇軾，上海：上海古籍出版社，2000 年 5 月。

15. 《智者在苦難中的超越：蘇軾傳》，王水照、崔銘，天津：天津人民出版社，2000 年 1 月。

16. 《蘇軾研究》，王水照，石家庄：河北教育出版社，1999 年 5 月。

17. 《中國第十屆蘇軾研討會論文集》，中國諸城市委員會、諸城市人民政府、中國蘇軾研究學會編，濟南：齊魯書社，1999 年 3 月。

18. 《蘇東坡研究》，木齋，桂林：廣西師範大學出版社，1998 年 8 月。

19. 《蘇詞彙評》，曾棗莊、曾濤編，臺北：文史哲出版社，1998 年 5 月。

20. 《蘇軾年譜》，孔凡禮，北京：中華書局，1998 年 2 月。

21. 《蘇軾論》，朱靖華，北京：京華出版社，1997 年 12 月。

22. 《全國第八次蘇軾研討會論文集》，儋州市人民政府、蘇軾學會合編，成都：四川大學出版社，1996 年 12 月。

23. 《蘇軾文學批評研究》，江惜美，臺北：南宏圖書有限公司，1995 年 5 月。

24. 《東坡樂府箋》，宋·蘇軾撰，龍沐勛校箋，臺北：臺灣商務印書館，1995 年 2 月。

25. 《蘇軾論稿》，王水照，臺北：萬卷樓圖書有限公司，1994 年 12 月。

26. 《蘇軾資料彙編》，四川大學中文系唐宋文學研究室編，北京：中華書局，1994 年 4 月。

27. 《傅榦注坡詞》，宋・傅榦注，劉尚榮校證，成都：巴蜀書社，1993年7月。

28. 《東坡樂府研究》，唐玲玲，成都：巴蜀書社，1993年2月。

29. 《東坡詞研究》，王保珍，臺北：長安出版社，1992年9月。

30. 《蘇軾詞研究》，劉石，臺北：文津出版社，1992年7月。

31. 《東坡在詞風上的承繼與創新》，郭美美，臺北：文津出版社，1990年12月。

32. 《唐宋名家詞賞析4蘇軾》，葉嘉瑩，臺北：大安出版社，1988年12月。

33. 《東坡詞編年箋證》，宋・蘇軾著，薛瑞生箋證，西安：三秦出版社，1988年9月。

34. 《東坡詞》，蘇軾，臺北：臺灣商務印書館《景印文淵閣四庫全書》本，冊一四八七，1988年2月。

35. 《蘇東坡新傳》，李一冰，臺北：聯經出版事業公司，1983年6月。

36. 《蘇軾詩集》，宋・蘇軾撰，清・王文誥輯注，孔凡禮點校，北京：中華書局，1982年2月。

37. 《東坡樂府校訂箋註》，宋・蘇軾撰，鄭向恆校註，臺北：學藝出版社，1977年8月。

38. 《蘇東坡傳》，林語堂，臺北：遠景出版事業公司，1977年5月。

39. 《東坡樂府箋講疏》，宋・蘇軾著，朱祖謀注，龍沐勛箋疏，臺北：廣文書局，1972年9月。

40. 《東坡樂府箋》，龍沐勛，臺北：臺灣商務印書館，1970年9月。

41. 《東坡樂府》，宋・蘇軾著，朱祖謀編，臺北：廣文書局影印彊邨朱氏重編元延祐本，1960年2月。

三、辛棄疾別集及研究專著

1. 《辛棄疾傳・辛稼軒年譜》，鄧廣銘，北京：生活・讀書・新知三聯書店，2007年3月。

2. 《辛棄疾集》，劉乃昌編選，南京：鳳凰出版社，2006年11月。

3. 《辛棄疾詞新釋輯評》，朱德才、薛祥生、鄧紅梅編著，北京：中國書店，2006年1月。

4. 《辛棄疾資料彙編》，辛更儒編，北京：中華書局，2005年10月。

5. 《稼軒詞編年箋注》，鄧廣銘箋注，臺北：華正書局，2003年9月。

6. 《稼軒長短句》，辛棄疾，據1959年中華書局上海編輯所影印元大

德三年廣信書院刻本，上海：上海古籍出版社，《續修四庫全書》本，冊一七二三，2003 年 5 月第一版。

7. 《辛棄疾國際學術研討會論文集》，周保策、張玉奇編，香港：天馬圖書有限公司，2003 年 2 月。

8. 《辛棄疾詞選評》，施議對，上海：上海古籍出版社，2002 年 10 月。

9. 《辛棄疾評傳》，鞏本棟，南京：南京大學出版社，1998 年 12 月。

10. 《辛棄疾詞選集》，吳則虞，上海：上海古籍出版社，1993 年 6 月。

11. 《辛棄疾研究論文集》，孫崇恩、劉德仕、李福仁主編，北京：中國文聯出版公司，1993 年 2 月。

12. 《稼軒詞》，辛棄疾，臺北：臺灣商務印書館，《景印文淵閣四庫全書》本，冊一四八八，1988 年 2 月。

13. 《辛棄疾詞鑒賞》，齊魯書社編輯，濟南：齊魯書社，1986 年 12 月。

14. 《辛棄疾評傳》，劉維崇，臺北：黎明文化事業股份有限公司，1983 年 5 月。

15. 《稼軒詞研究》，陳滿銘，臺北：文津出版社，1980 年 9 月。

16. 《辛稼軒年譜》，鄭騫先生，臺北：華世出版社，1977 年 1 月。

17. 《辛稼軒先生年譜》，梁啓超，臺北：臺灣中華書局，1960 年 1 月。

18. 《稼軒長短句》，辛棄疾，臺北：世界書局，1955 年 4 月。

四、詩詞專著

1. 《照花前後鏡：詞之美感特質的形成與演進》，葉嘉瑩，新竹：國立清華大學出版社，2007 年 5 月。

2. 《北宋詞研究史稿》，崔海正主編，劉靖淵、崔海正著，濟南：齊魯書社，2006 年 8 月。

3. 《詞曲史》，王易，南京：江蘇教育出版社，2005 年 8 月。

4. 《杜甫杜牧詩論叢》，陶瑞芝，上海：學林出版社，2005 年 5 月。

5. 《宋詞的文化定位》，沈家庄，長沙：湖南人民出版社，2005 年 1 月。

6. 《唐宋詞綜論》，劉尊明，北京：中國社會科學出版社，2004 年 12 月。

7. 《遨遊在中古文化的場域——六朝唐宋學術研討會論文集》，臺北：里仁書局，2004 年 11 月。

8. 《唐宋詩詞文化解讀》，蔡鎮楚、龍宿莽著，北京：北京圖書館出版社，2004 年 9 月。

9. 《詞學史料學》，王兆鵬，北京：中華書局，2004 年 5 月。

10. 《蘇辛詞論稿》，陳滿銘，臺北：文津出版社，2003 年 8 月。

11. 《詞學》第十四輯，鄧喬彬、方智範、高建中主編，上海：華東師範大學出版社，2003 年 8 月。

12. 《杜學與蘇學》，楊勝寬，成都：巴蜀書社，2003 年 6 月。

13. 《宋詞與唐詩之對應研究》，王師偉勇，臺北：文史哲出版社，2003 年 6 月。

14. 《中國詞史》，黃拔荊，福州：福建人民出版社，2003 年 5 月。

15. 《詞學專題研究》，王師偉勇，臺北：文史哲出版社，2003 年 4 月。

16. 《唐宋詞概說》，丁放、余恕誠著，合肥：安徽教育出版社，2002 年 12 月。

17. 《中國詩學史·詞學卷》，陳伯海、蔣哲倫主編，蔣哲倫、傅蓉蓉著，廈門：鷺江出版社，2002 年 9 月。

18. 《北宋詞史》，陶爾夫、諸葛憶兵著，哈爾濱：黑龍江教育出版社，2002 年 7 月。

19. 《宋詞舉》，陳匪石編著，鍾振振校點，南京：江蘇古籍出版社，2002 年 4 月。

20. 《唐宋詞鑑賞集成》，唐圭璋等撰寫，臺北：五南圖書出版公司，2001 年 12 月，（此書原出版者為上海：上海辭書出版社）。

21. 《宋詞綜論》，金諍，成都：巴蜀書社，2001 年 11 月。

22. 《歷代詩話續編·本事詩》，丁福保輯，北京：中華書局，2001 年 8 月。

23. 《蘇辛詞選》，曾棗莊、吳洪澤著，臺北：三民書局，2000 年 11 月。

24. 《詞林新話（增訂本）》，吳世昌著，吳令華輯注，施議對校，北京：北京出版社，2000 年 10 月。

25. 《唐宋詞社會文化學研究》，沈松勤著，杭州：浙江大學出版社，2000 年 1 月。

26. 《宋詞選》，胡雲翼選注，上海：上海古籍出版社，1999 年 10 月。

27. 《詩詞新論（增修版）》，陳滿銘，臺北：萬卷樓圖書有限公司，1999 年 8 月。

28. 《王摩詰全集箋注》，唐·王維著，清·趙松谷注，北京：北京圖書館出版社，1999 年 4 月。

29. 《詞林紀事、詞林紀事補正合編》，清·張宗橚編、楊寶霖補正，上海：上海古籍出版社，1998 年 11 月。

30. 《蘇辛詞》，顏崑陽，臺北：臺灣書店，1998 年 3 月。

31. 《詩話總龜》，宋・阮閱編，周本淳校點，北京：人民文學出版社，1998 年 2 月。

32. 《唐宋詞十七講》，葉嘉瑩，石家庄：河北教育出版社，1997 年 7 月。

33. 《靈谿詞說》，繆鉞、葉嘉瑩合著，臺北：正中書局，1993 年 8 月。

34. 《詩詞曲語辭匯釋》，張相，臺北：洪葉文化事業公司，1993 年 4 月。

35. 《南宋詞史》，陶爾夫、劉敬圻著，哈爾濱：黑龍江人民出版社，1992 年 12 月。

36. 《林和靖詩集》，宋・林逋，杭州：浙江古籍出版社，1992 年 8 月。

37. 《唐詩鑑賞集成》，蕭滌非等撰寫，臺北：五南圖書出版公司，1990 年 9 月（此書原出版者為上海：上海辭書出版社）。

38. 《詞話十論》，劉慶雲，長沙：岳麓書社，1990 年 1 月。

39. 《藝概》，清・劉熙載，臺北：華正書局，1988 年 9 月。

40. 《詞話叢編》，唐圭璋編，臺北：新文豐出版公司，1988 年 2 月。

    本文參考：《蕙風詞話》，況周頤。

    《蓼園詞評》，黃蓼園。

    《碧雞漫志》，王灼。

    《蓮子居詞話》，吳衡照。

    《白雨齋詞話》，陳廷焯。

    《大鶴山人詞話》，鄭文焯。

41. 《酒邊詞》，向子諲，臺北：臺灣商務印書館，《景印文淵閣四庫全書》本，冊一四八七，1988 年 2 月。

42. 《歷代詩話》，清・吳景旭，臺北：臺灣商務印書館，《景印文淵閣四庫全書》，本冊一四八三，1988 年 2 月。

43. 《御選唐宋詩醇》，清・乾隆，臺北：臺灣商務印書館，《景印文淵閣四庫全書》本，冊一四四八，1988 年 2 月。

44. 《須溪集》，劉辰翁，臺北：臺灣商務印書館，《景印文淵閣四庫全書》本，冊一一八六，1987 年 2 月。

45. 《漫塘集》，劉宰，臺北：臺灣商務印書館，《景印文淵閣四庫全書》本，冊一一七○，1987 年 2 月。

46. 《蘆川歸來集》，張元幹，臺北：臺灣商務印書館，《景印文淵閣四庫全書》本，冊一一三六，1987 年 2 月。

47. 《梁谿集》，李綱，臺北：臺灣商務印書館，《景印文淵閣四庫全書》

本，冊一一二六，1987 年 2 月。

48. 《歷代詩話續編・誠齋詩話》，丁福保輯，北京：中華書局，1983 年 8 月。

49. 《從詩到曲》，鄭騫先生，臺北：順先出版公司，1982 年 10 月。

50. 《宋詞通論》，薛礪若，臺北：臺灣開明書局，1982 年 4 月。

51. 《蘇辛詞比較研究》，陳滿銘，臺北：文津出版社，1980 年 10 月。

52. 《樂府詩集》，宋・郭茂倩編，北京：中華書局，1979 年 11 月。

53. 《葉適集》，宋・葉適，臺北：河洛圖書出版社，1974 年 5 月。

54. 《詩藪》，明・胡應麟，臺北：文馨出版社，1973 年 5 月。

55. 《清詩話・姜齋詩話》，丁福保編，臺北：明倫出版社，1971 年 12 月。

56. 《宋詩紀事》，厲鶚輯，臺北：臺灣中華書局，1971 年 4 月。

57. 《唐詩別裁集》，清・沈德潛評選，臺北：廣文書局，1970 年 1 月。

58. 《欒城集》，宋・蘇轍著，臺北：臺灣商務印書館，1968 年 9 月。

59. 《後村先生大全集》，劉克莊，臺北：臺灣商務印書館，四部叢刊初編集部，冊四，1967 年。

60. 《淮海集》，宋・秦觀撰，臺北：臺灣商務印書館，四部叢刊編縮本，1967 年。

61. 《誠齋集》，宋・楊萬里撰，臺北：臺灣商務印書館，四部叢刊編縮本，1967。

62. 《王臨川全集》，王安石，臺北：世界書局，1961 年 2 月。

63. 《全唐詩》，北京：中華書局，1960 年 4 月。

五、其他

1. 《輿地廣記》，宋・歐陽忞，成都：四川大學出版社，2003 年 8 月。

2. 《文學研究所學術文選》，楊義主編，北京：中國社會科學出版社 2003 年 8 月。

3. 《宋人年譜叢刊》，吳洪澤、尹波主編，成都：四川大學出版社，2003 年 1 月。

4. 《宋代文化研究》，第九輯，四川大學古籍整理研究所、四川大學宋代文化研究中心編，成都：巴蜀書社，2000 年 8 月。

5. 《方輿勝覽》，宋・祝穆，揚州：江蘇廣陵古籍刻印社，1992 年 12 月。

6. 《中國官制大辭典》，俞鹿年編著，哈爾濱：黑龍江人民出版社，1992 年 10 月。

7. 《續資治通鑑長編》，宋・李燾撰，北京：中華書局，1992 年 3 月。

8. 《新唐書》，宋・歐陽脩、宋祁撰，北京：中華書局，1987 年 11 月。

9. 《宋史》，元・脫脫等撰，北京：中華書局，1985 年 6 月。

10. 《續齊諧記》，南朝（梁）・吳均，臺北：新文豐出版公司，叢書集成新編，冊八二，1985 年 1 月。

11. 《舊唐書》，後晉・劉昫等撰，北京：中華書局，1975 年 5 月。

12. 《廣群芳譜》，王雲五編，臺北：臺灣商務印書館，1968 年 6 月。

六、期刊論文

1. 《稼軒詞借鑒東坡作品及其軼事之研究》，鄧佳瑜，成功大學中國文學研究所碩士論文，2005 年 6 月。

2. 《蘇軾超曠情懷與文化關係研究》，林融嬋，南華大學文學研究所碩士論文，2004 年 7 月。

3. 《稼軒詞用典研究》，段致平，國立臺灣師範大學國文研究所碩士論文，1999 年 6 月。

4. 《兩宋七夕與重陽詞研究》，劉學燕，東吳大學中文研究所碩士論文，1996 年。

5. 〈無限愁思賦秋歌——中國古代詩歌中的「悲秋」情懷〉，曹春茹，《湖南科技學院學報》，第 27 卷第 2 期，2006 年 2 月，頁 45～46。

6. 〈我飲不盡器，半酣味尤長——蘇軾詩酒人生的哲學詮釋〉，萬偉成，《佛山科學技術學院》（社會科學版），2005 年 11 月，第 23 卷，第 6 期，頁 43～47。

7. 〈蘇軾與楊繪交遊考〉，程美珍，《有鳳初鳴年刊》，第 2 期，2005 年 7 月，頁 325～340。

8. 〈蕭條異代不同時——論辛棄疾對杜甫的受容〉，徐峙，《西南交通大學學報》（社會科學版），第 6 卷第 2 期，2005 年 3 月，頁 66～68。

9. 〈罕見詞話——張綖《草堂詩餘別錄》〉，林玫儀，《中國文哲研究通訊》，第 14 卷第 4 期，2004 年 12 月，頁 191～230。

10. 〈蘇軾與徐君猷交遊考〉，邱寶慧，《東方人文學誌》，第 3 卷第 2 期，2004 年 6 月，頁 127～140。

11. 〈從崇杜到慕陶：論蘇軾人生與藝術的演進〉，楊勝寬，《四川大學學報》（哲學社會科學版），2004 年第 2 期，頁 98～102。

12. 〈真儒——論辛稼軒的獨特性格〉，戴曉雲，《九江師專學報》（哲學社會科學版），2003 年第 2 期，頁 52～55。

13. 〈「我正悲秋，汝又傷春矣！」——宋詞主題研究之一〉，張玉璞，《齊

魯學刊》，2002 年第 5 期，頁 63～68。

14. 〈「採唐詩融化如自己者」──淺析蘇軾詞對唐詩的採融〉，馬丁良，《蘇州教育學院學報》，第 19 卷第 3 期，2002 年 9 月，頁 10～13。

15. 〈杜詩對宋詞影響管窺〉，劉慶雲，《杜甫研究學刊》，1998 年第 3 期，頁 1～7。

16. 〈無情流水多情客──談蘇東坡的多情〉，王師偉勇，《錢穆先生紀念館館刊》第 5 期，1997 年 12 月。

17. 〈試論宋詞對唐詩的化用及其文化解讀〉，陳永宏，《文學遺產》，1996 年第 4 期，頁 30～41。

18. 〈周邦彥融詩入詞之特色〉，朱自力，《中華學苑》，第 45 期，1995 年 3 月，頁 305～317。

19. 〈宋詞中詩典運用之類型析論〉，曹淑娟，《國立編譯館館刊》，第 23 卷，第 2 期，1994 年 12 月，頁 119～144。

20. 〈說東坡論杜〉，王文龍，《杜甫研究學刊》，1994 年第 2 期，頁 45～50。

附　錄

一、蘇詞借鑒杜詩一覽表

項次	杜甫詩題及詩句	東坡詞				
		詞調	起　句	詞　句	頁碼	借鑒技巧
1	九日藍田崔氏莊：老去悲秋強自寬，興來今日盡君歡。羞將短髮還吹帽，笑倩旁人爲正冠。藍水遠從千澗落，玉山高並兩峰寒。明年此會知誰健，醉把茱萸仔細看。	點絳脣	不用悲秋	不用悲秋，今年身健還高宴。	625	化用
		南鄉子	何處倚闌干	老去愁來強自寬	836	增損
		浣溪沙	白雪清詞出坐間	茱萸仔細更重看	93	化用
		千秋歲	淺霜侵綠	明年人縱健，此會應難復。	245	化用
		醉蓬萊	笑勞生一夢	仍把紫菊紅萸，細看重嗅。	428	化用
		西江月	點點樓頭細雨	酒闌不必看茱萸	432	化用
2	狂夫：萬里橋西一草堂，百花潭水即滄浪。風含翠篠娟娟淨，雨裛紅蕖冉冉香。厚祿故人書斷絕，恆饑稚子色凄涼。欲填溝壑惟疏放，自笑狂夫老更狂。	鷓鴣天	林斷山明竹隱牆	照水紅蕖細細香	474	化用
		醉落魄	蒼顏華髮	舊交新貴音書絕	114	化用
		十拍子	白酒新開九醞	狂夫老更狂	476	增損

3	羌村三首之一：夜闌更秉燭，相對如夢寐。	浣溪沙	一別姑蘇已四年	夜闌相對夢魂間	215	化用
		滿庭芳	三十三年	真夢裏、相對殘釭	471	化用
		臨江仙	尊酒何人懷李白	夜闌對酒處，依舊夢魂中。	689	化用
4	北征：經年至茅屋，妻子衣百結。	浣溪沙	半夜銀山上積蘇	空腹有詩衣有結	344	化用
		踏莎行	這個禿奴	鶉衣百結渾無奈	923	化用
5	聽楊氏歌：佳人絕代歌，獨立發皓齒。滿堂慘不樂，響下清虛裏。	菩薩蠻	繡簾高捲傾城出	皓齒發清歌	35	化用
		菩薩蠻	繡簾高捲傾城出	遺響下清虛	35	化用
6	春日憶李白：白也詩無敵，飄然思不群。清新庾開府，俊逸鮑參軍。渭北春天樹，江東日暮雲。何時一樽酒，重與細論文。	臨江仙	尊酒何人懷李白	尊酒何人懷李白，草堂遙指江東	689	化用
		阮郎歸	暗香浮動月黃昏	江南日暮雲	867	增損
7	送孔巢父謝病歸遊江東兼呈李白：詩卷長留天地間，釣竿欲拂珊瑚樹。……南尋禹穴見李白（一作：若逢李白騎鯨魚），道甫問訊今何如？	水龍吟	古來雲海茫茫	騎鯨路穩	557	截取
		南歌子	苒苒中秋過	好伴騎鯨公子、賦雄誇	624	截取
8	嚴鄭公宅同詠竹得香字：綠竹半含籜，新梢纔出牆。色侵書帙晚，陰過酒樽涼。雨洗娟娟淨，風吹細細香。但令無翦伐，會見拂雲長。	定風波	雨洗娟娟嫩葉光	雨洗娟娟嫩葉光。風吹細細綠筠香。秀色亂侵書帙晚。簾捲。清陰微過酒尊涼。	396	增損
		鷓鴣天	林斷山明竹隱牆	照水紅蕖細細香	474	化用
9	秋興八首之五：雲移雉尾開宮扇，日繞龍鱗識聖顏。	菩薩蠻	風迴仙馭雲開扇	風迴仙馭雲開扇	293	化用
	秋興八首之六：回首可憐歌舞地，秦中自古帝王州。	蝶戀花	別酒勸君君一醉	回首長安佳麗地	238	化用
10	卜居：歸羨遼東鶴，吟同楚執珪。	醉落魄	分攜如昨	長羨歸飛鶴	123	化用

11	兵車行：君不聞漢家山東二百州，千村萬落生荊杞。	南鄉子	未倦長卿遊	唱遍山東一百州	260	化用
12	白絲行：落絮游絲亦有情，隨風照日宜輕舉。	水龍吟	似花還似非花	思量卻是，無情有思	314	化用
13	漫成一首：沙頭宿鷺聯拳靜，船尾跳魚撥刺鳴。	江城子	前瞻馬耳九仙山	小溪鷗鷺靜聯拳	187	化用
14	暮秋枉裴道州手扎率爾遣興寄遞近呈蘇渙侍御：憶子初尉永嘉去，紅顏白面花映肉。……附書與裴因示蘇，此生已媿須人扶。	千秋歲	淺霜侵綠	花映花奴肉	245	化用
15	奉贈韋左丞丈二十二韻：紈袴不餓死，儒冠多誤身。丈人試靜聽，賤子請具陳。甫昔少年日，早充觀國賓。讀書破萬卷，下筆如有神。賦料揚雄敵，詩看子建親。……自謂頗挺出，立登要路津。致君堯舜上，再使風俗淳。	沁園春	孤館燈青	胸中萬卷，致君堯舜	134	化用
16	奉和賈至舍人早朝大明宮：朝罷香烟攜滿袖，詩成珠玉在揮毫。	浣溪沙	惟見眉間一點黃	歸來衫袖有天香	255	化用
17	奉送魏六丈佑少府之交廣：季子黑貂敝，得無妻嫂欺。	浣溪沙	炙手無人傍屋頭	誰憐季子敝貂裘	481	化用
18	登樓：花近高樓傷客心，萬方多難此登臨。錦江春色來天地，玉壘浮雲變古今。	滿江紅	江漢西來	錦江春色	335	增損
19	對雪：亂雲低薄暮，急雪舞迴風。	菩薩蠻	塗香莫惜蓮承步	只見舞迴風	842	增損

20	歎庭前甘菊花：庭前甘菊移時晚，青蕊重陽不堪摘。	浣溪沙	珠檜絲杉冷欲霜	強揉青蕊作重陽。不知明日爲誰黃	605	化用
21	麗人行：態濃意遠淑且眞，肌理細膩骨肉勻。……紫駝之峰出翠釜，水精之盤行素鱗。……楊花雪落覆白蘋，青鳥飛去銜紅巾。	浣溪沙	料峭東風翠幕驚	水晶盤瑩玉鱗磧	643	化用
22	樂遊園歌：數莖白髮那拋得，百罰深杯亦不辭。……此身飲罷無歸處，獨立蒼茫自咏詩。	西江月	莫歎平齊落落	白髮千莖相送，深杯百罰休辭。	597	化用
23	落日：落日在簾鉤，溪邊春事幽。	江城子	墨雲拖雨過西樓	回照動簾鉤	266	化用
24	過南鄰朱山人水亭：幽花欹滿樹，細水曲通池。	臨江仙	四大從來都遍滿	幽花香澗谷	40	截取
25	絕句六首之四：隔巢黃鳥並，翻藻白魚跳。	行香子	一葉舟輕	魚翻藻鑑	24	化用
26	絕句漫興九首之四：二月已破三月來，漸老逢春能幾回。莫思身外無窮事，且盡生前有限杯。	南鄉子	悵望送春杯	漸老逢春能幾回	835	襲用
27	寄彭州高三十五使君適虢州岑二十七長史參三十韻：老去才難盡，愁來興甚長。	南歌子	帶酒衝山雨	老去才都盡	368	增損
28	寄李十二白二十韻：昔年有狂客，號爾謫仙人。筆落驚風雨，詩成泣鬼神。	減字木蘭花	鄭莊好客	落筆生風	522	化用

29	今夕行：今夕何夕歲云徂，更長燭明不可孤。咸陽客舍一事無，相與博塞爲歡娛。……君莫笑劉毅從來布衣願，家無儋石輸百萬。	念奴嬌	憑高眺遠	今夕不知何夕	426	化用
30	解悶十二首之八：不見高人王右丞，藍田邱壑蔓寒藤。	青玉案	三年枕上吳中路	常記高人右丞句	716	化用
31	琴臺：茂陵多病後，尚愛卓文君。	臨江仙	誰道東陽都瘦損	不應同蜀客，惟愛卓文君	823	化用
32	曲江二首之二：酒債尋常行處有，人生七十古來稀。……傳語風光共流轉，暫時相賞莫相違。	浣溪沙	霜鬢真堪插拒霜	暫時流轉爲風光	607	化用
33	西枝村尋置草堂地夜宿贊公土室二首之一：層巔餘落日，草蔓已多露。	臨江仙	四大從來都遍滿	層巔餘落日，草露已沾衣。	40	襲用
34	徐卿二子歌：君不見徐卿二子生絕奇，感應吉夢相追隨。孔子釋氏親抱送，並是天上麒麟兒。大兒九齡色清澈，秋水爲神玉爲骨。小兒五歲氣食牛，滿堂賓客皆回頭。	減字木蘭花	惟熊佳夢	未滿三朝已食牛	104	截取
35	戲簡鄭廣文兼呈蘇司業：才名三十年，坐客寒無氈。	南鄉子	寒雀滿疏籬	坐客無氈醉不知	138	化用
36	相從行贈嚴二別駕：垂老遇君未恨晚，似君須向古人求。	浣溪沙	炙手無人傍屋頭	似君須向古人求	481	襲用
37	宣政殿退朝晚出左掖：宮草菲菲承委佩，鑪烟細細駐游絲。	哨徧	睡起畫堂	忽一線鑪香逐遊絲	591	化用

38	春宿左省：明朝有封事，數問夜如何？	洞仙歌	冰肌玉骨	試問夜如何	414	增損
39	春日戲題惱郝使君兄：細馬時鳴金腰裊，佳人屢出董嬌饒。	臨江仙	多病休文都瘦損	佳人不見董嬌嬈	611	化用
40	長沙送李十一：遠愧尚方曾賜履，竟非吾土倦登樓。	南歌子	見說東園好	雖非吾土且登樓	530	化用
41	重遊何氏五首之一：花妥鶯捎蝶，溪喧獺趁魚。	哨徧	睡起畫堂	見乳燕捎蝶過繁枝	591	截取
42	上白帝城二首之一：取醉他鄉客，相逢故國人。	望江南	春未老	休對故人思故國	164	化用
43	送長孫九侍御赴武威判官：問君適萬里，取別何草草。	菩薩蠻	風迴仙馭雲開扇	相逢雖草草	293	化用
44	送梓州李使君之任：火雲揮汗日，山驛醒心泉。	菩薩蠻	火雲凝汗揮珠顆	火雲凝汗揮珠顆	840	化用
45	宴戎州楊使君東樓：座從歌妓密，樂任主人為。重碧拈春酒，輕紅擘荔枝。	減字木蘭花	閩溪珍獻	輕紅釀白。雅稱佳人纖手擘。	757	化用
46	望岳：安得仙人九節杖，拄到玉女洗頭盆。	減字木蘭花	海南奇寶	曾到崑崙，乞得山頭玉女盆	809	化用
47	月夜：香霧雲鬟溼，清輝玉臂寒。	江城子	玉人家在鳳凰山	香霧著雲鬟	42	化用
48	月三首之三：萬里瞿唐月，春來六上弦。時時開暗室，故故滿青天。	訴衷情	小蓮初上琵琶弦	故故隨人	125	截取
49	月：四更山吐月，殘夜水明樓。塵匣元開鏡，風簾自上鉤。兔應疑鶴髮，蟾亦戀貂裘。斟酌姮娥寡，天寒奈九秋。	浣溪沙	風捲珠簾自上鉤	風捲珠簾自上鉤	847	增損
50	宇文晁崔彧重泛鄭監前湖：樽當霞綺輕初散，棹拂荷珠碎卻圓。	阮郎歸	綠槐高柳咽新蟬	瓊珠碎卻圓	510	增損

51	詠懷古跡五首之三：畫圖省識春風面，環佩空歸月夜魂。千載琵琶作胡語，分明怨恨曲中論。	訴衷情	小蓮初上琵琶弦	都向曲中傳	125	化用

二、辛詞借鑑杜詩一覽表

項次	杜甫詩題及詩句	稼軒詞				
		詞調	起句	詞句	頁碼	借鑑技巧
1	奉贈韋左丞丈二十二韻：紈袴不餓死，儒冠多誤身。丈人試靜聽，賤子請具陳。甫昔少年日，早充觀國賓。讀書破萬卷，下筆如有神。賦料揚雄敵，詩看子建親。……自謂頗挺出，立登要路津。致君堯舜上，再使風俗淳。	阮郎歸	山前燈火欲黃昏	儒冠多誤身	75	襲用
		水龍吟	倚欄看碧成朱	儒冠曾誤	296	化用
		水調歌頭	相公倦台鼎	賤子親再拜	277	化用
		水調歌頭	落日古城角	詩書萬卷，致身須到古伊周。	27	化用
		水調歌頭	落日塞塵起	萬卷詩書事業，嘗試與君謀。	58	化用
		滿江紅	倦客新豐	歎詩書萬卷致君人	78	化用
		鷓鴣天	髮底青青無限春	書萬卷，筆如神	417	化用
		念奴嬌	君詩好處	下筆如神彊押韻	460	化用
		漢宮春	達則青雲	胸中萬卷藏書	545	化用
		賀新郎	逸氣軒眉宇	兒曹不料揚雄賦	380	化用
		鷓鴣天	別恨粧成白髮新	忠言句句唐虞際，便是人間要路津	53	化用
2	曲江二首之一：江上小堂巢翡翠，苑邊高塚臥麒麟。	水調歌頭	我飲不須勸	苑外麒麟高塚	47	化用
	曲江二首之二：酒債尋常行處有，人生七十古來稀。……傳語風光共流轉，暫時相賞莫相違。	感皇恩	七十古來稀	七十古來稀	21	增損
		減字木蘭花	昨朝官告	剛道人生七十稀	100	增損
		最高樓	長安道	七十古來稀	201	增損
		最高樓	金閨老	七十且華筵。樂天詩句香山裏，杜陵酒債曲江邊	303	化用
		行香子	歸去來兮	七十者稀	365	化用
		感皇恩	七十古來稀	七十古來稀	478	增損

3	洗兵馬：三年笛裏關山月，萬國兵前草木風。……二三豪傑爲時出，整頓乾坤濟時了。……安得壯士挽天河，淨洗甲兵長不用。	生查子	昨宵醉裏行	明月關山笛	203	化用
		千秋歲	塞垣秋草	整頓乾坤了	13	增損
		水龍吟	渡江天馬南來	待他年整頓，乾坤事了	145	化用
		水調歌頭	千里渥洼種	要挽銀河仙浪，西北洗胡沙。	7	化用
		驀山溪	畫堂簾捲	兩手挽天河，要一洗蠻煙瘴雨	414	截取
		賀新郎	翠浪呑平野	挽天河誰來照影	309	截取
4	絕句漫興九首之一：即遣花開深造次，便教鶯語太丁寧。	行香子	好雨當春	鶯燕丁寧	328	截取
	絕句漫興九首之二：手種桃李非無主，野老墻低還是家。恰似春風相欺得，夜來吹折數枝花。	鷓鴣天	桃李漫山過眼空	桃李漫山過眼空，也曾惱損杜陵翁	327	化用
	絕句漫興九首之三：熟知茅齋絕低小，江上燕子故來頻。銜泥點污琴書內，更接飛蟲打着人。	清平樂	茅簷低小	茅簷低小	193	化用
		生查子	去年燕子來	去年燕子來，繡戶深深處。花徑得泥歸，都把琴書污。	298	化用
	絕句漫興九首之四：二月已破三月來，漸老逢春能幾回。莫思身外無窮事，且盡生前有限杯。	滿庭芳	西崦斜陽	無窮身外事，百年能幾，一醉都休。	405	化用
	絕句漫興九首之九：隔戶楊柳弱嫋嫋，恰似十五女兒腰。	婆羅門引	落星萬點	似楊柳十五女兒腰	489	化用
5	飲中八仙歌：汝陽三斗始朝天，道逢麯車口流涎，恨不移封向酒泉。左相日興廢萬錢，飲如長鯨吸百川，銜杯樂聖稱避賢。……李白一斗詩百篇，長安市上酒家眠。	沁園春	杯汝知乎	酒泉罷侯	387	化用
		醜奴兒	近來愁似天來大	却自移家向酒泉	389	化用
		水調歌頭	客子久不到	鯨飲未呑海	583	化用
		水調歌頭	官事未易了	百篇才	81	鎔鑄
		臨江仙	醉帽吟鞭花不住	一斗百篇風月地	519	截取

6	曲江三章章五句之三：自斷此生休問天，杜曲幸有桑麻田。故將移住南山邊，短衣匹馬隨李廣，看射猛虎終殘年。	醜奴兒	此生自斷天休問	此生自斷天休問	170	化用
		賀新郎	聽我三章約	自斷此生天休問	473	化用
		水調歌頭	落日塞塵起	莫射南山虎，直覓富民侯	58	化用
		八聲甘州	故將軍飲罷夜歸來	誰向桑麻杜曲，要短衣匹馬，移住南山。看風流慷慨，譚笑過殘年。	205	櫽括截取化用
7	清明二首之一：鐘鼎山林各天性，濁醪麤飯任吾年。	水調歌頭	上界足官府	畢竟山林鐘鼎	140	截取
		臨江仙	鐘鼎山林都是夢	鐘鼎山林都是夢	209	截取
		朝中措	夜深殘月過山房	山林鐘鼎	213	截取
		瑞鶴仙	片帆何太急	山林鐘鼎	338	截取
8	佳人：絕代有佳人，幽居在空谷。……天寒翠袖薄，日暮倚修竹。	滿江紅	照影溪梅	恨絕代佳人獨立	57	截取
		蝶戀花	九畹芳菲蘭佩好	空谷無人	177	化用
		卜算子	脩竹翠羅寒	脩竹翠羅寒	252	化用
		生查子	漫天春雪來	誰道雪天寒？翠袖闌干暖。	495	化用
9	陪諸貴公子丈八溝攜妓納涼晚際遇雨二首之一：公子調冰水，佳人雪藕絲。片雲頭上黑，應是雨催詩。	謁金門	遮素月	玉腕藕絲誰雪	261	化用
		鷓鴣天	着意尋春嬾便回	詩未成時雨早催	189	化用
		永遇樂	投老空山	又何事催詩雨急，片雲斗暗	411	化用
10	歸雁二首之一：萬里衡陽雁，今年又北歸。雙雙瞻客上，一一背人飛。	霜天曉角	暮山層碧	萬里衡陽歸恨	76	化用
		鷓鴣天	水底明霞十頃光	背人白鳥都飛去	215	化用
		浣溪沙	細聽春山杜宇啼	朝來白鳥背人飛	307	化用
11	江畔獨步尋花七絕句之一：江上被花惱不徹，無處告訴只顛狂。	鷓鴣天	桃李漫山過眼空	桃李漫山過眼空，也曾惱損杜陵翁	327	化用
		念奴嬌	是誰調護	料君長被花惱	450	化用
		婆羅門引	不堪鶗鴂	被花惱	457	截取
12	寄韓諫議注：美人娟娟隔秋水，濯足洞庭望八荒。……玉京群帝集北斗，或騎麒麟翳鳳凰。	水調歌頭	我志在寥闊	有美人可語，秋水隔嬋娟	437	化用
		玉樓春	君如九醞臺黏盞	幾時秋水美人來	469	化用
		水調歌頭	今日復何日	翳鳳驂鸞公去	128	鎔鑄

13	春日憶李白：白也詩無敵，飄然思不群。清新庾開府，俊逸鮑參軍。渭北春天樹，江東日暮雲。何時一樽酒，重與細論文。	婆羅門引	不堪鶗鴂	江東日暮	457	增損
		上西平	恨如新	江天日暮，何時重與細論文。	464	化用
		行香子	少日嘗聞	都休媾酒，也莫論文	483	化用
14	入奏行贈西山檢查使竇侍御：江花未落還成都，肯訪浣花老翁無？爲君酤酒滿眼酤，與奴白飯馬青芻。	沁園春	我見君來	待喚青芻白飯來	431	化用
		玉樓春	君如九醞臺黏醆	馬有青芻奴白飯	469	化用
		行香子	白露園蔬	白飯青芻	476	化用
15	送孔巢父謝病歸遊江東兼呈李白：詩卷長留天地間，釣竿欲拂珊瑚樹。……南尋禹穴見李白（一作：若逢李白騎鯨魚），道甫問訊今何如？	雨中花慢	馬上三年	錦囊詩卷長留	480	截取
		水調歌頭	文字覷天巧	探禹穴	133	截取
		漢宮春	達則青雲	向松江道我，問訊何如	545	截取
16	遊龍門奉先寺：天闕象緯逼，雲臥衣裳冷。	滿江紅	照影溪梅	高欲臥，雲還濕	57	化用
		賀新郎	雲臥衣裳冷	雲臥衣裳冷	135	襲用
		菩薩蠻	君家玉雪花如屋	雲臥衣裳冷	510	襲用
17	月：四更山吐月，殘夜水明樓。塵匣元開鏡，風簾自上鉤。兔應疑鶴髮，蟾亦戀貂裘。斟酌姮娥寡，天寒奈九秋。	虞美人	夜深困倚屏風後	四更山月寒侵席	157	增損
		生查子	昨宵醉裏行	山吐三更月	203	化用
		謁金門	山吐月	山吐月	261	增損
18	將赴成都草堂、途中有作、先寄嚴鄭公五首之二：休怪兒童延俗客，不教鵝鴨惱比鄰。	六么令	倒冠一笑	放浪兒童歸舍，莫惱比鄰鴨	124	化用
	將赴成都草堂、途中有作、先寄嚴鄭公五首之三：肯藉荒庭春草色，先判一飲醉如泥。	金菊對芙蓉	遠水生光	盡拚一飲千鍾	284	化用
	將赴成都草堂、途中有作、先寄嚴鄭公五首之四：三年奔走空皮骨，信有人間行路難。	鷓鴣天	唱徹陽關淚未乾	別有人間行路難	55	增損

19	醉時歌：諸公袞袞登臺省，廣文先生官獨冷。……忘形到爾汝，痛飲真吾師。……相如逸才親滌器，子雲識字終投閣。	水龍吟	倚欄看碧成朱	平生官冷	296	截取
		賀新郎	聽我三章約	識字子雲投閣	473	增損
20	貧交行：翻手作雲覆手雨，紛紛輕薄何須數。	玉樓春	人間反覆成雲雨	人間反覆成雲雨	394	化用
		賀新郎	拄杖重來約	翻覆雲頭雨腳	472	化用
21	漫成二首之二：江皋已仲春，花下復清晨。仰面貪看鳥，回頭錯應人。讀書難字過，對酒滿壺傾。近識峨嵋老，知余懶是真。	滿江紅	笑拍洪崖	正仰看飛鳥却鷹人，回頭錯	180	化用
		南歌子	玄入參同契	閒知爛是真	160	化用
22	發秦州：大哉乾坤內，吾道長悠悠。	踏莎行	吾道悠悠	吾道悠悠	409	增損
		雨中花慢	舊雨常來	古今吾道悠悠	479	增損
23	丹青引贈曹將軍霸：詔謂將軍拂絹素，意匠慘澹經營中。須臾九重真龍出，一洗萬古凡馬空。	鷓鴣天	點盡蒼苔色欲空	詩在經營慘澹中	326	化用
		卜算子	萬里籋浮雲	一噴空凡馬	493	化用
24	登高：風急天高猿嘯哀，渚清沙白鳥飛迴。無邊落木蕭蕭下，不盡長江滾滾來。萬里悲秋常作客，百年多病獨登臺。艱難苦恨繁霜鬢，潦倒新亭濁酒杯。	賀新郎	肘後俄生柳	問新來蕭蕭木落，頗堪秋否？	447	化用
		南鄉子	何處望神州	不盡長江滾滾流	548	增損
25	麗人行：態濃意遠淑且真，肌理細膩骨肉勻。……紫駝之峰出翠釜，水精之盤行素鱗。……楊花雪落覆白蘋，青鳥飛去銜紅巾。	醉太平	態濃意遠	態濃意遠	283	截取
		新荷葉	曲水流觴	楊花飛鳥銜巾	435	化用
26	客至：花徑不曾緣客掃，蓬門今始為君開。盤飧市遠無兼味，樽酒家貧只舊醅。	沁園春	我見君來	人怪我柴門今始開	431	化用
		鷓鴣天	是處移花是處開	日高盤饌供午晚？市遠魚鮭買未回	372	化用

27	晦日尋崔戩李封：濁醪有妙理，庶用慰沉浮。	哨遍	一壑自專	論妙理，濁醪正堪長醉	424	化用
		賀新郎	甚矣吾衰矣	江左沉酣求名者，豈識濁醪妙理	515	增損
28	絕句二首之一：遲日江山麗，春風花草香。泥融飛燕子，沙暖睡鴛鴦。	卜算子	脩竹翠羅寒	遲日江山暮	252	截取
		臨江仙	春色饒君白髮了	睡起鴛鴦飛燕子，門前沙暖泥融。	164	化用
29	江南逢李龜年：正是江南好風景，落花時節又逢君。	婆羅門引	落花時節	落花時節，杜鵑聲裏送君歸	455	化用
		上西平	恨如新	江南好景，落花時節又逢君。	464	襲用
30	九日藍田崔氏莊：老去悲秋強自寬，興來今日盡君歡。羞將短髮還吹帽，笑倩旁人為正冠。藍水遠從千澗落，玉山高並兩峰寒。明年此會知誰健，醉把茱萸仔細看。	水調歌頭	千古老蟾口	此會明年誰健	130	增損
		西江月	一柱中擎遠碧	兩峰旁聳高寒	502	化用
31	西郊：市橋官柳細，江路野梅香。	滿江紅	湖海平生	看野梅官柳	195	截取
		江神子	亂雲擾擾水潺潺	官柳嫩，野梅殘	363	截取
32	春夜喜雨：好雨知時節，當春乃發生。……曉看紅濕處，花重錦官城。	行香子	好雨當春	好雨當春	328	截取
		臨江仙	逗曉鶯啼聲昵昵	一枝風露濕，花重入疏櫺。	163	化用
33	春望：感時花濺淚，恨別鳥驚心。……白頭搔更短，渾欲不勝簪。	酒泉子	流水無情	三十六宮花濺淚	38	截取
		水調歌頭	四座且勿語	白髮短如許，黃菊倩誰簪	441	化用
34	舍弟占歸草堂檢校聊示此詩：東林竹影薄，臘月更須栽。	水調歌頭	帶湖吾甚愛	東岸綠陰少，楊柳更須栽	115	化用
		鷓鴣天	千丈冰溪百步雷	東林試問幾時栽	192	化用
35	上韋左相二十韻：持衡留藻鑑，聽履上星辰。	聲聲慢	東南形勝	況有星辰劍履	256	化用
		沁園春	甲子相高	只今劍履，快上星辰	430	化用

36	蘇端薛復筵簡薛華醉歌：千里猶殘舊冰雪，百壺且試開懷抱。……何劉沈謝力未工，才兼鮑照愁絕倒。	水調歌頭	官事未易了	問君懷抱向誰開	81	化用
		念奴嬌	是誰調護	摸索應知，曹劉沈謝	450	化用
37	送李八秘書赴杜相公幕：南極一星朝北斗，五雲多處是三台。	西江月	且對東君痛飲	五雲兩兩望三台	320	化用
		江神子	五雲高處望西清	五雲高處望西清	501	化用
38	岳麓山道林二寺行：地靈步步雪山草，僧寶人人滄海珠。……一重一掩吾肺腑，山鳥山花吾友于。	生查子	誰傾滄海珠	誰傾滄海珠	204	截取
		鷓鴣天	不向長安路上行	山鳥山花好弟兄	172	化用
39	詠懷古跡五首之三：畫圖省識春風面，環佩空歸月夜魂。千載琵琶作胡語，分明怨恨曲中論。	生查子	百花頭上開	先識春風面	298	截取
		賀新郎	鳳尾龍香撥	絃解語，恨難說	137	化用
40	戲爲六絕句之一：庾信文章老更成，凌雲健筆意縱橫。	鵲橋仙	少年風月	且看凌雲筆健	464	截取
	戲爲六絕句之二：爾曹身與名俱滅，不廢江河萬古流。	感皇恩	案上數編書	江河流日夜	470	化用
41	秦州雜詩二十首之七：無風雲出塞，不夜月臨關。	水調歌頭	說與西湖客	千騎月臨關	315	截取
	秦州雜詩二十首之十四：萬古仇池穴，潛通小有天。	菩薩蠻	游人占却巖中屋	西鄉小有天	509	截取
42	夢李白二首之一：魂來楓林青，魂返關塞黑。	賀新郎	綠樹聽鵜鴂	馬上琵琶關塞黑	527	截取
	夢李白二首之二：出門搔白首，若負平生志。	水調歌頭	落日塞塵起	今老矣，搔白首，過揚州	58	化用
43	不見：匡山讀書處，頭白好歸來。	菩薩蠻	稼軒日向兒童說	頭白早歸來	95	增損

44	柏學士茅屋：富貴必從勤苦得，男兒須讀五車書。	卜算子	一飲動連宵	廢盡寒溫不寫書，富貴何由得	358	化用
45	卜居：無數蜻蜓齊上下，一雙鸂鶒對沉浮。	滿江紅	幾箇輕鷗	更何處一雙鸂鶒，故來爭浴	401	截取
46	賓至：豈有文章驚海內，漫勞車馬駐江干。	沁園春	我見君來	豈有文章，謾勞車馬	431	化用
47	陪鄭廣文遊何將軍山林十首之五：膩水滄江破，殘山碣石開。	賀新郎	把酒長亭說	剩水殘山無態度	236	截取
48	暮春陪李尚書李中丞過鄭監湖亭汎舟得過字：海內文章伯，湖邊意緒多。	滿江紅	鵬翼垂空	文章伯	9	截取
49	暮秋枉裴道州手扎率爾遣興寄遞近呈蘇渙侍御：憶子初尉永嘉去，紅顏白面花映肉。……附書與裴因示蘇，此生已媿須人扶。	添字浣溪沙	記得瓢泉快活時	遶屋人扶行不得	316	化用
50	茅屋爲秋風所破歌：牀牀屋漏無乾處，雨腳如麻未斷絕。……安得廣廈千萬間，大庇天下寒士俱歡顏，風雨不動安如山！嗚呼，何時眼前突兀見此屋，吾廬獨破受凍死亦足。	滿江紅	老子平生	還又要萬間寒士，眼前突兀。	505	化用
51	渼陂行：天地黯慘忽異色，波濤萬頃堆琉璃。	賀新郎	覓句如東野	爲愛琉璃三萬頃	311	化用
52	梅雨：南京犀浦道，四月熟黃梅。湛湛長江去，冥冥細雨來。	鷓鴣天	漠漠輕陰撥不開	江南細雨熟黃梅	191	化用
53	發潭州：岸花飛送客，檣燕語留人。	賀新郎	柳暗凌波路	又檣燕留人相語	80	化用

54	奉待嚴大夫：身老時危思會面，一生襟（一作懷）抱向誰開。	水調歌頭	官事未易了	問君懷抱向誰開	81	化用
55	登岳陽樓：吳楚東南坼，乾坤日月浮。	滿江紅	過眼溪山	吳楚地，東南坼	60	增損
56	登樓：花近高樓傷客心，萬方多難此登臨。錦江春色來天地，玉壘浮雲變古今。	賀新郎	拄杖重來約	老我傷懷登臨際	472	化用
57	獨酌成詩：苦被微官縛，低頭愧野人。	菩薩蠻	香浮乳酪玻璃盌	低頭愧野人	224	襲用
58	得家書：熊兒幸無恙，驥子最憐渠。	沁園春	老子平生	憐渠無恙	233	截取
59	冬狩行：飄然時危一老翁，十年厭見旌旗紅。	滿江紅	漢節東南	記江湖十載，厭持旌纛。	321	化用
60	杜鵑行：萬事反覆何所無，豈憶當殿羣臣趨。	定風波	野草閑花不當春	前殿羣臣深殿女	495	化用
61	同元使君春陵行：致君唐虞際，淳樸憶大庭。	鷓鴣天	別恨粧成白髮新	忠言句句唐虞際，便是人間要路津	53	截取
62	同諸公登慈恩寺塔：君看隨陽雁，各有稻粱謀。	水調歌頭	文字覷天巧	歲晚也作稻粱謀	133	截取
63	題玄武禪師屋壁：錫飛常近鶴，杯度不驚鷗。	菩薩蠻	錦書誰寄相思語	心事莫驚鷗	155	化用
64	能畫：每蒙天一笑，復似物皆春。	菩薩蠻	送君直上金鑾殿	九重天一笑	268	截取
65	南鄰：錦里先生烏角巾，園收芋栗未全貧。	雨中花慢	舊雨常來	幸山中芋栗，今歲全收	479	化用
66	樂遊園歌：數莖白髮那拋得，百罰深杯亦不辭。……此身飲罷無歸處，獨立蒼茫自咏詩。	一剪梅	獨立蒼茫醉不歸	獨立蒼茫醉不歸	28	化用

67	觀李固請司馬弟山水圖：高浪垂翻屋，崩崖欲壓牀。	念奴嬌	我來弔古	江頭風怒，朝來波浪翻屋。	11	化用
68	空囊：囊空恐羞澀，留得一錢看。	臨江仙	一自酒情詩興嬾	杜陵真好事，留得一錢看。	390	襲用
69	後出塞五首之五：少年別有贈，含笑看吳鉤。	水龍吟	楚天千里清秋	把吳鉤看了	34	化用
70	和裴迪登蜀州東亭送客逢早梅相憶見寄：東閣觀梅動詩興，還如何遜在揚州。	水調歌頭	官事未易了	詩興未關梅	81	化用
71	九日五首之一：重陽獨酌杯中酒，抱病起登江上臺。	水調歌頭	今日復何日	抱病且登臺	128	化用
72	寄楊五桂州譚：五嶺皆炎熱，宜人獨桂林。梅花萬里外，雪片一冬深。聞此寬相憶，爲邦復好音。	滿江紅	蜀道登天	正梅花萬里雪深時，須相憶	147	化用
73	寄岳州賈司馬六丈巴州嚴八使君兩閣老五十韻：貝錦無停織，朱絲有斷絃。	蝶戀花	九畹芳菲蘭佩好	朱絲絃斷知音少	177	化用
74	寄張十二山人彪三十韻：疏懶爲名誤，驅馳喪我真。	鷓鴣天	自古高人最可嗟	只因疏嬾取名多	415	化用
75	寄李十二白二十韻：昔年有狂客，號爾謫仙人。筆落驚風雨，詩成泣鬼神。	賀新郎	著厭霓裳素	粲珠璣淵擲驚風雨	136	化用
76	今夕行：今夕何夕歲云徂，更長燭明不可孤。咸陽客舍一事無，相與博塞爲歡娛。……君莫笑劉毅從來布衣願，家無儋石輸百萬。	念奴嬌	少年橫槊	布衣百萬	216	截取

77	解悶十二首之七：陶冶性靈存底物，新詩改罷自成吟。孰知二謝將能事，頗學陰何苦用心。	西江月	粉面都成醉夢	詩在陰何側畔	385	化用
78	江上值水如海勢聊短述：老去詩篇渾漫與，春來花鳥莫深愁。	念奴嬌	少年橫槊	老子忘機渾謾語	216	化用
79	絕句四首之三：兩箇黃鸝鳴翠柳，一行白鷺上青天。	清平樂	溪回沙淺	一行白鷺青天	443	增損
80	敬贈鄭諫議十韻：毫髮無遺憾，波瀾獨老成。	念奴嬌	君詩好處	遺恨都無毫髮	460	化用
81	進艇：俱飛蛺蝶元相逐，並蒂芙蓉本自雙。	念奴嬌	西真姊妹	並蒂芳蓮	571	截取
82	遣興二首之二：君看渥洼種，態與駑駘異。	水調歌頭	千里渥洼種	千里渥洼種	6	截取
83	遣興五首之五：吾憐孟浩然，短褐即長夜。賦詩何必多，往往凌鮑謝。	沁園春	甲子相高	詩凌鮑謝	430	化用
84	乾元中寓居同谷縣作歌七首之一：天寒日暮山谷裏，中原無書歸不得。	一剪梅	獨立蒼茫醉不歸	日暮天寒，歸去兮	28	化用
85	青陽峽：突兀猶趁人，及茲歎冥寞。	浣溪沙	寸步人間百尺樓	突兀趁人山石狠	300	截取
86	曲江對雨：何時詔此金錢會，暫醉佳人錦瑟傍。	西江月	風月亭危致爽	錦瑟旁邊須醉	319	化用
87	秋日夔府詠懷奉寄鄭監李賓客一百韻：峽束蒼江起，巖排古樹圓。	水龍吟	舉頭西北浮雲	峽束蒼江對起	337	增損
88	小寒食舟中作：雲白山青萬餘里，愁看直北是長安。	菩薩蠻	鬱孤臺下清江水	西北望長安	41	化用
89	戲題王宰畫山水圖歌：焉得幷州快翦刀，翦取吳淞半江水。	點絳脣	身後虛名	丹青手裏，剪破松江水	173	化用

90	戲作寄上漢中王二首之一：雲裏不聞雙雁過，掌中貪看一珠新。	永遇樂	紫陌長安	掌上明珠去	222	化用
91	戲題寄上漢中王三首之一：百年雙白鬢，一別五秋螢。	沁園春	有美人兮	百年雙鬢	290	增損
92	蕭八明府實處覓桃栽：奉乞桃栽一百根，春前為送浣花村。河陽縣裏雖無數，濯錦江邊未滿園。	浣溪沙	妙手都無斧鑿瘢	恰如春入浣花村	287	化用
93	城西陂泛舟：魚吹細浪搖歌扇，燕蹴飛花落舞筵。	念奴嬌	晚風吹雨	遊魚吹浪，慣趁笙歌席。	17	化用
94	酬郭十五判官：藥裏關心詩總廢，花枝照眼句還成。	水調歌頭	寄我五雲字	多病關心藥裏	116	截取
95	春水：已添無數鳥，爭浴故相喧。	滿江紅	幾箇輕鷗	更何處一雙鸂鶒，故來爭浴	401	化用
96	春日江村五首之一：乾坤萬里眼，時序百年心。	水調歌頭	四座且勿語	時序百年心	441	襲用
97	承聞河北諸道節度入朝歡喜口號絕句十二首之十二：十二年來多戰場，天威已息陣堂堂。神靈漢代中興主，功業汾陽異姓王。	清平樂	新來塞北	歸來異姓真王	564	截取
98	傷秋：懶慢頭時櫛，艱難帶減圍。	木蘭花慢	漢中開漢業	不堪帶減腰圍	73	截取
99	少年行：馬上誰家白面郎，臨軒下馬坐人牀。不通姓氏麤豪甚，指點銀瓶索酒嘗。	念奴嬌	為沽美酒	不抵銀缾貴	399	截取
100	舍弟觀自藍田迎妻子到江陵喜寄三首之二：巡簷索共梅花笑，冷蕊疏枝半不禁。	醜奴兒	年年索盡梅花笑	年年索盡梅花笑	532	化用

101	人日二首之一：元日至人日，未有不陰時。	鷓鴣天	莫避春陰上馬遲	春來未有不陰時	364	增損
102	紫宸殿退朝口號：畫漏稀聞高閣報，天顏有喜近臣知。	滿庭芳	柳外尋春	天顏有喜	85	截取
103	自京赴奉先縣詠懷五百字：朱門酒肉臭，路有凍死骨。榮枯咫尺異，惆悵難再述。	浣溪沙	草木於人也作疎	秋來咫尺異榮枯	412	化用
104	贈衛八處士：夜雨翦春韭，新炊間黃粱。……明日隔山岳，世事兩茫茫。	昭君怨	夜雨剪殘春韭	夜雨剪殘春韭，明日重斟別酒	206	增損化用
105	贈韋七贊善：鄉里衣冠不乏賢，杜陵韋曲未央前。爾家最近魁三象，時論同歸尺五天。	賀新郎	細把君詩說	去天尺五君家別	240	化用
106	贈蜀僧閭邱師兄：夜闌接軟語，落月如金盆。	菩薩蠻	萬金不換囊中術	軟語到更闌	270	化用
107	遭田父泥飲美嚴中丞：酒酣誇新尹，畜眼未見有。……語多雖雜亂，說尹終在口。	水調歌頭	酒罷且勿起	父老田頭說尹	247	化用
108	早秋苦熱堆案相仍：南望青松架短壑，安得赤腳踏層冰。	生查子	青山非不佳	赤腳踏層冰	299	化用
109	醉歌行：詞源倒流三峽水，筆陣獨掃千人軍。	水龍吟	被公驚倒瓢泉	倒流三峽詞源瀉	219	化用
110	崔駙馬山亭宴集：客醉揮金椀，詩成得繡袍。	感皇恩	露染武夷秋	任揮金椀	333	化用
111	草堂：舊犬喜我歸，低迴入衣裾。鄰里喜我歸，沽酒攜胡盧。大官喜我來，遣騎問所須。城郭喜我來，賓客隘村墟。	沁園春	一水西來	喜草堂經歲，重來杜老	353	化用

112	三絕句：門外鸕鷀去不來，沙頭忽見眼相猜。自今已後知人意，一日須來一百迴。	水調歌頭	帶湖吾甚愛	一日走千回	115	化用
113	三韻三首之一：高馬勿唾（一作捶）面，長魚無損鱗。辱馬馬毛焦，困魚魚有神。君看磊落士，不肯易其身。	水調歌頭	高馬勿捶面	高馬勿捶面，千里事難量。長魚變化雲雨，無使寸鱗傷。	372	襲用化用
114	送唐十五誠因寄禮部賈侍郎：九載一相逢，百年能幾何？	滿庭芳	西崦斜陽	無窮身外事，百年能幾	405	增損
115	送蔡希魯都尉還隴右因寄高三十五書記：馬頭金匼匝，馳背錦模糊。	鷓鴣天	濃紫深黃一畫圖	錦模糊	508	截取
116	送李校書二十六韻：每愁悔吝作，如覺天地窄。	霜天曉角	雪堂遷客	悲天地，爲予窄	583	化用
117	歲晏行：歲云暮矣多北風，瀟湘洞庭白雪中。	漢宮春	秦望山頭	歲云暮矣，問何不鼓瑟吹竽	540	截取
118	憶昔二首之二：憶昔開元全盛日，小邑猶藏萬家室。	聲聲慢	開元盛日	開元盛日	24	化用
119	一百五日夜對月：斫卻月中桂，清光應更多。	太常引	一輪秋影轉金波	斫去桂婆娑，人道是清光更多	33	化用
120	移居公安山館：山鬼吹燈滅，廚人語夜闌。	山鬼謠	問何年此山來此	四更山鬼吹燈嘯	176	化用
121	有客：自鋤稀菜甲，小摘爲情親。	水調歌頭	寄我五雲字	小摘親鉏菜甲	116	化用
122	野人送朱櫻：西蜀櫻桃也自紅，野人相贈滿筠籠。數回細寫愁仍破，萬顆勻圓訝許同。憶昨賜霑門下省，早朝擎出大明宮。金盤玉筯無消息，此日嘗新任轉蓬。	菩薩蠻	香浮乳酪玻璃盌	翠籠明光殿。萬顆寫輕勻	224	化用

123	野望：獨鶴歸何晚，昏鴉已滿林。	賀新郎	世路風波惡	眼畔昏鴉千萬點，□欠歸來野鶴	577	化用
124	嚴公仲夏枉駕草堂兼攜酒饌得寒字：竹裏行廚洗玉盤，花邊立馬簇金鞍。	玉樓春	山行日日妨風雨	也應竹裏着行廚	393	化用
125	晚登瀼上堂：凄其望呂葛，不復夢周孔。	賀新郎	路入門前柳	歲晚凄其無諸葛	446	化用
126	雨：冥冥甲子雨，已度立春時。	御街行	山城甲子冥冥雨	山城甲子冥冥雨	250	增損
127	與鄠縣源大少府宴渼陂：應爲西陂好，金錢罄一餐。飯抄雲子白，瓜嚼水精寒。	鷓鴣天	自古高人最可嗟	雲子飯，水精瓜	415	鎔鑄
128	哀江頭：明眸皓齒今何在，血污遊魂歸不得。	新荷葉	曲水流觴	明眸皓齒	434	截取